太宰治

アイロニー傑作集

女神

◎

長山靖生・編

小鳥遊書房

女神

太宰治　アイロニー傑作集／目次

燈籠

言えば言うほど、人は私を信じて呉《く》れません。逢うひと、逢うひと、みんな私を警戒いたします。ただ、なつかしく、顔を見たくて訪ねていっても、なにしに来たというような目つきでもって迎えて呉れます。たまらない思いでございます。

もう、どこへも行きたくなくなりました。すぐちかくのお湯屋へ行くのにも、きっと日暮をえらんでまいります。誰にも顔を見られたくないのです。ま夏のじぶんには、それでも、夕闇の中に私のゆかたが白く浮んで、おそろしく目立つような気がして、死ぬるほど当惑いたしました。きのう、きょう、めっきり涼しくなって、そろそろセルの季節にはいりましたから、早速、黒地の単衣《ひとえ》に着換えるつもりでございます。こんな身の上のままに秋も過ぎ、冬も過ぎ、春も過ぎ、またぞろ夏がやって来て、ふたたび白地のゆかたを着て歩かなければならないとしたなら、それは、あんまりのことでございます。せめて来年の夏までには、この朝顔の模様のゆかたを臆《おく》することなく着て歩ける身分になっていたい、縁日の人ごみの中を薄化粧して歩いてみたい、そのときのよろこびを思うと、いまから、もう胸がときめきいたします。

盗みをいたしました。それにちがいはございませぬ。いいことをしたとは思いませぬ。けれども、――いいえ、はじめから申しあげます。私は、神様にむかって申しあげるのだ、私は、人を頼らない、私の話を信じられる人は、信じるがいい。

私は、まずしい下駄屋の、それも一人娘でございます。ゆうべ、お台所に坐って、ねぎを切っていたら、うらの原っぱで、ねえちゃん！　と泣きかけて呼ぶ子供の声があわれに聞えて来ましたが、私は、ふっと手を休めて考えました。私にも、あんなに慕って泣いて呼びかけて呉れる弟か妹があったならば、こが湧いて出て、手の甲で涙を拭いたら、いっそうねぎの匂いに刺され、あとからあとから涙が出て来て、どうしていいかわからなくなってしまいました。

あの、わがまま娘が、とうとう男狂いをはじめた、と髪結さんのところから噂が立ちはじめたのは、ことしの葉桜のころで、なでしこの花や、あやめの花が縁日の夜店に出はじめて、けれども、あのころは、ほんとうに楽しゅうございました。水野さんは、日が暮れると、私を迎えに来て呉れて、私は、日の暮れぬさきから、もう、ちゃんと着物を着かえて、お化粧もすませ、何度も何度も、家の門口を出たりはいったりいたします。近所の人たちは、そのような私の姿を見つけて、それ、下駄屋のさき子の男狂いがはじまったなど、そっと指さし囁き交して笑っていたのが、あとになって私にも判《わか》ってまいりました。父も母も、うすうす感づいていたのでしょうが、それでも、なんにも言えないのです。私は、ことし二十四になりますけれども、それでもお嫁に行かず、おむこさんも取れずにいるのは、うちの貧しいゆえもございますが、母は、この町内での顔ききの地主さんのおめかけだったのを、私の父と話合ってしまって、地主さんの恩を忘れて父の家へ駈けこんで来て間もなく私を産み落し、私の目鼻立ちが、地主さんにも、また私の父にも似ていないとやらで、いよいよ世間を狭くし、一時はほとんど日陰者あつかいを受けていたらしく、そんな家庭の娘ゆえ、縁遠いのもあたりまえでございましょう。もっとも、こんな器量では、お金持の華族さんの家に生れてみても、やっぱり、縁遠いさだめなのかも知れませぬけれど。それでも、私は、私の父をうらんでいません。母をもうらんで居りませぬ。私は、父の実の子です。誰がなんと言おうと、私は、それを信じて居ります。父も母も、私を大事にして呉れます。私も、ずいぶん両親を、いたわります。父も母も、弱い人です。実の子の私にさえ、何かと遠慮をいたします。弱いおどおどした人を、みんなでやさしくいたわらなければならないと存じます。私は、両親のためには、どんな苦しい淋しいことにでも堪え忍んでゆこうと思っていました。けれども、水野さんと知り合いになってからは、やっぱり、すこし親孝行を怠ってしまいました。

申すも恥かしいことでございます。水野さんは、私より五つも年下の商業学校の生徒なのです。けれども、おゆるし下さい。私には、ほかに仕様がなかったのです。水野さんとは、ことしの春、私が左の眼をわずらって、ちかくの眼医者へ通って、その病院の待合室で、知り合いになったのでございます。私は、ひとめで人を好きになってしまうたちの女でございます。やはり私と同じように左の眼に白い眼帯をかけ、不快げに眉をひそめて小さい辞書のペエジをあちこち繰ってしらべて居られる御様子は、たいへんお可哀《かわい》そうに見えました。私もまた、眼帯のために、うつうつ気が鬱《うっ》して、待合室の窓からそとの椎《しい》の若葉を眺めてみても、椎の若葉がひどい陽炎《かげろう》に包まれてめらめら青く燃えあがっているように見え、外界のものがすべて、遠いお伽噺《とぎばなし》の国の中に在るように思われ、水野さんのお顔が、あんなにこの世のものならず美しく貴く感じられたのも、きっと、あの、私の眼帯の魔法が手伝っていたと存じます。

水野さんは、みなし児なのです。誰も、しんみになってあげる人がないのです。もとは、仲々の薬種問屋で、お母さんは水野さんが赤ん坊のころになくなられ、またお父さんも水野さんが十二のときにおなくなりになられて、それから、うちがいけなくなって、兄さん二人、姉さん一人、みんなちりぢりに遠い親戚に引きとられ、末子の水野さんは、お店の番頭さんに養われることになって、いまは、商業学校に通わせてもらっているものの、それでもずいぶん気づまりな、わびしい一日一日を送って居られるらしく、私と一緒に散歩などしているときだけが、たのしいのだ、とご自分でもしみじみそうおっしゃっていたことがございます。身のまわりに就《つ》いても、いろいろとご不自由のことがあるらしく、ことしの夏、お友達と海へ泳ぎに行く約束をしちゃったとおっしゃって、それでも、ちっとも楽しそうな様子が見えず、かえって打ちしおれて居られて、その夜、私は盗みをいたしました。男の海水着を一枚盗みました。

町内では、一ばん手広く商っている大丸の店へすっとはいっていって、女の簡単服をあれこれえらんでいるふりをして、うしろの黒い海水着をそっと手繰《たぐ》り寄せ、わきの下にぴったりかかえこみ、静かに店を出たのですが、二三間あるいて、うしろから、もし、もし、と声をかけられ、わあっと、大声発したいほどの恐怖にかられて気違いのように走りました。どろぼう！　という太いわめき声を背後《うしろ》に聞いて、がんと肩を打たれてよろめいて、ふっと振りむいたら、ぴしゃんと頬を殴られました。

私は、交番に連れて行かれました。交番のまえには、黒山のように人がたかりました。みんな町内の見知った顔の人たちばかりでした。私の髪はほどけて、ゆかたの裾《すそ》からは膝小僧さえ出ていました。あさましい姿だと思いました。

おまわりさんは、私を交番の奥の畳を敷いてある狭い部屋に坐らせ、いろいろ私に問いただしました。色が白く、細面の、金縁の眼鏡をかけた、二十七、八のいやらしいおまわりさんでございました。ひとおり私の名前や住所や年齢を尋ねて、それをいちいち手帖《てちょう》に書きとってから、急ににやにや笑いだして、

――こんどで、何回めだね？

と言いました。私は、ぞっと寒気を覚えました。私には、答える言葉が思い浮ばなかったのでございます。まごまごしていたら、これは牢屋へいれられる、重い罪名を負わされる、なんとかして巧く言いのがれなければ、と私は必死になって弁解の言葉を捜したのでございますが、なんと言い張ったらよいのか、五里霧中をさまよう思いで、あんなに恐ろしかったことはございません。叫ぶようにして、やっと言い出した言葉は、自分ながら、ぶざまな唐突なもので、けれども一こと言いだしたら、まるで狐につかれたようにとめどもなく、おしゃべりがはじまって、なんだか狂っていたようにも思われます。

——私を牢へいれては、いけません。私は悪くないのです。私は二十四になります。二十四年間、私は親孝行いたしました。父と母に、大事に大事に仕えて来ました。私は、何が悪いのです。私は、ひとさまから、うしろ指ひとつさされたことがございません。水野さんは、立派なかたです。いまに、きっと、お偉くなるおかたなのです。それは、私に、わかって居ります。私は、あのおかたに恥をかかせたくなかったのです。お友達と海へ行く約束があったのです。人並の仕度をさせて、海へやろうと思ったんだ、それがなぜ悪いことなのです。私は、ばかです。ばかなんだけれど、それでも、私は立派に水野さんを仕立てごらんにいれます。あのおかたは、上品な生れの人なのです。他の人とは、ちがうのです。私は、どうなってもいいんだ、あのひとさえ、立派に世の中へ出られたら、それでもう、私はいいんだ、私には仕事があるのです。私を牢にいれては、いけません、私は二十四になるまで、何ひとつ悪いことをしなかった。弱い両親を一生懸命いたわって来たんじゃないか。いやです、いやです、私を牢へいれては、いけません。私は牢へいれられるわけはない。二十四年間、努めに努めて、そうしてたった一晩、ふっと間違って手を動かしたからって、それだけのことで、二十四年間、いいえ、私の一生をめちゃめちゃにするのは、いけないことです。まちがっています。私には、不思議でなりません。一生のうち、たったいちど、思わず右手が一尺うごいたからって、それが手癖の悪い証拠になるのでしょうか。あんまりです、あんまりです。たったいちど、ほんの二、三分の事件じゃないか。私は、まだ若いのです。これからの命です。私はいままでと同じようにつらい貧乏ぐらしを辛抱して生きて行くのです。それだけのことなんだ。私は、なんにも変っていやしない。きのうのままの、さき子です。海水着ひとつで、大丸さんに、どんな迷惑がかかるのか、人をだまして千円二千円としぼりとっても、いいえ、一身代《ひとしんだい》つぶしてやって、それで、みんなにほめられている人さえあるじゃございませんか。牢はいったい誰のためにあるのです。お金のない人ばかり牢へいれられています。私は、××にだって同情できるんだ。あの人たちは、きっと他人をだますことの出来ない弱い正直な性質なんだ。人をだましていい生活をするほど悪がしこくないから、だんだん追いつめられて、あんなばかげたことをして、二円、三円を強奪して、そうして五年も十年も牢へはいっていなければいけない、はははは、おかしい、おかしい、なんてこった、ああ、ばかばかしいのねえ。

私は、きっと狂っていたのでしょう。それにちがいございませぬ。おまわりさんは、蒼《あお》い顔をして、じっと私を見つめていました。私は、ふっとそのおまわりさんを好きに思いました。泣きながら、それでも無理して微笑《ほほえ》んで見せました。どうやら私は、精神病者のあつかいを受けたようでございます。おまわりさんは、はれものにさわるように、大事に私を警察署へ連れていって下さいました。その夜は、留置場へとめられ、朝になって、父が迎えに来て呉れて、私は、家へかえしてもらいました。父は家へ帰る途中、なぐられやしなかったか、と一言そっと私にたずねたきりで、他にはなんにも言いませんでした。

その日の夕刊を見て、私は顔を、耳まで赤くしました。私のことが出ていたのでございます。万引にも三分の理、変質の左翼少女滔々《とうとう》と美辞麗句、という見出しでございました。恥辱は、それだけでございませんでした。近所の人たちは、うろうろ私の家のまわりを歩いて、私もはじめは、それがなんの意味かわかりませんでしたが、みんな私の様《さま》を覗きに来ているのだ、と気附いたときには、私はわなわな震えました。私のあの鳥渡《ちょっと》した動作が、どんなに大事件だったのか、だんだんはっきりわかって来て、あのとき、私のうちに毒薬があれば私は気楽に呑《の》んだことでございましょうし、ちかくに竹藪でもあれば、私は平気で中へはいっていって首を吊ったことでございましょう。二、三日のあいだ、私の家では、店をしめました。

やがて私は、水野さんからもお手紙いただきました。

――僕は、この世の中で、さき子さんを一ばん信じている人間であります。ただ、さき子さんには、教育が足りない。さき子さんは、正直な女性なれども、環境に於《お》いて正しくないところがあります。僕はそこの個所を直してやろうと努力して来たのであるが、やはり絶対のものがあります。人間は、学問がなければいけません。先日、友人とともに海水浴に行き、海浜にて人間の向上心の必要について、ながいこと論じ合った。僕たちは、いまに偉くなるだろう。さき子さんも、以後は行いをつつしみ、犯した罪の万分の一にても償い、深く社会に陳謝するよう、社会の人、その罪を憎みて、その人を憎まず。

水野三郎。（読後かならず焼却のこと。封筒もともに焼却して下さい。必ず。）

これが、手紙の全文でございます。私は、水野さんが、もともと、お金持の育ちだったことを忘れていました。

針の筵《むしろ》の一日一日がすぎて、もう、こんなに涼しくなってまいりました。今夜は、父が、どうもこんなに電燈が暗くては、気が滅入っていけない、と申して、六畳間の電球を、五十燭《しょく》のあかるい電球と取りかえました。そうして、親子三人、あかるい電燈の下で、夕食をいただきました。母は、ああ、まぶしい、まぶしいといっては、箸《はし》持つ手を額にかざして、たいへん浮き浮きはしゃいで、私も、父にお酌をしてあげました。私たちのしあわせは、所詮《しょせん》こんな、お部屋の電球を変《かえ》ることくらいのものなのだ、とこっそり自分に言い聞かせてみましたが、そんなにわびしい気も起らず、かえってこのつつましい電燈をともした私たち一家が、ずいぶん綺麗な走馬燈のような気がして来て、ああ、覗くなら覗け、私たち親子は、美しいのだ、と庭に鳴く虫にまでも知らせてあげたい静かなよろこびが、胸にこみあげて来たのでございます。

玩具

どうにかなる。どうにかなろうと一日一日を迎えてそのまま送っていって暮しているのであるが、それでも、なんとしても、どうにもならなくなってしまう場合がある。そんな場合になってしまうと、私は糸の切れた紙凧《かみだこ》のようにふわふわ生家へ吹きもどされる。普段着のまま帽子もかぶらず東京から二百里はなれた生家の玄関へ懐手《ふところで》して静かにはいるのである。両親の居間の襖《ふすま》をするするあけて、敷居のうえに佇立《ちょりつ》すると、虫眼鏡で新聞の政治面を低く音読している父も、そのかたわらで裁縫をしている母も、顔つきを変えて立ちあがる。ときに依っては、母はひいという絹布を引き裂くような叫びをあげる。しばらく私のすがたを見つめているうちに、私には面皰《にきび》もあり、足もあり、幽霊でないということが判って、父は憤怒の鬼と化し、母は泣き伏す。もとより私は、東京を離れた瞬間から、死んだふりをしているのである。どのような悪罵《あくば》を父から受けても、どのような哀訴《あいそ》を母から受けても、私はただ不可解な微笑でもって応ずるだけなのである。針の筵《むしろ》に坐った思いとよく人は言うけれども、私は雲霧の筵に坐った思いで、ただぼんやりしているのである。

ことしの夏も、同じことであった。私には三百円、かけねなしには二百七十五円、それだけが必要であったのである。私は貧乏が嫌いなのである。生きている限りは、ひとに御馳走をし、伊達《だて》な着物を着ていたいのである。生家には五十円と現金がない。それも知っている。けれども私は生家の土蔵の奥隅になお二三十個のたからもののあることをも知っている。私はそれを盗むのである。私は既に三度、盗みを繰り返し、ことしの夏で四度目である。

ここまでの文章には私はゆるがぬ自負を持つ。困ったのは、ここからの私の姿勢である。

私はこの玩具という題目の小説に於いて、姿勢の完璧を示そうか、情念の模範を示そうか。けれども私は抽象的なものの言いかたを能《あた》う限り、ぎりぎりにつつしまなければいけない。なんとも、果しがつかないからである。一こと理窟を言いだしたら最後、あとからあとから、まだまだと前言を追いかけていって、とうとう千万言の註釈。そうして跡にのこるものは、頭痛と発熱と、ああ莫迦《ばか》なことを言ったという自責。つづいて糞甕《くそがめ》に落ちて溺死したいという発作。

私を信じなさい。

私はいまこんな小説を書こうと思っているのである。私というひとりの男がいて、それが或《あ》るなんでもない方法によって、おのれの三歳二歳一歳のときの記憶を蘇《よみがえ》らす。私はその男の三歳二歳一歳の思い出を叙述するのであるが、これは必ずしも怪奇小説でない。赤児の難解に多少の興を覚え、こいつをひとつと思って原稿用紙をひろげただけのことである。それゆえこの小説の臓腑《ぞうふ》といえば、あるひとりの男の三歳二歳一歳の思い出なのである。その余のことは書かずともよい。思い出せば私が三つのとき、というような書きだしから、だらだらと思い出話を書き綴っていって、二歳一歳、しまいにはおのれの誕生のときの思い出を叙述し、それからおもむろに筆を擱《お》いたら、それでよいのである。けれどもここに、姿勢の完璧を示そうか、情念の模範を示そうか、という問題がすでに起っている。姿勢の完璧というのは、手管のことである。相手をすかしたり、なだめたり、もちろんちょいちょい威《おど》したりしながら話をすすめ、ああよい頃おいだなと見てとったなら、何かしら意味ふかげな一言とともにふっとおのが姿を掻き消す。いや、全く掻き消してしまうわけではない。素早く障子のかげに身をひそめてみるだけなのである。やがて障子のかげから無邪気な笑顔を現わしたときには、相手のからだは意のままになる状態に在るであろう。手管というのは、たとえばこんな工合《ぐあ》いの術のことであって、ひとりの作家の真摯な精進の対象である。私にもまた、そのような手管はいやでなく、この赤児の思い出話にひとつ巧みな手管を用いようと企てたのである。

　ここらで私は、私の態度をはっきりきめてしまう必要がある。私の嘘がそろそろ崩れかけて来たのを感じるからである。私は姿勢の完璧からだんだん離れていっているように見せつけながら、いつまたそれに返っていっても怪我のないように用心に用心を重ねながら筆を運んで来たのである。書きだしの数行をそのまま消さずに置いたところからみても、すぐにそれと察しがつく筈《はず》である。しかもその数行を、ゆるがぬ自負を持つなどという金色の鎖でもって読者の胸にむすびつけて置いたことは、これこそなかなかの手管でもあろう。事実、私は返るつもりでいた。はじめに少し書きかけて置いたあのようなひとりの男が、どうしておのれの三歳二歳一歳のときの記憶を取り戻そうと思いたったか、どうして記憶を取り戻し得たか、なお、その記憶を取り戻したばかりに男はどんな目に逢ったか、私はそれらをすべて用意していた。それらを赤児の思い出話のあとさきに附け加えて、そうして姿勢の完璧と、情念の模範と、二つながら兼ね具えた物語を創作するつもりでいた。

　もはや私を警戒する必要はあるまい。

　私は書きたくないのである。

　書こうか。私の赤児のときの思い出だけでもよいのなら、一日にたった五六行ずつ書いていってもよいのなら、君だけでも丁寧に丁寧に読んで呉《く》れるというのなら。よし。いつ成るとも判らぬこのやくざな仕事の首途《かどで》を祝い、君とふたりでつつましく乾杯しよう。仕事はそれからである。

私は生れてはじめて地べたに立ったときのことを思い出す。雨あがりの青空。雨あがりの黒土。梅の花。あれは、きっと裏庭である。女のやわらかい両手が私のからだをそこまで運びだし、そうして、そっと私を地べたに立たせた。私は全く平気で、二歩、か三歩、あるいた。だしぬけに私の視覚が地べたの無限の前方へのひろがりを感じ捕り、私の両足の裏の触覚が地べたの無限の深さを感じ捕り、さっと全身が凍りついて、尻餅ついた。私は火がついたように泣き喚いた。我慢できぬ空腹感。

これらはすべて嘘である。私はただ、雨後の青空にかかっていたひとすじのほのかな虹を覚えているだけである。

ものの名前というものは、それがふさわしい名前であるなら、よし聞かずとも、ひとりでに判って来るものだ。私は、私の皮膚から聞いた。ぼんやり物象を見つめていると、その物象の言葉が私の肌をくすぐる。たとえば、アザミ。わるい名前は、なんの反応もない。いくど聞いても、どうしても呑みこめなかった名前もある。たとえば、ヒト。

私が二つのときの冬に、いちど狂った。小豆《あずき》粒くらいの大きさの花火が、両耳の奥底でぱちぱち爆《は》ぜているような気がして、思わず左右の耳を両手で覆った。それきり耳が聞えずなった。遠くを流れている水の音だけがときどき聞えた。涙が出て出て、やがて眼玉がちかちか痛み、次第にあたりの色が変っていった。私は、眼に色ガラスのようなものでもかかったのかと思い、それをとりはずそうとして、なんどもなんども目蓋《まぶた》をつまんだ。私は誰かのふところの中にいて、囲炉裏《いろり》の焔を眺めていた。焔は、みるみるまっくろになり、海の底で昆布の林がうごいているような奇態なものに見えた。緑の焔はリボンのようで、黄色い焔は宮殿のようであった。けれども、私はおしまいに牛乳のような純白な焔を見たとき、ほとんど我を忘却した。「おや、この子はまたおしっこ。おしっこをたれるたんびに、この子はわなわなふるえる。」誰かがそう呟いたのを覚えている。私は、こそばゆくなり胸がふくれた。それはきっと帝王のよろこびを感じたのだ。「僕はたしかだ。誰も知らない。」軽蔑ではなかった。

同じようなことが、二度あった。私はときたま玩具と言葉を交した。木枯しがつよく吹いている夜更けであった。私は、枕元のだるまに尋ねた。「だるま、寒くないか。」だるまは答えた。「寒くない。」私はかさねて尋ねた。「ほんとうに寒くないか。」だるまは答えた。「寒くない。」「ほんとうに。」「寒くない。」傍に寝ている誰かが私たちを見て笑った。「この子はだるまがお好きなようだ。いつまでも黙ってだるまを見ている。」

おとなたちが皆、寝しずまってしまうと、家じゅうを四五十の鼠が駈けめぐるのを私は知っている。

たまには、四五匹の青大将が畳のうえを這いまわる。おとなたちは、鼻音をたてて眠っているので、この光景を知らない。鼠や青大将が寝床のなかにまではいって行くのであるが、おとなたちは知らない。私は夜、いつも全く眼をさましている。昼間、みんなの見ている前で、少し眠る。

私は誰にも知られずに狂い、やがて誰にも知られずに直っていた。

それよりもまだ小さかった頃のこと。麦畑の麦の穂のうねりを見るたびごとに思い出す。私は麦畑の底の二匹の馬を見つめていた。赤い馬と黒い馬。たしかに努めていた。私は力を感じたので、その二匹の馬が私をすぐ身近に放置してきっぱりと問題外にしている無礼に対し、不満を覚える余裕さえなかった。

もう一匹の赤い馬を見た。あるいは同じ馬であったかも知れぬ。針仕事をしていたようであった。しばらくしては立ちあがり、はたはたと着物の前をたたくのだ。糸屑《いとくず》を払い落す為であったかも知れぬ。からだをくねらせて私の片頬へ縫針を突き刺した。「坊や、痛いか。痛いか。」私には痛かった。

私の祖母が死んだのは、こうして様様に指折りかぞえながら計算してみると、私の生後八ヶ月目のころのことである。このときの思い出だけは、霞《かすみ》が三角形の裂け目を作って、そこから白昼の透明な空がだいじな肌を覗かせているようにそんな案配にはっきりしている。祖母は顔もからだも小さかった。髪のかたちも小さかった。胡麻粒《ごまつぶ》ほどの桜の花弁を一ぱいに散らした縮緬《ちりめん》の着物を着ていた。私は祖母に抱かれ、香料のさわやかな匂いに酔いながら、上空の鳥《からす》の喧嘩を眺めていた。祖母は、あなや、と叫んで私を畳のうえに投げ飛ばした。ころげ落ちながら私は祖母の顔を見つめていた。祖母は下顎をはげしくふるわせ、二度も三度も真白い歯を打ち鳴らした。やがてころり仰向きに寝ころがった。おおぜいのひとたちは祖母のまわりに駈《は》せ集い、一斉に鈴虫みたいな細い声を出して泣きはじめた。私は祖母とならんで寝ころがりながら、死人の顔をだまって見ていた。﨟《ろう》たけた祖母の白い顔の、額の両端から小さい波がちりちりと起り、顔一めんにその皮膚の波がひろがり、みるみる祖母の顔を皺《しわ》だらけにしてしまった。人は死に、皺はにわかに生き、うごく。うごきつづけた。皺のいのち。それだけの文章。そろそろと堪えがたい悪臭が祖母の懐の奥から這い出た。

いまもなお私の耳朶《みみたぶ》をくすぐる祖母の子守歌。「狐の嫁入り、婿《むこ》さん居ない。」その余の言葉はなくもがな。

魚服記

一

本州の北端の山脈は、ぼんじゅ山脈というのである。せいぜい三四百米《メートル》ほどの丘陵が起伏しているのであるから、ふつうの地図には載っていない。むかし、このへん一帯はひろびろした海であったそうで、義経《よしつね》が家来たちを連れて北へ北へと亡命して行って、はるか蝦夷《えぞ》の土地へ渡ろうとここを船でとおったということである。そのとき、彼等の船が此《こ》の山脈へ衝突した。突きあたった跡がいまでも残っている。山脈のまんなかごろのこんもりした小山の中腹にそれがある。約一畝歩《せぶ》ぐらいの赤土の岸がそれなのであった。

小山は馬禿山《まはげやま》と呼ばれている。ふもとの村から崖を眺めるとはしっている馬の姿に似ているからと言うのであるが、事実は老いぼれた人の横顔に似ていた。

馬禿山はその山の陰の景色がいいから、いっそう此の地方で名高いのである。麓《ふもと》の村は戸数もわずか二三十でほんの寒村であるが、その村はずれを流れている川を二里ばかりさかのぼると馬禿山の裏へ出て、そこには十丈ちかくの滝がしろく落ちている。夏の末から秋にかけて山の木々が非常によく紅葉するし、そんな季節には近辺のまちから遊びに来る人たちで山もすこしにぎわうのだった。滝の下には、ささやかな茶店さえ立つのである。

ことしの夏の終りごろ、此の滝で死んだ人がある。故意に飛び込んだのではなくて、まったくの過失からであった。植物の採集をしにこの滝へ来た色の白い都の学生である。このあたりには珍らしい羊歯《しだ》類が多くて、そうした採集家がしばしば訪れるのだった。

滝壺は三方が高い絶壁で、西側の一面だけが狭くひらいて、そこから谷川が岩を噛みつつ流れ出ていた。絶壁は滝のしぶきでいつも濡れていた。羊歯類は此の絶壁のあちこちにも生えていて、滝のとどろきにしじゅうぶるぶるとそよいでいるのだった。

学生はこの絶壁によじのぼった。ひるすぎのことであったが、初秋の日ざしはまだ絶壁の頂上に明るく残っていた。学生が、絶壁のなかばに到達したとき、足だまりにしていた頭ほどの石ころがもろくも崩れた。崖から剥ぎ取られたようにすっと落ちた。途中で絶壁の老樹の枝にひっかかった。枝が折れた。すさまじい音をたてて淵へたたきこまれた。

滝の附近に居合せた四五人がそれを目撃した。しかし、淵のそばの茶店にいる十五になる女の子が一番はっきりとそれを見た。

いちど、滝壺ふかく沈められて、それから、すらっと上半身が水面から躍りあがった。眼をつぶって口を小さくあけていた。青色のシャツのところどころが破れて、採集かばんはまだ肩にかかっていた。

それきりまたぐっと水底へ引きずりこまれたのである。

二

春の土用から秋の土用にかけて天気のいい日だと、馬禿山から白い煙の幾筋も昇っているのが、ずいぶん遠くからでも眺められる。この時分の山の木には精気が多くて炭をこさえるのに適しているから、炭を焼く人達も忙しいのである。

　馬禿山には炭焼小屋が十いくつある。滝の傍にもひとつあった。此の小屋は他の小屋と余程はなれて建てられていた。小屋の人がちがう土地のものであったからである。茶店の女の子はその小屋の娘であって、スワという名前である。父親とふたりで年中そこへ寝起しているのだった。

　スワが十三の時、父親は滝壺のわきに丸太とよしずで小さい茶店をこしらえた。ラムネと塩せんべいと水無飴《みずなしあめ》とそのほか二三種の駄菓子をそこへ並べた。

　夏近くなって山へ遊びに来る人がぼつぼつ見え初めるじぶんになると、父親は毎朝その品物を手籠《てかご》へ入れて茶店迄《まで》はこんだ。スワは父親のあとからはだしでぱたぱたついて行った。父親はすぐ炭小屋へ帰ってゆくが、スワは一人いのこって店番するのだった。遊山の人影がちらとでも見えると、やすんで行きせえ、と大声で呼びかけるのだ。父親がそう言えと申しつけたからである。しかし、スワのそんな美しい声も滝の大きな音に消されて、たいていは、客を振りかえさすことさえ出来なかった。一日五十銭と売りあげることがなかったのである。

　黄昏時《たそがれどき》になると父親は炭小屋から、からだ中を真黒にしてスワを迎えに来た。

「なんぼ売れた」

「なんも」

「そだべ、そだべ」

　父親はなんでもなさそうに呟《つぶや》きながら滝を見上げるのだ。それから二人して店の品物をまた手籠へしまい込んで、炭小屋へひきあげる。

そんな日課が霜のおりるころまでつづくのである。

スワを茶店にひとり置いても心配はなかった。山に生れた鬼子であるから、岩根を踏みはずしたり滝壺へ吸いこまれたりする気づかいがないのだった。天気が良いとスワは裸身になって滝壺のすぐ近くまで泳いで行った。泳ぎながらも客らしい人を見つけると、あかちゃけた短い髪を元気よくかきあげてから、やすんで行きせえ、と叫んだ。

雨の日には、茶店の隅でむしろをかぶって昼寝をした。茶店の上には樫《かし》の大木がしげった枝をさしのべていていい雨よけになった。

つまりそれまでのスワは、どうどうと落ちる滝を眺めては、こんなに沢山水が落ちてはいつかきっとなくなって了《しま》うにちがいない、と期待したり、滝の形はどうしてこういつも同じなのだろう、といぶかしがったりしていたものであった。

それがこのごろになって、すこし思案ぶかくなったのである。

滝の形はけっして同じでないということを見つけた。しぶきのはねる模様でも、滝の幅でも、眼まぐるしく変っているのがわかった。果ては、滝は水でない、雲なのだ、ということも知った。滝口から落ちると白くもくもくふくれ上る案配からでもそれと察しられた。だいいち水がこんなにまでしろくなる訳はない、と思ったのである。

スワはその日もぼんやり滝壺のかたわらに佇《たたず》んでいた。曇った日で秋風が可成りいたくスワの赤い頬を吹きさらしているのだ。

むかしのことを思い出していたのである。いつか父親がスワを抱いて炭窯《すみがま》の番をしながら語ってくれたが、それは、三郎と八郎というきこりの兄弟があって、弟の八郎が或《あ》る日、谷川でやまべというさかなを取って家へ持って来たが、兄の三郎がまだ山からかえらぬうちに、其《そ》のさかなをまず一匹焼いてたべた。食ってみるとおいしかった。二匹三匹とたべてもやめられないで、とうとうみんな食ってしまった。そうするとのどが乾いて乾いてたまらなくなった。井戸の水をすっかりのんで了って、村はずれの川端へ走って行って、又水をのんだ。のんでるうちに、体中へぶつぶつと鱗《うろこ》が吹き出た。三郎があとからかけつけた時には、八郎はおそろしい大蛇《だいじゃ》になって川を泳いでいた。八郎やあ、と呼ぶと、川の中から大蛇が涙をこぼして、三郎やあ、とこたえた。兄は堤の上から弟は川の中から、八郎やあ、三郎やあ、と泣き泣き呼び合ったけれど、どうする事も出来なかったのである。

スワがこの物語を聞いた時には、あわれであわれで父親の炭の粉だらけの指を小さな口におしこんで泣いた。

スワは追憶からさめて、不審げに眼をぱちぱちさせた。滝がささやくのである。八郎やあ、三郎やあ、八郎やあ。

父親が絶壁の紅い蔦の葉を掻きわけながら出て来た。

「スワ、なんぼ売れた」

スワは答えなかった。しぶきにぬれてきらきら光っている鼻先を強くこすった。父親はだまって店を片づけた。

炭小屋までの三町程の山道を、スワと父親は熊笹を踏みわけつつ歩いた。

「もう店しまうべえ」

父親は手籠を右手から左手へ持ちかえた。ラムネの瓶がからから鳴った。

「秋土用すぎで山さ来る奴もねえべ」

日が暮れかけると山は風の音ばかりだった。楢《なら》や樅《もみ》の枯葉が折々みぞれのように二人のからだへ降りかかった。

「お父《ど》」

スワは父親のうしろから声をかけた。

「おめえ、なにしに生きでるば」

父親は大きい肩をぎくっとすぼめた。スワのきびしい顔をしげしげ見てから呟いた。

「判らねじゃ」

スワは手にしていたすすきの葉を噛みさきながら言った。

「くたばった方あ、いいんだに」

父親は平手をあげた。ぶちのめそうと思ったのである。しかし、もじもじと手をおろした。スワの気が立って来たのをとうから見抜いていたが、それもスワがそろそろ一人前のおんなになったからだな、と考えてそのときは堪忍してやったのだった。

「そだべな、そだべな」

スワは、そうした父親のかかりくさのない返事が馬鹿くさくて馬鹿くさくて、すすきの葉をべっべっと吐き出しつつ、

「阿呆、阿呆」

と呶鳴《どな》った。

三

ぼんが過ぎて茶店をたたんでからスワのいちばんいやな季節がはじまるのである。

父親はこのころから四五日置きに炭を背負って村へ売りに出た。人をたのめばいいのだけれど、そうすると十五銭も二十銭も取られてたいしたついえであるから、スワひとりを残してふもとの村へおりて行くのだった。

スワは空の青くはれた日だとその留守に蕈《きのこ》をさがしに出かけるのである。父親のこさえる炭は一俵で五六銭も儲けがあればいい方だったし、とてもそれだけではくらせないから、父親はスワに蕈を取らせて村へ持って行くことにしていた。

なめこというぬらぬらした豆きのこは大変ねだんがよかった。それは羊歯類の密生している腐木へかたまってはえているのだった。スワはそうした苔を眺めるごとに、たった一人のともだちのことを追想した。蕈のいっぱいつまった籠の上へ青い苔をふりまいて、小屋へ持って帰るのが好きであった。

父親は炭でも蕈でもそれがいい値で売れると、きまって酒くさいいきをしてかえった。たまにはスワへも鏡のついた紙の財布やなにかを買って来て呉《く》れた。

凩《こがらし》のために朝から山があれて小屋のかけむしろがにぶくゆすられていた日であった。父親は早暁から村へ下りて行ったのである。

スワは一日じゅう小屋へこもっていた。めずらしくきょうは髪をゆってみたのである。ぐるぐる巻いた髪の根へ、父親の土産の浪模様がついたたけながをむすんだ。それから焚火《たきび》をうんと燃やして父親の帰るのを待った。木々のさわぐ音にまじってけだものの叫び声が幾度もきこえた。

日が暮れかけて来たのでひとりで夕飯を食った。くろいめしに焼いた味噌をかてて食った。

夜になると風がやんでただしんしんと寒くなった。こんな妙に静かな晩には山できっと不思議が起るのである。天狗《てんぐ》の大木を伐り倒す音がめりめりと聞えたり、小屋の口あたりで、誰かのあずきをとぐ気配がさくさくと耳についたり、遠いところから山人《やもうと》の笑い声がはっきり響いて来たりするのであった。

父親を待ちわびたスワは、わらぶとん着て炉ばたへ寝てしまった。うとうと眠っていると、ときどきそっと入口のむしろをあけて覗き見するものがあるのだ。山人が覗いているのだ、と思って、じっと眠ったふりをしていた。

白いもののちらちら入口の土間へ舞いこんで来るのが燃えのこりの焚火のあかりでおぼろに見えた。初雪だ！　と夢心地ながらうきうきした。

疼痛《とうつう》。からだがしびれるほど重かった。ついであのくさい呼吸を聞いた。

「阿呆」

スワは短く叫んだ。

ものもわからず外へはしって出た。

吹雪！　それがどっと顔をぶった。思わずめためた坐って了った。みるみる髪も着物もまっしろになった。

スワは起きあがって肩であらく息をしながら、むしむし歩き出した。着物が烈風で揉みくちゃにされていた。どこまでも歩いた。

滝の音がだんだんと大きく聞えて来た。ずんずん歩いた。てのひらで水洟《みずばな》を何度も拭った。ほとんど足の真下で滝の音がした。

狂い唸る冬木立の、細いすきまから、

「おど！」

とひくく言って飛び込んだ。

四

気がつくとあたりは薄暗いのだ。滝の轟《とどろき》が幽《かす》かに感じられた。ずっと頭の上でそれを感じたのである。からだがその響きにつれてゆらゆら動いて、みうちが骨まで冷たかった。

ははあ水の底だな、とわかると、やたらむしょうにすっきりした。さっぱりした。

ふと、両脚をのばしたら、すすと前へ音もなく進んだ。鼻がしらがあやうく岸の岩角へぶっつかろうとした。

大蛇！

大蛇になってしまったのだと思った。うれしいな、もう小屋へ帰れないのだ、とひとりごとを言って口ひげを大きくうごかした。

小さな鮒《ふな》であったのである。ただ口をぱくぱくとやって鼻さきの疣《いぼ》をうごめかしただけのことであったのに。

鮒は滝壺のちかくの淵をあちこちと泳ぎまわった。胸鰭《むなびれ》をぴらぴらさせて水面へ浮んで来たかと思うと、つと尾鰭をつよく振って底深くもぐりこんだ。

水のなかの小えびを追っかけたり、岸辺の葦《あし》のしげみに隠れて見たり、岩角の苔をすすったりして遊んでいた。

それから鮒はじっとうごかなくなった。時折、胸鰭をこまかくそよがせるだけである。なにか考えているらしかった。しばらくそうしていた。

やがてからだをくねらせながらまっすぐに滝壺へむかって行った。たちまち、くるくると木の葉のように吸いこまれた。

猿ヶ島

ハハン。いや、失礼。私は自身の猿を笑ったのです。（スタヴロギン）

はるばると海を越えて、この島に着いたときの私の憂愁を思い給え。夜なのか昼なのか、島は深い霧に包まれて眠っていた。私は眼をしばたたいて、島の全貌を見すかそうと努めたのである。裸の大きい岩が急な勾配《こうばい》を作っていくつもいくつも積みかさなり、ところどころに洞窟のくろい口のあいているのがおぼろに見えた。これは山であろうか。一本の青草もない。

私は岩山の岸に沿うてよろよろと歩いた。あやしい呼び声がときどき聞える。さほど遠くからでもない。狼であろうか。熊であろうか。しかし、ながい旅路の疲れから、私はかえって大胆になっていた。私はこういう咆哮《ほうこう》をさえ気にかけず島をめぐり歩いたのである。

私は島の単調さに驚いた。歩いても歩いても、こつこつの固い道である。右手は岩山であって、すぐ左手には粗い胡麻石《ごまいし》が殆ど垂直にそそり立っているのだ。そのあいだに、いま私の歩いている此《こ》の道が、六尺ほどの幅で、坦々とつづいている。

道のつきるところまで歩こう。言うすべもない混乱と疲労から、なにものも恐れぬ勇気を得ていたのである。

ものの半里も歩いたろうか。私は、再びもとの出発点に立っていた。私は道が岩山をぐるっとめぐってついてあるのを理解した。おそらく、私はおなじ道を二度ほどめぐったにちがいない。私は島が思いのほかに小さいのを知った。

霧は次第にうすらぎ、山のいただきが私のすぐ額のうえにのしかかって見えだした。峰が三つ。まんなかの円い峰は、高さが三四丈もあるであろうか。様様の色をしたひらたい岩で畳まれ、その片側の傾斜がゆるく流れて隣の小さくとがった峰へ伸び、もう一方の側の傾斜は、けわしい断崖をなしてその峰の中腹あたりにまで滑り落ち、それからまたふくらみがむくむく起って、ひろい丘になっている。断崖と丘の硲《はざま》から、細い滝がひとすじ流れ出ていた。滝の附近の岩は勿論、島全体が濃い霧のために黝《あおぐろ》く濡れているのである。木が二本見える。滝口に、一本。樫《かし》に似たのが。丘の上にも、一本。えたいの知れぬふとい木が。そうして、いずれも枯れている。

私はこの荒涼の風景を眺めて、暫くぼんやりしていた。霧はいよいようすらいで、日の光がまんなかの峰にさし始めた。霧にぬれた峰は、かがやいた。朝日だ。それが朝日であるか、夕日であるか、私にはその香気でもって識別することができるのだ。それでは、いまは夜明けなのか。

私は、いくぶんすがすがしい気持になって、山をよじ登ったのである。見た眼には、けわしそうでもあるが、こうして登ってみると、きちんきちんと足だまりができていて、さほど難渋でない。とうとう滝口にまで這いのぼった。

ここには朝日がまっすぐに当り、なごやかな風さえ頬に感ぜられるのだ。私は樫に似た木の傍へ行って、腰をおろした。これは、ほんとうに樫であろうか、それとも楢《なら》か樅《もみ》であろうか。私は梢《こずえ》までずっと見あげたのである。枯れた細い枝が五六本、空にむかい、手ぢかなところにある枝は、たいていぶざまにへし折られていた。のぼってみようか。

ふぶきのこえ

　　われをよぶ
風の音であろう。私はするするとのぼり始めた。
　とらわれの
　われをよぶ
気疲れがひどいと、さまざまな歌声がきこえるものだ。私は梢にまで達した。梢の枯枝を二三度ばさばさゆすぶってみた。
　いのちともしき
　われをよぶ
足だまりにしていた枯枝がぽきっと折れた。不覚にも私は、ずるずる幹づたいに滑り落ちた。
「折ったな。」
その声を、つい頭の上で、はっきり聞いた。私は幹にすがって立ちあがり、うつろな眼で声のありかを捜したのである。ああ。戦慄が私の背を走る。朝日を受けて金色にかがやく断崖を一匹の猿がのそのそと降りて来るのだ。私のからだの中でそれまで眠らされていたものが、いちどにきらっと光り出した。
「降りて来い。枝を折ったのはおれだ。」
「それは、おれの木だ。」
崖を降りつくした彼は、そう答えて滝口のほうへ歩いて来た。私は身構えた。彼はまぶしそうに額へたくさんの皺《しわ》をよせて、私の姿をじろじろ眺めた。やがて、まっ白い歯をむきだして笑った。笑いは私をいらだたせた。

「おかしいか。」

「おかしい。」彼は言った。「海を渡って来たろう。」

「うん。」私は滝口からもくもく湧いて出る波の模様を眺めながらうなずいた。せま苦しい箱の中で過したながい旅路を回想したのである。

「なんだか知れぬが、おおきい海を。」

「うん。」また、うなずいてやった。

「やっぱり、おれと同じだ。」

彼はそう呟き、滝口の水を掬《すく》って飲んだ。いつの間にか、私たちは並んで坐っていたのである。

「ふるさとが同じなのさ。一目、見ると判る。おれたちの国のものは、みんな耳が光っているのだよ。」

彼は私の耳を強くつまみあげた。私は怒って、彼のそのいたずらした右手をひっ掻いてやった。それから私たちは顔を見合せて笑った。私は、なにやらくつろいだ気分になっていたのだ。

けたたましい叫び声がすぐ身ぢかで起った。おどろいて振りむくと、ひとむれの尾の太い毛むくじゃらな猿が、丘のてっぺんに陣どって私たちへ吠えかけているのであった。私は立ちあがった。

「よせ、よせ。こっちへ手むかっているのじゃないよ。ほえざるという奴さ。毎朝あんなにして太陽に向って吠えたてるのだ。」

私は呆然と立ちつくした。どの山の峰にも、猿がいっぱいにむらがり、背をまるくして朝日を浴びているのである。

「これは、みんな猿か。」

私は夢みるようであった。

「そうだよ。しかし、おれたちとちがう猿だ。ふるさとがちがうのさ。」

私は彼等を一匹一匹たんねんに眺め渡した。ふさふさした白い毛を朝風に吹かせながら児猿に乳を飲ませている者。赤い大きな鼻を空にむけてなにかしら歌っている者。縞《しま》の美事な尾を振りながら日光のなかでつるんでいる者。しかめつらをして、せわしげにあちこちと散歩している者。

私は彼に囁いた。

「ここは、どこだろう。」

彼は慈悲ふかげな眼ざしで答えた。

「おれも知らないのだよ。しかし、日本ではないようだ。」

「そうか。」私は溜息をついた。「でも、この木は木曾樫のようだが。」

彼は振りかえって枯木の幹をぴたぴたと叩き、ずっと梢を見あげたのである。

「そうでないよ。枝の生えかたがちがうし、それに、木肌の日の反射のしかただって鈍いじゃないか。もっとも、芽が出てみないと判らぬけれど。」

私は立ったまま、枯木へ寄りかかって彼に尋ねた。

「どうして芽が出ないのだ。」

「春から枯れているのさ。おれがここへ来たときにも枯れていた。あれから、四月、五月、六月、と三つきも経っているが、しなびて行くだけじゃないか。これは、ことに依ったら挿木《さしき》でないかな。根がないのだよ、きっと。あっちの木は、もっとひどいよ。奴等のくそだらけだ。」

そう言って彼は、ほえざるの一群を指さした。ほえざるは、もう啼《な》きやんでいて、島は割合に平静であった。

「坐らないか。話をしよう。」

私は彼にぴったりくっついて坐った。

「ここは、いいところだろう。この島のうちでは、ここがいちばんいいのだよ。日が当るし、木があるし、おまけに、水の音が聞えるし。」彼は脚下の小さい滝を満足げに見おろしたのである。「おれは、日本の北方の海峡ちかくに生れたのだ。夜になると波の音が幽《かす》かにどぶんどぶんと聞えたよ。波の音って、いいものだな。なんだかじわじわ胸をそそるよ。」

私もふるさとのことを語りたくなった。

「おれには、水の音よりも木がなつかしいな。日本の中部の山の奥の奥で生れたものだから。青葉の香はいいぞ。」

「それあ、いいさ。みんな木をなつかしがっているよ。だから、この島にいる奴は誰にしたって、一本でも木のあるところに坐りたいのだよ。」言いながら彼は股の毛をわけて、深い赤黒い傷跡をいくつも私に見せた。「ここをおれの場所にするのに、こんな苦労をしたのさ。」

私は、この場所から立ち去ろうと思った。「おれは、知らなかったものだから。」

「いいのだよ。構わないのだよ。おれは、ひとりぼっちなのだ。いまから、ここをふたりの場所にしてもいい。だが、もう枝を折らないようにしろよ。」

霧はまったく晴れ渡って、私たちのすぐ眼のまえに、異様な風景が現出したのである。青葉。それがまず私の眼にしみた。私には、いまの季節がはっきり判った。ふるさとでは、椎《しい》の若葉が美しい頃なのだ。私は首をふりふりこの並木の青葉を眺めた。しかし、そういう陶酔も瞬時に破れた。私はふたたび驚愕の眼を見はったのである。青葉の下には、水を打った砂利道が涼しげに敷かれていて、白いよそおいをした瞳の青い人間たちが、流れるようにぞろぞろ歩いている。まばゆい鳥の羽を頭につけた女もいた。蛇の皮のふとい杖をゆるやかに振って右左に微笑を送る男もいた。

彼は私のわななく胴体をつよく抱き、口早に囁いた。

「おどろくなよ。毎日こうなのだ。」

「どうなるのだ。みんなおれたちを狙っている。」山で捕われ、この島につくまでの私のむざんな経歴が思い出され、私は下唇を噛みしめた。

「見せ物だよ。おれたちの見せ物だよ。だまって見ていろ。面白いこともあるよ。」

彼はせわしげにそう教えて、片手ではなおも私のからだを抱きかかえ、もう一方の手であちこちの人間を指さしつつ、ひそひそ物語って聞かせたのである。あれは人妻と言って、亭主のおもちゃになるか、亭主の支配者になるか、ふたとおりの生きかたしか知らぬ女で、もしかしたら人間の臍《へそ》というものが、あんな形であるかも知れぬ。あれは学者と言って、死んだ天才にめいわくな註釈をつけ、生れる天才をたしなめながらめしを食っているおかしな奴だが、おれはあれを見るたびに、なんとも知れず眠たくなるのだ。あれは女優と言って、舞台にいるときよりも素面《すがお》でいるときのほうが芝居の上手な婆で、おお、またおれの奥の虫歯がいたんで来た。あれは地主と言って、自分もまた労働しているとしじゅう弁明ばかりしている小胆者だが、おれはあのお姿を見ると、鼻筋づたいに虱《しらみ》が這って歩いているようなもどかしさを覚える。また、あそこのベンチに腰かけている白手袋の男は、おれのいちばんいやな奴で、見ろ、あいつがここへ現われたら、もはや中天に、臭く黄色い糞の竜巻が現われているじゃないか。

私は彼の饒舌をうつつに聞いていた。私は別なものを見つめていたのである。燃えるような四つの眼を。青く澄んだ人間の子供の眼を。先刻よりこの二人の子供は、島の外廓に築かれた胡麻石の塀からやっと顔だけを覗きこませ、むさぼるように島を眺めまわしているのだ。二人ながら男の子であろう。短い金髪が、朝風にぱさぱさ踊っている。ひとりは、そばかすで鼻がまっくろである。もうひとりの子は、桃の花のような頬をしている。

やがて二人は、同時に首をかしげて思案した。それから鼻のくろい子供が唇をむっと尖らせ、烈しい口調で相手に何か耳うちした。私は彼のからだを両手でゆすぶって叫んだ。

「何を言っているのだ。教えて呉《く》れ。あの子供たちは何を言っているのだ。」

彼はぎょっとしたらしく、ふっとおしゃべりを止し、私の顔と向うの子供たちとを見較べた。そうして、口をもぐもぐ動かしつつ暫く思いに沈んだのだ。私は彼のそういう困却にただならぬ気配を見てとったのである。子供たちが訳のわからぬ言葉をするどく島へ吐きつけて、そろって石塀の上から影を消してしまってからも、彼は額に片手をあてたり尻を掻きむしったりしながら、ひどく躊躇《ちゅうちょ》をしていたが、やがて、口角へ意地わるげな笑いをさえ含めてのろのろと言いだした。

「いつ来て見ても変らない、とほざいたのだよ。」

変らない。私には一切がわかった。私の疑惑が、まんまと的中していたのだ。変らない。これは批評の言葉である。見せ物は私たちなのだ。

「そうか。すると、君は嘘をついていたのだね。」ぶち殺そうと思った。

彼は私のからだに巻きつけていた片手へぎゅっと力こめて答えた。

「ふびんだったから。」

私は彼の幅のひろい胸にむしゃぶりついたのである。彼のいやらしい親切に対する憤怒よりも、おのれの無智に対する羞恥の念がたまらなかった。

「泣くのはやめろよ。どうにもならぬ。」彼は私の背をかるくたたきながら、ものうげに呟いた。「あの石塀の上に細長い木の札が立てられているだろう？　おれたちには裏の薄汚く赤ちゃけた木目だけを見せているが、あのおもてには、なんと書かれてあるか。人間たちはそれを読むのだよ。耳の光るのが日本の猿だ、と書かれてあるのさ。いや、もしかしたら、もっとひどい侮辱が書かれてあるのかも知れないよ。」

私は聞きたくもなかった。彼の腕からのがれ、枯木のもとへ飛んで行った。のぼった。梢にしがみつき、島の全貌を見渡したのである。日はすでに高く上って、島のここかしこから白い靄《もや》がほやほやと立っていた。百匹もの猿は、青空の下でのどかに日向《ひなた》ぼっこして遊んでいた。私は、滝口の傍でじっとうずくまっている彼に声をかけた。

「みんな知らないのか。」

彼は私の顔を見ずに下から答えてよこした。

「知るものか。知っているのは、おそらく、おれと君とだけだよ。」

「なぜ逃げないのだ。」

「君は逃げるつもりか。」

「逃げる。」

青葉。砂利道。人の流れ。

「こわくないか。」

私はぐっと眼をつぶった。言っていけない言葉を彼は言ったのだ。

はたはたと耳をかすめて通る風の音にまじって、低い歌声が響いて来た。彼が歌っているのであろうか。眼が熱い。さっき私を木から落したのは、この歌だ。私は眼をつぶったまま耳傾けたのである。

「よせ、よせ。降りて来いよ。ここはいいところだよ。日が当るし、木があるし、水の音が聞えるし、それにだいいち、めしの心配がいらないのだよ。」

彼のそう呼ぶ声を遠くからのように聞いた。それからひくい笑い声も。

ああ。この誘惑は真実に似ている。あるいは真実かも知れぬ。私は心のなかで大きくよろめくものを覚えたのである。けれども、けれども血は、山で育った私の馬鹿な血は、やはり執拗に叫ぶのだ。

――否！


一八九六年、六月のなかば、ロンドン博物館附属動物園の事務所に、日本猿の遁走《とんそう》が報ぜられた。行方が知れぬのである。しかも、一匹でなかった。二匹である。

カチカチ山

カチカチ山の物語に於ける兎は少女、そうしてあの惨めな敗北を喫する狸は、その兎の少女を恋している醜男。これはもう疑いを容れぬ儼然《げんぜん》たる事実のように私には思われる。これは甲州、富士五湖の一つの河口湖畔、いまの船津の裏山あたりで行われた事件であるという。甲州の人情は、荒っぽい。そのせいか、この物語も、他のお伽噺に較べて、いくぶん荒っぽく出来ている。だいいち、どうも、物語の発端からして酷だ。婆汁なんてのは、ひどい。お道化にも洒落にもなってやしない。狸も、つまらない悪戯をしたものである。縁の下に婆さんの骨が散らばっていたなんて段に到ると、まさに陰惨の極度であって、所謂《いわゆる》児童読物としては、遺憾ながら発売禁止の憂目に遭わざるを得ないところであろう。現今発行せられているカチカチ山の絵本は、それゆえ、狸が婆さんに怪我をさせて逃げたなんて工合《ぐあい》に、賢明にごまかしているようである。それはまあ、発売禁止も避けられるし、大いによろしい事であろうが、しかし、たったそれだけの悪戯に対する懲罰としてはどうも、兎の仕打は、執拗すぎる。一撃のもとに倒すというような颯爽たる仇討ちではない。生殺しにして、なぶって、なぶって、そうして最後は泥舟でぶくぶくである。その手段は、一から十まで詭計である。これは日本の武士道の作法ではない。しかし、狸が婆汁などという悪どい欺術を行ったのならば、その返報として、それくらいの執拗のいたぶりを受けるのは致し方の無いところでもあろうと合点のいかない事もないのであるが、童心に与える影響ならびに発売禁止のおそれを顧慮して、狸が単に婆さんに怪我をさせて逃げた罰として兎からあのようなかずかずの恥辱と苦痛と、やがてぶていさい極まる溺死とを与えられるのは、いささか不当のようにも思われる。もともとこの狸は、何の罪とがも無く、山でのんびり遊んでいたのを、爺さんに捕えられ、そうして狸汁にされるという絶望的な運命に到達し、それでも何とかして一条の血路を切りひらきたく、もがき苦しみ、窮余の策として婆さんを欺き、九死に一生を得たのである。婆汁なんかをたくらんだのは大いに悪いが、しかし、このごろの絵本のように、逃げるついでに婆さんを引掻いて怪我させたくらいの事は、狸もその時は必死の努力で、謂《い》わば正当防衛のために無我夢中であがいて、意識せずに婆さんに怪我を与えたのかも知れないし、それはそんなに憎むべき罪でも無いように思われる。私の家の五歳の娘は、器量も父に似て頗《すこぶ》るまずいが、頭脳もまた不幸にも父に似て、へんなところがあるようだ。私が防空壕の中で、このカチカチ山の絵本を読んでやったら、

「狸さん、可哀想ね。」

と意外な事を口走った。もっとも、この娘の「可哀想」は、このごろの彼女の一つ覚えで、何を見ても「可哀想」を連発し、以《もっ》て子に甘い母の称讃を得ようという下心が露骨に見え透いているのであるから、格別おどろくには当らない。或《ある》いは、この子は、父に連れられて近所の井の頭動物園に行った時、檻の中を絶えずチョコチョコ歩きまわっている狸の一群を眺め、愛すべき動物であると思い込み、それゆえ、このカチカチ山の物語に於いても、理由の如何を問わず、狸に贔屓していたのかも知れない。いずれにしても、わが家の小さい同情者の言は、あまりあてにならない。思想の根拠が、薄弱である。同情の理由が、朦朧としている。どだい、何も、問題にする価値が無い。しかし私は、その娘の無責任きわまる放言を聞いて、或《あ》る暗示を与えられた。この子は、何も知らずにただ、このごろ覚えた言葉を出鱈目に呟いただけの事であるが、しかし、父はその言葉に依って、なるほど、これでは少し兎の仕打がひどすぎる、こんな小さい子供たちなら、まあ何とか言ってごまかせるけれども、もっと大きい子供で、武士道とか正々堂々とかの観念を既に教育せられている者には、この兎の懲罰は所謂「やりかたが汚い」

と思われはせぬか、これは問題だ、と愚かな父は眉をひそめたというわけである。

このごろの絵本のように、狸が婆さんに単なる引掻き傷を与えたくらいで、このように兎に意地悪く翻弄せられ、背中は焼かれ、その焼かれた個所には唐辛子を塗られ、あげくの果には泥舟に乗せられて殺されるという悲惨の運命に立ち到るという筋書では、国民学校にかよっているほどの子供ならば、すぐに不審を抱くであろう事は勿論、よしんば狸が、不埒な婆汁などを試みたとしても、なぜ正々堂々と名乗りを挙げて彼に膺懲《ようちょう》の一太刀を加えなかったか。兎が非力であるから、などはこの場合、弁解にならない。仇討ちは須《すべか》らく正々堂々たるべきである。神は正義に味方する。かなわぬまでも、天誅《てんちゅう》！　と一声叫んで真正面からおどりかかって行くべきである。あまりにも腕前の差がひどかったならば、その時には臥薪嘗胆、鞍馬山にでもはいって一心に剣術の修行をする事だ。昔から日本の偉い人たちは、たいていそれをやっている。いかなる事情があろうと、詭計を用いて、しかもなぶり殺しにするなどという仇討物語は、日本に未だ無いようだ。それをこのカチカチ山ばかりは、どうも、その仇討の仕方が芳しくない。どだい、男らしくないじゃないか、と子供でも、また大人でも、いやしくも正義にあこがれている人間ならば、誰でもこれに就《つ》いてはいささか不快の情を覚えるのではあるまいか。

安心し給え。私もそれに就いて、考えた。そうして、兎のやり方が男らしくないのは、それは当然だという事がわかった。この兎は男じゃないんだ。それは、たしかだ。この兎は十六歳の処女だ。いまだ何も、色気は無いが、しかし、美人だ。そうして、人間のうちで最も残酷なのは、えてして、このたちの女性である。ギリシャ神話には美しい女神がたくさん出て来るが、その中でも、ヴィナスを除いては、アルテミスという処女神が最も魅力ある女神とせられているようだ。ご承知のように、アルテミスは月の女神で、額には青白い三日月が輝き、そうして敏捷《びんしょう》できかぬ気で、一口で言えばアポロンをそのまま女にしたような神である。そうして下界のおそろしい猛獣は全部この女神の家来である。けれども、その姿態は決して荒くれて岩乗な大女ではない。むしろ小柄で、ほっそりとして、手足も華奢で可愛く、ぞっとするほどあやしく美しい顔をしているが、しかし、ヴィナスのような「女らしさ」が無く、乳房も小さい。気にいらぬ者には平気で残酷な事をする。自分の水浴しているところを覗き見した男に、颯《さ》っと水をぶっかけて鹿にしてしまった事さえある。水浴の姿をちらと見ただけでも、そんなに怒るのである。手なんか握られたら、どんなにひどい仕返しをするかわからない。こんな女に惚れたら、男は惨憺たる大恥辱を受けるにきまっている。けれども、男は、それも愚鈍の男ほど、こんな危険な女性に惚れ込み易いものである。そうして、その結果は、たいていきまっているのである。

疑うものは、この気の毒な狸を見るがよい。狸は、そのようなアルテミス型の兎の少女に、かねてひそかに思慕の情を寄せていたのだ。兎が、このアルテミス型の少女だったと規定すると、あの狸が婆汁か引掻き傷かいずれの罪を犯した場合でも、その懲罰が、へんに意地くね悪く、そうして「男らしく」ないのが当然だと、溜息と共に首肯せられなければならぬわけである。しかも、この狸たるや、アルテミス型の少女に惚れる男のごたぶんにもれず、狸仲間でも風采あがらず、ただ団々として、愚鈍大食の野暮天であったというに於いては、その悲惨のなり行きは推するに余りがある。

狸は爺さんに捕えられ、もう少しのところで狸汁にされるところであったが、あの兎の少女にひとめまた逢いたくて、大いにあがいて、やっと逃れて山へ帰り、ぶつぶつ何か言いながら、うろうろ兎を捜し歩き、やっと見つけて、

「よろこんでくれ！　おれは命拾いをしたぞ。爺さんの留守をねらって、あの婆さんを、えい、とばかりにやっつけて逃げて来た。おれは運の強い男さ。」と得意満面、このたびの大厄難突破の次第を、唾を飛ばし散らしながら物語る。

兎はぴょんと飛びしりぞいて唾を避け、ふん、といったような顔つきで話を聞き、

「何も私が、よろこぶわけは無いじゃないの。きたないわよ、そんなに唾を飛ばして。それに、あの爺さん婆さんは、私のお友達よ。知らなかったの？」

「そうか、」と狸は愕然として、「知らなかった。かんべんしてくれ。そうと知っていたら、おれは、狸汁にでも何にでも、なってやったのに。」と、しょんぼりする。

「いまさら、そんな事を言ったって、もうおそいわ。あのお家の庭先に私が時々あそびに行って、そうして、おいしいやわらかな豆なんかごちそうになったのを、あなただって知ってたじゃないの。それだのに、知らなかったなんて嘘ついて、ひどいわ。あなたは、私の敵よ。」とむごい宣告をする。兎にはもうこの時すでに、狸に対して或る種の復讐を加えてやろうという心が動いている。処女の怒りは辛辣である。殊にも醜悪な魯鈍《ろどん》なものに対しては容赦が無い。

「ゆるしてくれよ。おれは、ほんとに、知らなかったのだ。嘘なんかつかない。信じてくれよ。」と、いやにねばっこい口調で歎願して、頸《くび》を長くのばしてうなだれて見せて、傍に木の実が一つ落ちているのを見つけ、ひょいと拾って食べて、もっと無いかとあたりをきょろきょろ見廻しながら、「本当にもう、お前にそんなに怒られると、おれはもう、死にたくなるんだ。」

「何を言ってるの。食べる事ばかり考えてるくせに。」兎は軽蔑し果てたというように、つんとわきを

向いてしまって、「助平の上に、また、食い意地がきたないったらありゃしない。」

「見のがしてくれよ。おれは、腹がへっているんだ。」となおもその辺を、うろうろ捜し廻りながら、「まったく、いまのおれのこの心苦しさが、お前にわかってもらえたらなあ。」

「傍へ寄って来ちゃ駄目だって言ったら。くさいじゃないの。もっとあっちへ離れてよ。あなたは、とかげを食べたんだってね。私は聞いたわよ。それから、ああ可笑《おか》しい、ウンコも食べたんだってね。」

「まさか。」と狸は力弱く苦笑した。それでも、なぜだか、強く否定する事の能わざる様子で、さらにまた力弱く、「まさかねえ。」と口を曲げて言うだけであった。

「上品ぶったって駄目よ。あなたのそのにおいは、ただの臭みじゃないんだから。」と兎は平然と手きびしい引導を渡して、それから、ふいと別の何か素晴らしい事でも思いついたらしく急に眼を輝かせ、笑いを噛み殺しているような顔つきで狸のほうに向き直り、「それじゃあね、こんど一ぺんだけ、ゆるしてあげる。あれ、寄って来ちゃ駄目だって言うのに。油断もすきもなりゃしない。よだれを拭いたらどう？　下顎がべろべろしてるじゃないの。落ついて、よくお聞き。こんど一ぺんだけは特別にゆるしてあげるけれど、でも、条件があるのよ。あの爺さんは、いまごろはきっとひどく落胆して、山に柴刈りに行く気力も何も無くなっているでしょうから、私たちはその代りに柴刈りに行ってあげましょうよ。」

「一緒に？　お前も一緒に行くのか？」狸の小さい濁った眼は歓喜に燃えた。

「おいや？」

「いやなものか。きょうこれから、すぐに行こうよ。」よろこびの余り、声がしゃがれた。

「あしたにしましょう、ね、あしたの朝早く。きょうはあなたもお疲れでしょうし、それに、おなかも空いているでしょうから。」といやに優しい。

「ありがたい！　おれは、あしたお弁当をたくさん作って持って行って、一心不乱に働いて十貫目の柴を刈って、そうして爺さんの家へとどけてあげる。そうしたら、お前は、おれをきっと許してくれるだろうな。仲よくしてくれるだろうな。」

「くどいわね。その時のあなたの成績次第でね。もしかしたら、仲よくしてあげるかも知れないわ。」

「えへへ、」と狸は急にいやらしく笑い、「その口が憎いや。苦労させるぜ、こんちきしょう。おれは、もう、」と言いかけて、這い寄って来た大きい蜘蛛を素早くぺろりと食べ、「おれは、もう、どんなに嬉しいか、いっそ、男泣きに泣いてみたいくらいだ。」と鼻をすすり、嘘泣きをした。


夏の朝は、すがすがしい。河口湖の湖面は朝霧に覆われ、白く眼下に烟《けぶ》っている。山頂では狸と兎が朝露を全身に浴びながら、せっせと柴を刈っている。

狸の働き振りを見るに、一心不乱どころか、ほとんど半狂乱に近いあさましい有様である。ううむ、ううむ、と大袈裟に唸りながら、めちゃ苦茶に鎌を振りまわして、時々、あいたたた、などと聞えよがしの悲鳴を挙げ、ただもう自分がこのように苦心惨憺しているというところを兎に見てもらいたげの様子で、縦横無尽に荒れ狂う。ひとしきり、そのように凄じくあばれて、さすがにもうだめだ、というような疲れ切った顔つきをして鎌を投げ捨て、

「これ、見ろ。手にこんなに豆が出来た。ああ、手がひりひりする。のどが乾く。おなかも空いた。と

にかく、大労働だったからなあ。ちょっと休息という事にしようじゃないか。お弁当でも開きましょうかね。うふふふ。」とてれ隠しみたいに妙に笑って、大きいお弁当箱を開く。ぐいとその石油缶ぐらいの大きさのお弁当箱に鼻先を突込んで、むしゃむしゃ、がつがつ、ぺっぺっ、という騒々しい音を立てながら、それこそ一心不乱に食べている。兎はあっけにとられたような顔をして、柴刈りの手を休め、ちょっとそのお弁当箱の中を覗いて、あ！　と小さい叫びを挙げ、両手で顔を覆った。何だか知れぬが、そのお弁当箱には、すごいものがはいっていたようである。けれども、きょうの兎は、何か内証の思惑でもあるのか、いつものように狸に向って侮辱の言葉も吐かず、先刻から無言で、ただ技巧的な微笑を口辺に漂わせてせっせと柴を刈っているばかりで、お調子に乗った狸のいろいろな狂態をも、知らん振りして見のがしてやっているのである。狸の大きいお弁当箱の中を覗いて、ぎょっとしたけれども、やはり何も言わず、肩をきゅっとすくめて、またもや柴刈りに取かかる。狸は兎にきょうはひどく寛大に扱われるので、ただもうほくほくして、とうとうやっこさんも、おれのさかんな柴刈姿には惚れ直したかな？　おれの、この、男らしさには、まいらぬ女もあるまいて、ああ、食った、眠くなった、どれ一眠り、などと全く気をゆるしてわがままいっぱいに振舞い、ぐうぐう大鼾《おおいびき》を掻いて寝てしまった。眠りながらも、何のたわけた夢を見ているのか、惚れ薬ってのは、あれは駄目だぜ、きかねえや、などわけのわからぬ寝言を言い、眼をさましたのは、お昼ちかく。

「ずいぶん眠ったのね。」と兎は、やはりやさしく、「もう私も、柴を一束こしらえたから、これから背負って爺さんの庭先まで持って行ってあげましょうよ。」

「ああ、そうしよう。」と狸は大あくびしながら腕をぽりぽり掻いて、「やけにおなかが空いた。こうおなかが空くと、もうとても、眠って居られるものじゃない。おれは敏感なんだ。」ともっともらしい顔で言い、「どれ、それではおれも刈った柴を大急ぎで集めて、下山としようか。お弁当も、もう、からになったし、この仕事を早く片づけて、それからすぐに食べ物を捜さなくちゃいけない。」

　二人はそれぞれ刈った柴を背負って、帰途につく。

「あなた、さきに歩いてよ。この辺には、蛇がいるんで、私こわくて。」

「蛇？　蛇なんてこわいもんか。見つけ次第おれがとって、」食べる、と言いかけて、口ごもり、「おれがとって、殺してやる。さあ、おれのあとについて来い。」

「やっぱり、男のひとって、こんな時にはたのもしいものねえ。」

「おだてるなよ。」とやにさがり、「きょうはお前、ばかにしおらしいじゃないか。気味がわるいくらいだぜ。まさか、おれをこれから爺さんのところに連れて行って、狸汁にするわけじゃあるまいな。あはははは。そいつばかりは、ごめんだぜ。」

「あら、そんなにへんに疑うなら、もういいわよ。私がひとりで行くわよ。」

「いや、そんなわけじゃない。一緒に行くがね、おれは蛇だって何だってこの世の中にこわいものなんかありゃしないが、どうもあの爺さんだけは苦手だ。狸汁にするなんて言いやがるから、いやだよ。どだい、下品じゃないか。少くとも、いい趣味じゃないと思うよ。おれは、あの爺さんの庭先の手前の一本榎のところまで、この柴を背負って行くから、あとはお前が運んでくれよ。おれは、あそこで失敬しようと思うんだ。どうもあの爺さんの顔を見ると、おれは何とも言えず不愉快になる。おや？　何だい、あれは。へんな音がするね。なんだろう。お前にも、聞えないか？　何だか、カチ、カチ、と音がする。」

「当り前じゃないの？　ここは、カチカチ山だもの。」

「カチカチ山？　ここがかい？」

「ええ、知らなかったの？」

「うん。知らなかった。この山に、そんな名前があるとは今日まで知らなかったね。しかし、へんな名前だ。嘘じゃないか？」

「あら、だって、山にはみんな名前があるものでしょう？　あれが富士山だし、あれが長尾山だし、あれが大室山だし、みんなに名前があるじゃないの。だから、この山はカチカチ山っていう名前なのよ。ね、ほら、カチ、カチ、カチって音が聞える。」

「うん、聞える。しかし、へんだな。いままで、おれはいちども、この山でこんな音を聞いた事が無い。この山で生れて、三十何年かになるけれども、こんな、――」

「まあ！　あなたは、もうそんな年なの？　こないだ私に十七だなんて教えたくせに、ひどいじゃないの。顔が皺《しわ》くちゃで、腰も少し曲っているのに、十七とは、へんだと思っていたんだけど、それにしても、二十も年《とし》をかくしているとは思わなかったわ。それじゃあなたは、四十ちかいんでしょう、まあ、ずいぶんね。」

「いや十七だ、十七。十七なんだ。おれがこう腰をかがめて歩くのは、決してとしのせいじゃないんだ。おなかが空いているから、自然にこんな恰好になるんだ。三十何年、というのは、あれは、おれの兄の事だよ。兄がいつも口癖のようにそう言うので、つい、おれも、うっかり、あんな事を口走ってしまったんだ。つまり、ちょっと伝染したってわけさ。そんなわけなんだよ、君。」狼狽のあまり、君という言葉を使った。

「そうですか。」と兎は冷静に、「でも、あなたにお兄さんがあるなんて、はじめて聞いたわ。あなたはいつか私に、おれは淋しいんだ、孤独なんだよ、親も兄弟も無い、この孤独の淋しさが、お前、わからんかね、なんておっしゃってたじゃないの。あれは、どういうわけなの？」

「そう、そう、」と狸は、自分でも何を言っているのか、わからなくなり、「まったく世の中は、これでなかなか複雑なものだからねえ、そんなに一概には行かないよ。兄があったり無かったり。」

「まるで、意味が無いじゃないの。」と兎もさすがに呆《あき》れ果て、「めちゃ苦茶ね。」

「うん、実はね、兄はひとりあるんだ。これは言うのもつらいが、飲んだくれのならず者でね、おれはもう恥ずかしくて、面目なくて、生れて三十何年間、いや、兄がだよ、兄が生れて三十何年間というもの、このおれに、迷惑のかけどおしさ。」

「それも、へんね。十七のひとが、三十何年間も迷惑をかけられたなんて。」

狸は、もう聞えぬ振りして、

「世の中には、一口で言えない事が多いよ。いまじゃもう、おれのほうから、あれは無いものと思って、勘当して、おや？　へんだね、キナくさい。お前、なんともないか？」

「いいえ。」

「そうかね。」狸は、いつも臭いものを食べつけているので、鼻には自信が無い。けげんな面持で頸《くび》をひねり、「気のせいかなあ。あれあれ、何だか火が燃えているような、パチパチボウボウって音がするじゃないか。」

「そりゃその筈《はず》よ。ここは、パチパチのボウボウ山だもの。」

「嘘つけ。お前は、ついさっき、ここはカチカチ山だって言った癖に。」

「そうよ、同じ山でも、場所に依って名前が違うのよ。富士山の中腹にも小富士という山があるし、それから大室山だって長尾山だって、みんな富士山と続いている山じゃないの。知らなかったの？」

「うん、知らなかった。そうかなあ、ここがパチパチのボウボウ山とは、おれが三十何年間、いや、兄の話に依れば、ここはただの裏山だったが、いや、これは、ばかに暖くなって来た。地震でも起るんじゃねえだろうか。何だかきょうは薄気味の悪い日だ。やあ、これは、ひどく暑い。きゃあっ！　あちちちち、ひでえ、あちちちち、助けてくれ、柴が燃えてる。あちちちち。」


その翌る日、狸は自分の穴の奥にこもって唸り、

「ああ、くるしい。いよいよ、おれも死ぬかも知れねえ。思えば、おれほど不仕合せな男は無い。なまなかに男振りが少し佳く生れて来たばかりに、女どもが、かえって遠慮しておれに近寄らない。いったいに、どうも、上品に見える男は損だ。おれを女ぎらいかと思っているのかも知れねえ。なあに、おれだって決して聖人じゃない。女は好きさ。それだのに、女はおれを高邁な理想主義者だと思っているらしく、なかなか誘惑してくれない。こうなればいっそ、大声で叫んで走り狂いたい。おれは女が好きなんだ！　あ、いてえ、いてえ。どうも、この火傷《やけど》というものは始末がわるい。ずきずき痛む。やっと狸汁から逃れたかと思うと、こんどは、わけのわからねえボウボウ山とかいうのに足を踏み込んだのが、運のつきだ。あの山は、つまらねえ山であった。柴がボウボウ燃え上るんだから、ひどい。三十何年、」

と言いかけて、あたりをぎょろりと見廻し、「何を隠そう、おれあことし三十七さ、へへん、わるいか、もう三年経てば四十だ、わかり切った事だ、理の当然というものだ、見ればわかるじゃないか。あいたたた、それにしても、おれが生れてから三十七年間、あの裏山で遊んで育って来たのだが、ついぞいちども、あんなへんな目に遭った事が無い。カチカチ山だの、ボウボウ山だの、名前からして妙に出来てる。はて、不思議だ。」とわれとわが頭を殴りつけて思案にくれた。

その時、表で行商の呼売りの声がする。

「仙金膏はいかが。やけど、切傷、色黒に悩むかたはいないか。」

狸は、やけど切傷よりも、色黒と聞いてはっとした。

「おうい、仙金膏。」

「へえ、どちらさまで。」

「こっちだ、穴の奥だよ。色黒にもきくかね。」

「それはもう、一日で。」

「ほほう、」とよろこび、穴の奥からいざり出て、「や！　お前は、兎。」

「ええ、兎には違いありませんが、私は男の薬売りです。ええ、もう三十何年間、この辺をこうして売り歩いています。」

「ふう、」と狸は溜息をついて首をかしげ、「しかし、似た兎もあるものだ。三十何年間、そうか、お前がねえ。いや、歳月の話はよそう。糞面白くもない。しつっこいじゃないか。まあ、そんなわけのものさ。」としどろもどろのごまかし方をして、「ところで、おれにその薬を少しゆずってくれないか。実はちょっと悩みのある身なのでな。」

「おや、ひどい火傷ですねえ。これは、いけない。ほって置いたら、死にますよ。」

「いや、おれはいっそ死にてえ。こんな火傷なんかどうだっていいんだ。それよりも、おれは、いま、その、容貌の、――」

「何を言っていらっしゃるんです。生死の境じゃありませんか。やあ、背中が一ばんひどいですね。いったい、これはどうしたのです。」

「それがねえ、」と狸は口をゆがめて、「パチパチのボウボウ山とかいうきざな名前の山に踏み込んだばっかりにねえ、いやもう、とんだ事になってねえ、おどろきましたよ。」

兎は思わず、くすくす笑ってしまった。狸は、兎がなぜ笑ったのかわからなかったが、とにかく自分も一緒に、あははと笑い、

「まったくねえ。ばかばかしいったらありゃしないのさ。お前にも忠告して置きますがね、あの山へだけは行っちゃいけないぜ。はじめ、カチカチ山というのがあって、それからいよいよパチパチのボウボウ山という事になるんだが、あいつあいけない。ひでえ事になっちゃう。まあ、いい加減に、カチカチ山あたりでごめんこうむって来るんですな。へたにボウボウ山などに踏み込んだが最期、かくの如き始末だ。あいてて。いいですか。忠告しますよ。お前はまだ若いようだから、おれのような年寄りの言は、いや、年寄りでもないが、とにかく、ばかにしないで、この友人の言だけは尊重して下さいよ。何せ、体験者の言なのだから。あいてててて。」

「ありがとうございます。気をつけましょう。ところで、どうしましょう、お薬は。御深切な忠告を聞

かしていただいたお礼として、お薬代は頂戴いたしません。とにかく、その背中の火傷に塗ってあげましょう。ちょうど折よく私が来合せたから、よかったようなものの、そうでもなかったら、あなたはもう命を落すような事になったかも知れないのです。これも何かのお導きでしょう。縁ですね。」

「縁かも知れねえ。」と狸は低く呻《うめ》くように言い、「ただなら塗ってもらおうか。おれもこのごろは貧乏でな、どうも、女に惚れると金がかかっていけねえ。ついでにその膏薬を一滴おれの手のひらに載せて見せてくれねえか。」

「どうなさるのです。」兎は、不安そうな顔になった。

「いや、はあ、なんでもねえ。ただ、ちょっと見たいんだよ。どんな色合いのものだかな。」

「色は別に他の膏薬とかわってもいませんよ。こんなものですが。」とほんの少量を、狸の差出す手のひらに載せてやる。

　狸は素早くそれを顔に塗ろうとしたので兎は驚き、そんな事でこの薬の正体が暴露してはかなわぬと、狸の手を遮り、

「あ、それはいけません。顔に塗るには、その薬は少し強すぎます。とんでもない。」

「いや、放してくれ。」狸はいまは破れかぶれになり、「後生だから手を放せ。お前にはおれの気持がわからないんだ。おれはこの色黒のため生れて三十何年間、どのように味気ない思いをして来たかわからない。放せ。手を放せ。後生だから塗らせてくれ。」

　ついに狸は足を挙げて兎を蹴飛ばし、眼にもとまらぬ早さで薬をぬたくり、

「少くともおれの顔は、目鼻立ちは決して悪くないと思うんだ。ただ、この色黒のために気がひけてい

たんだ。もう大丈夫だ。うわっ！　これは、ひどい。どうもひりひりする。強い薬だ。しかし、これくらいの強い薬でなければ、おれの色黒はなおらないような気もする。わあ、ひどい。しかし、我慢するんだ。ちきしょうめ、こんどあいつが、おれと逢った時、うっとりおれの顔に見とれて、うふふ、おれはもう、あいつが、恋わずらいしたって知らないぞ。おれの責任じゃないからな。ああ、ひりひりする。この薬は、たしかに効く。さあ、もうこうなったら、背中にでもどこにでも、からだ一面に塗ってくれ。おれは死んだってかまわん。色白にさえなったら死んだってかまわんのだ。さあ塗ってくれ。遠慮なくべたべたと威勢よくやってくれ。」まことに悲壮な光景になって来た。

けれども、美しく高ぶった処女の残忍性には限りが無い。ほとんどそれは、悪魔に似ている。平然と立ち上って、狸の火傷にれいの唐辛子をねったものをこってりと塗る。狸はたちまち七転八倒して、「ううむ、何ともない。この薬は、たしかに効く。わああ、ひどい。水をくれ。ここはどこだ。地獄か。かんにんしてくれ。おれは地獄へ落ちる覚えは無えんだ。おれは狸汁にされるのがいやだったから、それで婆さんをやっつけたんだ。おれに、とがは無えのだ。おれは生れて三十何年間、色が黒いばっかりに、女にいちども、もてやしなかったんだ。それから、おれは、食欲が、ああ、そのために、おれはどんなにきまりの悪い思いをして来たか。誰も知りやしないのだ。おれは孤独だ。おれは善人だ。眼鼻立ちは悪くないと思うんだ。」と苦しみのあまり哀れな譫言《うわごと》を口走り、やがてぐったり失神の有様となる。

しかし、狸の不幸は、まだ終らぬ。作者の私でさえ、書きながら溜息が出るくらいだ。おそらく、日本の歴史に於いても、これほど不振の後半生を送った者は、あまり例が無いように思われる。狸汁の運命から逃れて、やれ嬉しやと思う間もなく、ボウボウ山で意味も無い大火傷をして九死に一生を得、這うようにしてどうやらわが巣にたどりつき、口をゆがめて呻吟していると、こんどはその大火傷に唐辛子をべたべた塗られ、苦痛のあまり失神し、さて、それからいよいよ泥舟に乗せられ、河口湖底に沈むのである。実に、何のいいところも無い。これもまた一種の女難にちがい無かろうが、しかし、それにしても、あまりに野暮な女難である。粋《いき》なところが、ひとつも無い。彼は穴の奥で三日間は虫の息で、生きているのだか死んでいるのだか、それこそ全く幽明の境をさまよい、四日目に、猛烈の空腹感に襲われ、杖をついて穴からよろばい出て、何やらぶつぶつ言いながら、かなたこなた食い捜して歩いているその姿の気の毒さと来たら比類が無かった。しかし、根が骨太《ほねぶと》の岩乗なからだであったから、十日も経たぬうちに全快し、食欲は旧の如く旺盛で、色欲などもちょっと出て来て、よせばよいのに、またも兎の庵にのこのこ出かける。

「遊びに来ましたよ。うふふ。」と、てれて、いやらしく笑う。

「あら！」と兎は言い、ひどく露骨にいやな顔をした。なあんだ、あなたなの？　という気持、いや、それよりもひどい。なんだってまたやって来たの、図々しいじゃないの、という気持、いや、それよりもなおひどい。ああ、たまらない！　厄病神が来た！　という気持、いや、それよりも、もっとひどい。きたない！　くさい！　死んじまえ！　というような極度の嫌悪が、その時の兎の顔にありありと見えているのに、しかし、とかく招かれざる客というものは、その訪問先の主人の、こんな憎悪感に気附く事はなはだ疎いものである。これは実に不思議な心理だ。読者諸君も気をつけるがよい。あそこの家へ行くのは、どうも大儀だ、窮屈だ、と思いながら渋々出かけて行く時には、案外その家で君たちの来訪をしんから喜んでいるものである。それに反して、ああ、あの家はなんて気持のよい家だろう、ほとんどわが家同然だ、いや、わが家以上に居心地がよい、我輩の唯一の憩いの巣だ、なんともあの家へ行くのは楽しみだ、などといい気分で出かける家に於いては、諸君は、まずたいてい迷惑がられ、きたながられ、恐怖せられ、襖の陰に箒など立てられているものである。他人の家に、憩いの巣を期待するのが、そもそも馬鹿者の証拠なのかも知れないが、とかくこの訪問という事に於いては、吾人は驚くべき思い違いをしているものである。格別の用事でも無い限り、どんな親しい身内の家にでも、矢鱈に訪問などすべきものでは無いかも知れない。作者のこの忠告を疑う者は、狸を見よ。狸はいま明らかに、このおそるべき錯誤を犯しているのだ。兎が、あら！　と言い、そうして、いやな顔をしても、狸には一向に気がつかない。狸には、その、あら！　という叫びも、狸の不意の訪問に驚き、かつは喜悦して、おのずから発せられた処女の無邪気な声の如くに思われ、ぞくぞく嬉しく、また兎の眉をひそめた表情をも、これは自分の先日のボウボウ山の災難に、心を痛めているのに違い無いと解し、

「や、ありがとう。」とお見舞いも何も言われぬくせに、こちらから御礼を述べ、「心配無用だよ。もう大丈夫だ。おれには神さまがついているんだ。運がいいのだ。あんなボウボウ山なんて屁の河童さ。河童の肉は、うまいそうで。何とかして、そのうち食べてみようと思っているんだがね。それは余談だが、しかし、あの時は、驚いたよ。何せどうも、たいへんな火勢だったからね。お前のほうは、どうだったね。べつに怪我も無い様子だが、よくあの火の中を無事で逃げて来られたね。」

「無事でもないわよ。」と兎はつんとすねて見せて、「あなたったら、ひどいじゃないの。あのたいへんな火事場に、私ひとりを置いてどんどん逃げて行ってしまうんだもの。私は煙にむせて、もう少しで死

ぬところだったのよ。私は、あなたを恨んだわ。やっぱりあんな時に、つい本心というものがあらわれるものらしいのね。私には、もう、あなたの本心というものが、こんど、はっきりわかったわ。」

「すまねえ。かんにんしてくれ。実はおれも、ひどい火傷をして、おれには、ひょっとしたら神さまも何もついていねえのかも知れない、さんざんの目に遭っちゃったんだ。お前はどうなったか、決してそれを忘れていたわけじゃなかったんだが、何せどうも、たちまちおれの背中が熱くなって、お前を助けに行くひまも何も無かったんだよ。わかってくれねえかなあ。おれは決して不実な男じゃねえのだ。火傷ってやつも、なかなか馬鹿にできねえものだぜ。それに、あの、仙金膏とか、疝気膏とか、あいつあ、いけない。いやもう、ひどい薬だ。色黒にも何もききやしない。」

「色黒？」

「いや、何。どろりとした黒い薬でね、こいつあ、強い薬なんだ。お前によく似た、小さい、奇妙な野郎が薬代は要らねえ、と言うから、おれもつい、ものはためしだと思って、塗ってもらう事にしたのだが、いやはやどうも、ただの薬ってのも、あれはお前、気をつけたほうがいいぜ、油断も何もなりゃしねえ、おれはもう頭のてっぺんからキリキリキリと小さい竜巻が立ち昇ったような気がして、どうとばかりに倒れたんだ。」

「ふん、」と兎は軽蔑し、「自業自得じゃないの。ケチンボだから罰が当ったんだわ。ただの薬だから、ためしてみたなんて、よくもまあそんな下品な事を、恥ずかしくもなく言えたものねえ。」

「ひでえ事を言う。」と狸は低い声で言い、けれども、別段何も感じないらしく、ただもう好きなひとの傍にいるという幸福感にぬくぬくとあたたまっている様子で、どっしりと腰を落ちつけ、死魚のように濁った眼であたりを見廻し、小虫を拾って食べたりしながら、「しかし、おれは運のいい男だなあ。どんな目に遭っても、死にやしない。神さまがついているのかも知れねえ。お前も無事でよかったが、おれも何という事もなく火傷がなおって、こうしてまた二人でのんびり話が出来るんだものなあ。ああ、まるで夢のようだ。」

兎はもうさっきから、早く帰ってもらいたくてたまらなかった。いやでいやで、死にそうな気持。何とかしてこの自分の庵の附近から去ってもらいたくて、またもや悪魔的の一計を案出する。

「ね、あなたはこの河口湖に、そりゃおいしい鮒がうようよいる事をご存じ?」

「知らねえ。ほんとかね。」と狸は、たちまち眼をかがやかして、「おれが三つの時、おふくろが鮒を一匹捕って来ておれに食べさせてくれた事があったけれども、あれはおいしい。おれはどうも、不器用というわけではないが、決してそういうわけではないが、鮒なんて水の中のものを捕える事が出来ねえので、どうも、あいつはおいしいという事だけは知っていながら、それ以来三十何年間、いや、はははは、つい兄の口真似をしちゃった。兄も鮒は好きでなあ。」

「そうですかね。」と兎は上の空で合槌を打ち、「私はどうも、鮒など食べたくもないけれど、でも、あなたがそんなにお好きなのならば、これから一緒に捕りに行ってあげてもいいわよ。」

「そうかい。」と狸はほくほくして、「でも、あの鮒ってやつは、素早いもんでなあ、おれはあいつを捕えようとして、も少しで土左衛門になりかけた事があるけれども、」とつい自分の過去の失態を告白し、「お前に何かいい方法があるのかね。」

「網で掬ったら、わけは無いわ。あの鸕鶿島《うがしま》の岸にこのごろとても大きい鮒が集っているのよ。ね、行きましょう。あなた、舟は？　漕げるの？」

「うむ、」幽《かす》かな溜息をついて、「漕げないことも無いがね。その気になりゃ、なあに。」と苦しい法螺を吹いた。

「漕げるの？」と兎は、それが法螺だという事を知っていながら、わざと信じた振りをして、「じゃ、ちょうどいいわ。私にはね、小さい舟が一艘あるけど、あんまり小さすぎて私たちふたりは乗れないの。それに何せ薄い板切れでいい加減に作った舟だから、水がしみ込んで来て危いのよ。でも、私なんかどうなったって、あなたの身にもしもの事があってはいけないから、あなたの舟をこれから、ふたりで一緒に力を合せて作りましょうよ。板切れの舟は危いから、もっと岩乗に、泥をこねって作りましょうよ。」

「すまねえなあ。おれはもう、泣くぜ。泣かしてくれ。おれはどうしてこんなに涙もろいか。」と言って嘘泣きをしながら、「ついでにお前ひとりで、その岩乗ないい舟を作ってくれないか。な、たのむよ。」と抜からず横着な申し出をして、「おれは恩に着るぜ。お前がそのおれの岩乗な舟を作ってくれている間に、おれは、ちょっとお弁当をこさえよう。おれはきっと立派な炊事係りになれるだろうと思うんだ。」

「そうね。」と兎は、この狸の勝手な意見をも信じた振りして素直に首肯《うなず》く。そうして狸は、ああ世の中なんて甘いもんだとほくそ笑む。この間一髪に於いて、狸の悲運は決定せられた。自分の出鱈目を何でも信じてくれる者の胸中には、しばしば何かのおそるべき悪計が蔵せられているものだと云う事を、迂愚の狸は知らなかった。調子がいいぞ、とにやにやしている。

ふたりはそろって湖畔に出る。白い河口湖には波ひとつ無い。兎はさっそく泥をこねて、所謂岩乗な、いい舟の製作にとりかかり、狸は、すまねえ、すまねえ、と言いながらあちこち飛び廻って専ら自分のお弁当の内容調合に腐心し、夕凪が微かに吹き起って湖面一ぱいに小さい波が立って来た頃、粘土の小さい舟が、つやつやと鋼鉄色に輝いて進水した。

「ふむ、悪くない。」と狸は、はしゃいで、石油缶ぐらいの大きさの、れいのお弁当箱をまず舟に積み込み、「お前は、しかし、ずいぶん器用な娘だねえ。またたく間にこんな綺麗な舟一艘つくり上げてしまうのだからねえ。神技だ。」と歯の浮くような見え透いたお世辞を言い、このように器用な働き者を女房にしたら、或いはおれは、女房の働きに依って遊んでいながら贅沢ができるかも知れないなどと、色気のほかにいまはむらむら欲気さえ出て来て、いよいよこれは何としてもこの女にくっついて一生はなれぬ事だ、とひそかに覚悟のほぞを固めて、よいしょと泥の舟に乗り、「お前はきっと舟を漕ぐのも上手だろうねえ。おれだって、舟の漕ぎ方くらい知らないわけでは、まさか、そんな、知らないと云うわけでは決して無いんだが、きょうはひとつ、わが女房のお手並を拝見したい。」いやに言葉遣いが図々しくなって来た。「おれも昔は、舟の漕ぎ方にかけては名人とか、または達者とか言われたものだが、きょうはまあ寝転んで拝見という事にしようかな。かまわないから、おれの舟の舳を、お前の舟の艫《とも》にゆわえ附けておくれ。舟も仲良くぴったりくっついて、死なばもろとも、見捨てちゃいやよ。」などといやらしく、きざったらしい事を言ってぐったり泥舟の底に寝そべる。

兎は、舟をゆわえ附けよと言われて、さてはこの馬鹿も何か感づいたかな？　とぎょっとして狸の顔つきを盗み見たが、何の事は無い、狸は鼻の下を長くしてにやにや笑いながら、もはや夢路をたどっている。鮒がとれたら起してくれ。あいつあ、うめえからなあ。おれは三十七だよ。などと馬鹿な寝言を言っている。兎は、ふんと笑って狸の泥舟を兎の舟につないで、それから、櫂でぱちゃと水の面を撃つ。

するすると二艘の舟は岸を離れる。

鸕鷀島の松林は夕陽を浴びて火事のようだ。ここでちょっと作者は物識り振るが、この島の松林を写生して図案化したのが、煙草の「敷島」の箱に描かれてある、あれだという話だ。たしかな人から聞いたのだから、読者も信じて損は無かろう。もっとも、いまはもう「敷島」なんて煙草は無くなっているから、若い読者には何の興味も無い話である。つまらない知識を振りまわしたものだ。とかく識ったかぶりは、このような馬鹿らしい結果に終る。まあ、生れて三十何年以上にもなる読者だけが、ああ、あの松か、と芸者遊びの記憶なんかと一緒にぼんやり思い出して、つまらなそうな顔をするくらいが関の山であろうか。

さて兎は、その鸕鷀島の夕景をうっとり望見して、

「おお、いい景色。」と呟く。これは如何にも奇怪である。どんな極悪人でも、自分がこれから残虐の犯罪を行おうというその直前に於いて、山水の美にうっとり見とれるほどの余裕なんて無いように思われるが、しかし、この十六歳の美しい処女は、眼を細めて島の夕景を観賞している。まことに無邪気と悪魔とは紙一重である。苦労を知らぬわがままな処女の、へどが出るような気障ったらしい姿態に対して、ああ青春は純真だ、なんて言って垂涎している男たちは、気をつけるがよい。その人たちの所謂「青春の純真」とかいうものは、しばしばこの兎の例に於けるが如く、その胸中に殺意と陶酔が隣合せて住んでいても平然たる、何が何やらわからぬ官能のごちゃまぜの乱舞である。危険この上ないビールの泡だ。皮膚感覚が倫理を覆っている状態、これを低能あるいは悪魔という。ひところ世界中に流行したアメリカ映画、あれには、こんな所謂「純真」な雄や雌がたくさん出て来て、皮膚感触をもてあまして

擽《くすぐ》ったげにちょこまか、バネ仕掛けの如く動きまわっていた。別にこじつけるわけではないが、所謂「青春の純真」というものの元祖は、或いは、アメリカあたりにあったのではなかろうかと思われるくらいだ。スキイでランラン、とかいうたぐいである。そうしてその裏で、ひどく愚劣な犯罪を平気で行っている。低能でなければ悪魔である。いや、悪魔というものは元来、低能なのかも知れない。小柄でほっそりして手足が華奢で、かの月の女神アルテミスにも比較せられた十六歳の処女の兎も、ここに於いて一挙に頗る興味索然たるつまらぬものになってしまった。低能かい。それじゃあ仕様が無いねえ。

「ひゃあ！」と脚下に奇妙な声が起る。わが親愛なる而して甚だ純真ならざる三十七歳の男性、狸君の悲鳴である。「水だ、水だ。これはいかん。」

「うるさいわね。泥の舟だもの、どうせ沈むわ。わからなかったの？」

「わからん。理解に苦しむ。筋道が立たぬ。それは御無理というものだ。お前はまさかこのおれを、いや、まさか、そんな鬼のような、いや、まるでわからん。お前はおれの女房じゃないか。やあ、沈む。少くとも沈むという事だけは眼前の真実だ。冗談にしたって、あくどすぎる。これはほとんど暴力だ。やあ、沈む。おい、お前どうしてくれるんだ。お弁当がむだになるじゃないか。このお弁当箱には鼬《いたち》の糞《ふん》でまぶした蚯蚓のマカロニなんか入っているのだ。惜しいじゃないか。あっぷ！　ああ、とうとう水を飲んじゃった。おい、たのむ、ひとの悪い冗談はいい加減によせ。おいおい、その綱を切っちゃいかん。死なばもろとも、夫婦は二世、切っても切れねえ縁《えにし》の艫綱《ともづな》、あ、いけねえ、切っちゃった。助けてくれ！　おれは泳ぎが出来ねえのだ。白状する。昔は少し泳げたのだが、狸も三十七になると、あちこちの筋《すじ》が固くなって、とても泳げやしないのだ。白状する。おれは三十七なんだ。お前とは実際、としが違いすぎるのだ。年寄りを大事にしろ！　敬老の心掛けを忘れるな！　あっぷ！　ああ、お前はいい子だ、な、いい子だから、そのお前の持っている櫂をこっちへ差しのべておくれ、おれはそれにつかまって、あいたたた、何をするんだ、痛いじゃないか、櫂でおれの頭を殴りやがって、よし、そうか、わかった！お前はおれを殺す気だな、それでわかった。」と狸もその死の直前に到って、はじめて兎の悪計を見抜いたが、既におそかった。

ぽかん、ぽかん、と無慈悲の櫂が頭上に降る。狸は夕陽にきらきら輝く湖面に浮きつ沈みつ、

「あいたたた、あいたたた、ひどいじゃないか。おれは、お前にどんな悪い事をしたのだ。惚れたが悪いか。」と言って、ぐっと沈んでそれっきり。

兎は顔を拭いて、

「おお、ひどい汗。」と言った。

ところでこれは、好色の戒めとでもいうものであろうか。十六歳の美しい処女には近寄るなという深切な忠告を匂わせた滑稽物語でもあろうか。或いはまた、気にいったからとて、あまりしつこくお伺いしては、ついには極度に嫌悪せられ、殺害せられるほどのひどいめに遭うから節度を守れ、という礼儀作法の教科書でもあろうか。

或いはまた、道徳の善悪よりも、感覚の好き嫌いに依って世の中の人たちはその日常生活に於いて互いに罵り、または罰し、または賞し、または服しているものだという事を暗示している笑話であろうか。

いやいや、そのように評論家的な結論に焦躁せずとも、狸の死ぬるいまわの際の一言にだけ留意して

置いたら、いいのではあるまいか。

曰く、惚れたが悪いか。

古来、世界中の文芸の哀話の主題は、一にここにかかっていると言っても過言ではあるまい。女性にはすべて、この無慈悲な兎が一匹住んでいるし、男性には、あの善良な狸がいつも溺れかかってあがいている。作者の、それこそ三十何年来の、頗る不振の経歴に徴して見ても、それは明々白々であった。おそらくは、また、君に於いても。後略。

駈込み訴え

申し上げます。申し上げます。旦那さま。あの人は、酷い。酷い。はい。厭《いや》な奴です。悪い人です。ああ。我慢ならない。生かして置けねえ。

はい、はい。落ちついて申し上げます。あの人を、生かして置いてはなりません。世の中の仇《かたき》です。はい、何もかも、すっかり、全部、申し上げます。私は、あの人の居所を知っています。すぐに御案内申します。ずたずたに切りさいなんで、殺して下さい。あの人は、私の師です。主です。けれども私と同じ年です。三十四であります。私は、あの人よりたった二月《ふたつき》おそく生れただけなのです。たいした違いが無い筈《はず》だ。人と人との間に、そんなにひどい差別は無い筈だ。それなのに私はきょう迄《まで》あの人に、どれほど意地悪くこき使われて来たことか。どんなに嘲弄《ちょうろう》されて来たことか。ああ、もう、いやだ。堪えられるところ迄は、堪えて来たのだ。怒る時に怒らなければ、人間の甲斐がありません。私は今まであの人を、どんなにこっそり庇《かば》ってあげたか。誰も、ご存じ無いのです。あの人ご自身だって、それに気がついていないのだ。いや、あの人は知っているのだ。ちゃんと知っています。知っているからこそ、尚更あの人は私を意地悪く軽蔑するのだ。あの人は傲慢だ。私から大きに世話を受けているので、それがご自身に口惜《くや》しいのだ。あの人は、阿呆なくらいに自惚《うぬぼ》れ屋だ。私などから世話を受けている、ということを、何かご自身の、ひどい引目《ひけめ》でもあるかのように思い込んでいなさるのです。あの人は、なんでもご自身で出来るかのように、ひとから見られたくてたまらないのだ。ばかな話だ。世の中は、そんなものじゃ無いんだ。この世に暮して行くからには、どうしても誰かに、ぺこぺこ頭を下げなければいけないのだし、そうして歩一歩、苦労して人を抑えてゆくより他に仕様がないのだ。あの人に一体、何が出来ましょう。なんにも出来やしないのです。私から見れば青二才だ。私がもし居らなかったらあの人は、もう、とうの昔、あの無能でとんまの弟子たちと、どこかの野原でのたれ死《じに》していたに違いない。「狐には穴あり、鳥には塒《ねぐら》、されども人の子には枕するところ無し。」それ、それ、それだ。ちゃんと白状していやがるのだ。ペテロに何が出来ますか。ヤコブ、ヨハネ、アンデレ、トマス、痴の集り、ぞろぞろあの人に附いて歩いて、背筋が寒くなるような、甘ったるいお世辞を申し、天国だなんて馬鹿げたことを夢中で信じて熱狂し、その天国が近づいたなら、あいつらみんな、右大臣、左大臣にでもなるつもりなのか。馬鹿な奴らだ。その日のパンにも困っていて、私がやりくりしてあげないことには、みんな飢え死してしまうだけじゃないのか。私はあの人に説教させ、群集からこっそり賽銭《さいせん》を巻き上げ、また、村の物持ちから供物を取り立て、宿舎の世話から日常衣食の購求まで、煩をいとわず、してあげていたのに、あの人はもとより弟子の馬鹿どもまで、私に一言のお礼も言わない。お礼を言わぬどころか、あの人は、私のこんな隠れた日々の苦労をも知らぬ振りして、いつでも大変な贅沢を言い、五つのパンと魚が二つ在るきりの時でさえ、目前の大群集みなに食物を与えよ、などと無理難題を言いつけなさって、私は陰で実に苦しいやり繰りをして、どうやら、その命じられた食いものを、まあ、買い調えることが出来るのです。謂《い》わば、私はあの人の奇蹟の手伝いを、危い手品の助手を、これまで幾度となく勤めて来たのだ。私はこう見えても、決して吝嗇《りんしょく》の男じゃ無い。それどころか私は、よっぽど高い趣味家なのです。私はあの人を、美しい人だと思っている。私から見れば、子供のように欲が無く、私が日々のパンを得るために、お金をせっせと貯めたっても、すぐにそれを一厘残さず、むだな事に使わせてしまって。けれども私は、それを恨みに思いません。あの人は美しい人なのだ。私は、もともと貧しい商人ではありますが、それでも精神家というものを理解していると思っています。だから、あの人が、私の辛苦して貯めて置いた粒粒の小金を、どんなに馬鹿らしくむだ使いしても、私は、なんとも思いません。思いませんけれども、それならば、たまには私にも、優しい言葉の一つ位は掛けてくれてもよさそうなのに、あの人は、いつでも私に意地悪くしむけるのです。一度、あの人が、春の海辺をぶらぶら歩きながら、ふと、私の名を呼び、「おまえにも、お世話になるね。おまえの寂しさは、わかっている。けれども、そんなにいつも不機嫌な顔をしていては、いけない。寂しいときに、寂しそうな面容《おももち》をするのは、それは偽善者のすることなのだ。寂しさを人にわかって貰おうとして、ことさらに顔色を変えて見せているだけなのだ。まことに神を信じているならば、おまえは、寂しい時でも素知らぬ振りして顔を綺麗に洗い、頭に膏《あぶら》を塗り、微笑《ほほえ》んでいなさるがよい。わからないかね。寂しさを、人にわかって貰わなくても、どこか眼に見えないところにいるお前の誠の父だけが、わかっていて下さったなら、それでよいではないか。そうではないかね。寂しさは、誰にだって在るのだよ。」そうおっしゃってくれて、私はそれを聞いてなぜだか声出して泣きたくなり、いいえ、私は天の父にわかって戴かなくても、また世間の者に知られなくても、ただ、あなたお一人さえ、おわかりになっていて下さったら、それでもう、よいのです。私はあなたを愛しています。ほかの弟子たちが、どんなに深くあなたを愛していたって、それとは較べものにならないほどに愛しています。誰よりも愛しています。ペテロやヤコブたちは、ただ、あなたに附いて歩いて、何かいいこともあるかと、そればかりを考えているのです。けれども、私だけは知っています。あなたに附いて歩いたって、なんの得するところも無いということを知っています。それでいながら、私はあなたから離れることが出来ません。どうしたのでしょう。あなたが此《こ》の世にいなくなったら、私もすぐに死にます。生きていることが出来ません。私には、いつでも一人でこっそり考えていることが在るんです。それはあなたが、くだらない弟子たち全部から離れて、また天の父の御教えとやらを説かれることもお止《よ》しになり、つつましい民のひとりとして、お母のマリヤ様と、私と、それだけで静かな一生を永く暮して行くことでありますす。私の村には、まだ私の小さい家が残って在ります。年老いた父も母も居ります。ずいぶん広い桃畠《ももばたけ》もあります。春、いまごろは、桃の花が咲いて見事であります。一生、安楽にお暮しできます。私がいつでもお傍について、御奉公申し上げたく思います。よい奥さまを、おもらいなさいまし。そう私が言ったら、あの人は、薄くお笑いになり、「ペテロやシモンは漁人《すなどり》だ。美しい桃の畠も無い。ヤコブもヨハネも赤貧の漁人だ。あのひとたちには、そんな、一生を安楽に暮せるような土地が、どこにも無いのだ。」と低く独りごとのように呟いて、また海辺を静かに歩きつづけたのでしたが、後にもさきにも、あの人と、しんみりお話できたのは、そのとき一度だけで、あとは、決して私に打ち解けて下さったことが無かった。私はあの人を愛している。あの人が死ねば、私も一緒に死ぬのだ。あの人は、誰のものでもない。私のものだ。あの人を他人に手渡すくらいなら、手渡すまえに、私はあの人を殺してあげる。父を捨て、母を捨て、生れた土地を捨てて、私はきょう迄、あの人に附いて歩いて来たのだ。私は天国を信じない。神も信じない。あの人の復活も信じない。なんであの人が、イスラエルの王なものか。馬鹿な弟子どもは、あの人を神の御子だと信じていて、そうして神の国の福音とかいうものを、あの人から伝え聞いては、浅間しくも、欣喜雀躍《きんきじゃくやく》している。今にがっかりするのが、私にはわかっています。おのれを高うする者は卑《ひく》うせられ、おのれを卑うする者は高うせられると、あの人は約束なさったが、世の中、そんなに甘くいってたまるものか。あの人は嘘つきだ。言うこと言うこと、一から十まで出鱈目《でたらめ》だ。私はてんで信じていない。けれども私は、あの人の美しさだけは信じている。あんな美しい人は、この世に無い。私はあの人の美しさを、純粋に、愛している。それだけだ。私は、なんの報酬も考えていない。あの人に附いて歩いて、やがて天国が近づき、その時こそは、あっぱれ右大臣、左大臣になってやろうなどと、そんなさもしい根性は持っていない。私は、ただ、あの人から離れたくないのだ。ただ、あの人の傍にいて、あの人の声を聞き、あの人の姿を眺めて居ればそれでよいのだ。そうして、出来ればあの人に説教などを止してもらい、私とたった二人きりで一生永く生きていてもらいたいのだ。あああ、そうなったら！　私はどんなに仕合せだろう。私は今の、此の、現世の喜びだけを信じる。次の世の審判など、私は少しも怖れていない。あの人は、私の此の無報酬の、純粋の愛情を、どうして受け取って下さらぬのか。ああ、あの人を殺して下さい。旦那さま。私はあの人の居所を知って居ります。御案内申し上げます。あの人は私を賤《いや》しめ、憎悪して居ります。私は、きらわれて居ります。私はあの人や弟子たちのパンのお世話を申し、日日の飢渇から救ってあげているのに、どうして私を、あんなに意地悪く軽蔑するのでしょう。お聞き下さい。六日まえのことでした。あの人はベタニヤのシモンの家で食事をなさっていたとき、あの村のマルタ奴《め》の妹のマリヤが、ナルドの香油を一ぱい満たして在る石膏の壺をかかえて饗宴の室にこっそり這入《はい》って来て、だしぬけに、その油をあの人の頭にざぶと注いで御足まで濡らしてしまって、それでも、その失礼を詫《わ》びるどころか、落ちついてしゃがみ、マリヤ自身の髪の毛で、あの人の濡れた両足をていねいに拭ってあげて、香油の匂いが室に立ちこもり、まことに異様な風景でありましたので、私は、なんだか無性に腹が立って来て、失礼なことをするな！　と、その妹娘に怒鳴ってやりました。これ、このようにお着物が濡れてしまったではないか、それに、こんな高価な油をぶちまけてしまって、もったいないと思わないか、なんというお前は馬鹿な奴だ。これだけの油だったら、三百デナリもするではないか、この油を売って三百デナリ儲けて、その金をば貧乏人に施してやったら、どんなに貧乏人が喜ぶか知れない。無駄なことをしては困るね、と私は、さんざ叱ってやりました。すると、あの人は、私のほうを屹《き》っと見て、「この女を叱ってはいけない。この女のひとは、大変いいことをしてくれたのだ。貧しい人にお金を施すのは、おまえたちには、これからあとあと、いくらでも出来ることではないか。私には、もう施しが出来なくなっているのだ。そのわけは言うまい。この女のひとだけは知っている。この女が私のからだに香油を注いだのは、私の葬《とむら》いの備えをしてくれたのだ。おまえたちも覚えて置くがよい。全世界、どこの土地でも、私の短い一生を言い伝えられる処には、必ず、この女の今日の仕草も記念として語り伝えられるであろう。」そう言い結んだ時に、あの人の青白い頬は幾分、上気して赤くなっていました。私は、あの人の言葉を信じません。れいに依って大袈裟なお芝居であると思い、平気で聞き流すことが出来ましたが、それよりも、その時、あの人の声に、また、あの人の瞳の色に、いままで嘗《か》つて無かった程の異様なものが感じられ、私は瞬時戸惑して、更にあの人の幽《かす》かに赤らんだ頬と、うすく涙に潤んでいる瞳とを、つくづく見直し、はッと思い当ることがありました。ああ、いまわしい、口に出すさえ無念至極のことであります。あの人は、こんな貧しい百姓女に恋、では無いが、まさか、そんな事は絶対に無いのですが、でも、危い、それに似たあやしい感情を抱いたのではないか？　あの人ともあろうものが。あんな無智な百姓女ふぜいに、そよとでも特殊な愛を感じたとあれば、それは、なんという失態。取りかえしの出来ぬ大醜聞。私は、ひとの恥辱となるような感情を嗅ぎわけるのが、生れつき巧みな男であります。自分でもそれを下品な嗅覚《きゅうかく》だと思い、いやでありますが、ちらと一目見ただけで、人の弱点を、あやまたず見届けてしまう鋭敏の才能を持って居ります。あの人が、たとえ微弱にでも、あの無学の百姓女に特別の感情を動かしたということは、やっぱり間違いありません。私の眼には狂いが無い筈だ。たしかにそうだ。ああ、我慢ならない。堪忍ならない。私は、あの人も、こんな体《てい》たらくでは、もはや駄目だと思いました。醜態の極だと思いました。あの人はこれまで、どんなに女に好かれても、いつでも美しく、水のように静かであった。いささかも取り乱すことが無かったのだ。ヤキがまわった。だらしが無え。あの人だって、まだ若いのだし、それは無理もないと言えるかも知れぬけれど、そんなら私だって同じ年だ。しかも、あの人より二月《ふたつき》おそく生れているのだ。若さに変りは無い筈だ。それでも私は堪えている。あの人ひとりに心を捧げ、これ迄どんな女にも心を動かしたことは無いのだ。マルタの妹のマリヤは、姉のマルタが骨組頑丈で牛のように大きく、気象も荒く、どたばた立ち働くのだけが取柄で、なんの見どころも無い百姓女でありますが、あれは違って骨も細く、皮膚は透きとおる程の青白さで、手足もふっくらして小さく、湖水のように深く澄んだ大きい眼が、いつも夢みるように、うっとり遠くを眺めていて、あの村では皆、不思議がっているほどの気高い娘でありました。私だって思っていたのだ。町へ出たとき、何か白絹でも、こっそり買って来てやろうと思っていたのだ。ああ、もう、わからなくなりました。私は何を言っているのだ。そうだ、私は口惜《くや》しいのです。なんのわけだか、わからない。地団駄踏むほど無念なのです。あの人が若いなら、私だって若い。私は才能ある、家も畠もある立派な青年です。それでも私は、あの人のために私の特権全部を捨てて来たのです。だまされた。あの人は、嘘つきだ。旦那さま。あの人は、私の女をとったのだ。いや、ちがった！あの女が、私からあの人を奪ったのだ。ああ、それもちがう。私の言うことは、みんな出鱈目だ。一言も信じないで下さい。わからなくなりました。ごめん下さいまし。ついつい根も葉も無いことを申しました。そんな浅墓《あさはか》な事実なぞ、みじんも無いのです。醜いことを口走りました。だけれども、私は、口惜しいのです。胸を掻きむしりたいほど、口惜しかったのです。なんのわけだか、わかりませぬ。ああ、ジェラシイというのは、なんてやりきれない悪徳だ。私がこんなに、命を捨てるほどの思いであの人を慕い、きょうまで附き随《したが》って来たのに、私には一つの優しい言葉も下さらず、かえってあんな賤しい百姓女の身の上を、御頬を染めて迄かばっておやりなさった。ああ、やっぱり、あの人はだらしない。ヤキがまわった。もう、あの人には見込みがない。凡夫だ。ただの人だ。死んだって惜しくはない。そう思ったら私は、ふいと恐ろしいことを考えるようになりました。悪魔に魅《み》こまれたのかも知れませぬ。そのとき以来、あの人を、いっそ私の手で殺してあげようと思いました。いずれは殺されるお方にちがいない。またあの人だって、無理に自分を殺させるように仕向けているみたいな様子が、ちらちら見える。私の手で殺してあげる。他人の手で殺させたくはない。あの人を殺して私も死ぬ。旦那さま、泣いたりしてお恥ずかしゅう思います。はい、もう泣きませぬ。はい、はい。落ちついて申し上げます。そのあくる日、私たちは愈愈《いよいよ》あこがれのエルサレムに向い、出発いたしました。大群集、老いも若きも、あの人のあとにつき従い、やがて、エルサレムの宮が間近になったころ、あの人は、一匹の老いぼれた驢馬《ろば》を道ばたで見つけて、微笑してそれに打ち乗り、これこそは、「シオンの娘よ、懼《おそ》るな、視よ、なんじの王は驢馬の子に乗りて来り給う。」と予言されてある通りの形なのだと、弟子たちに晴れがましい顔をして教えましたが、私ひとりは、なんだか浮かぬ気持でありました。なんという、あわれな姿であったでしょう。待ちに待った過越《すぎこし》の祭、エルサレム宮に乗り込む、これが、あのダビデの御子の姿であったのか。あの人の一生の念願とした晴れの姿は、この老いぼれた驢馬に跨《またが》り、とぼとぼ進むあわれな景観であったのか。私には、もはや、憐憫《れんびん》以外のものは感じられなくなりました。実に悲惨な、愚かしい茶番狂言を見ているような気がして、ああ、もう、この人も落目だ。一日生き延びれば、生き延びただけ、あさはかな醜態をさらすだけだ。花は、しぼまぬうちこそ、花である。美しい間に、剪《き》らなければならぬ。あの人を、一ばん愛しているのは私だ。どのように人から憎まれてもいい。一日も早くあの人を殺してあげなければならぬと、私は、いよいよ此のつらい決心を固めるだけでありました。群集は、刻一刻とその数を増し、あの人の通る道々に、赤、青、黄、色とりどりの彼等の着物をほうり投げ、あるいは棕櫚《しゅろ》の枝を伐《き》って、その行く道に敷きつめてあげて、歓呼にどよめき迎えるのでした。かつ前にゆき、あとに従い、右から、左から、まつわりつくようにして果ては大浪の如く、驢馬とあの人をゆさぶり、ゆさぶり、「ダビデの子にホサナ、讃《ほ》むべきかな、主の御名によりて来る者、いと高き処にて、ホサナ。」と熱狂して口々に歌うのでした。ペテロやヨハネやバルトロマイ、そのほか全部の弟子共は、ばかなやつ、すでに天国を目のまえに見たかのように、まるで凱旋《がいせん》の将軍に附き従っているかのように、有頂天の歓喜で互いに抱き合い、涙に濡れた接吻を交し、一徹者のペテロなど、ヨハネを抱きかかえたまま、わあわあ大声で嬉し泣きに泣き崩れていました。その有様を見ているうちに、さすがに私も、この弟子たちと一緒に艱難《かんなん》を冒して布教に歩いて来た、その忍苦困窮の日々を思い出し、不覚にも、目がしらが熱くなって来ました。かくしてあの人は宮に入り、驢馬から降りて、何思ったか、縄を拾い之《これ》を振りまわし、宮の境内の、両替する者の台やら、鳩売る者の腰掛けやらを打ち倒し、また、売り物に出ている牛、羊をも、その縄の鞭でもって全部、宮から追い出して、境内にいる大勢の商人たちに向い、「おまえたち、みな出て失せろ。私の父の家を、商いの家にしてはならぬ。」と甲高い声で怒鳴るのでした。あの優しいお方が、こんな酔っぱらいのような、つまらぬ乱暴を働くとは、どうしても少し気がふれているとしか、私には思われませんでした。傍の人もみな驚いて、これはどうしたことですか、とあの人に訊ねると、あの人の息せき切って答えるには、「おまえたち、この宮をこわしてしまえ、私は三日の間に、また建て直してあげるから。」ということだったので、さすが愚直の弟子たちも、あまりに無鉄砲なその言葉には、信じかねて、ぽかんとしてしまいました。けれども私は知っていました。所詮はあの人の、幼い強がりにちがいない。あの人の信仰とやらでもって、万事成らざるは無しという気概のほどを人々に見せたかったのに違いないのです。それにしても、縄の鞭を振りあげて、無力な商人を追い廻したりなんかして、なんて、まあ、けちな強がりなんでしょう。あなたに出来る精一ぱいの反抗は、たったそれだけなのですか、鳩売りの腰掛けを蹴散らすだけのことなのですか、と私は憫笑《びんしょう》しておたずねしてみたいとさえ思いました。もはやこの人は駄目なのです。破れかぶれなのです。自重自愛を忘れてしまった。自分の力では、この上もう何も出来ぬということを此の頃そろそろ知り始めた様子ゆえ、あまりボロの出ぬうちに、わざと祭司長に捕えられ、この世からおさらばしたくなって来たのでありましょう。私は、それを思った時、はっきりあの人を諦めることが出来ました。そうして、あんな気取り屋の坊ちゃんを、これまで一途に愛して来た私自身の愚かさをも、容易に笑うことが出来ました。やがてあの人は宮に集る大群の民を前にして、これまで述べた言葉のうちで一ばんひどい、無礼傲慢の暴言を、滅茶苦茶に、わめき散らしてしまったのです。左様。たしかに、やけくそです。私はその姿を薄汚くさえ思いました。殺されたがって、うずうずしていやがる。「禍害《わざわい》なるかな、偽善なる学者、パリサイ人よ、汝らは酒杯《さかずき》と皿との外を潔くす、然れども内は貪欲と放縦とにて満つるなり。禍害なるかな、偽善なる学者、パリサイ人よ、汝らは白く塗りたる墓に似たり、外は美しく見ゆれども内は死人の骨とさまざまの穢《けがれ》とに満つ。斯《かく》のごとく汝らも外は正しく見ゆれども、内は偽善と不法とにて満つるなり。蛇よ、蝮《まむし》の裔《すえ》よ、なんじら争《いか》で、ゲヘナの刑罰を避け得んや。ああエルサレム、エルサレム、予言者たちを殺し、遣《つかわ》されたる人々を石にて撃つ者よ、牝鶏《めんどり》のその雛《ひな》を翼の下に集むるごとく、我なんじの子らを集めんと為《せ》しこと幾度ぞや、然《さ》れど、汝らは好まざりき。」馬鹿なことです。噴飯ものだ。口真似するのさえ、いまわしい。たいへんな事を言う奴だ。あの人は、狂ったのです。まだそのほかに、饑饉《ききん》があるの、地震が起るの、星は空より堕《お》ち、月は光を放たず、地に満つ人の死骸《しがい》のまわりに、それをついばむ鷲《わし》が集るの、人はそのとき哀哭《なげき》、切歯《はがみ》することがあろうだの、実に、とんでも無い暴言を口から出まかせに言い放ったのです。なんという思慮のないことを、言うのでしょう。思い上りも甚しい。ばかだ。身のほど知らぬ。いい気なものだ。もはや、あの人の罪は、まぬかれぬ。必ず十字架。それにきまった。

祭司長や民の長老たちが、大祭司カヤパの中庭にこっそり集って、あの人を殺すことを決議したとか、私はそれを、きのう町の物売りから聞きました。もし群集の目前であの人を捕えたならば、あるいは群集が暴動を起すかも知れないから、あの人と弟子たちとだけの居るところを見つけて役所に知らせてくれた者には銀三十を与えるということをも、耳にしました。もはや猶予の時ではない。あの人は、どうせ死ぬのだ。ほかの人の手で、下役たちに引き渡すよりは、私が、それを為《な》そう。きょうまで私の、あの人に捧げた一すじなる愛情の、これが最後の挨拶だ。私の義務です。私があの人を売ってやる。つらい立場だ。誰がこの私のひたむきの愛の行為を、正当に理解してくれることか。いや、誰に理解されなくてもいいのだ。私の愛は、純粋の愛だ。人に理解してもらう為の愛では無い。そんなさもしい愛では無いのだ。私は永遠に、人の憎しみを買うだろう。けれども、この純粋の愛の貪欲のまえには、どんな刑罰も、どんな地獄の業火も問題でない。私は私の生き方を生き抜く。身震いするほどに固く、決意しました。私は、ひそかによき折を、うかがっていたのであります。いよいよ、お祭りの当日になりました。私たち師弟十三人は丘の上の古い料理屋の、薄暗い二階座敷を借りてお祭りの宴会を開くことにいたしました。みんな食卓に着いて、いざお祭りの夕餐《ゆうげ》を始めようとしたとき、あの人は、つと立ち上り、黙って上衣を脱いだので、私たちは一体なにをお始めなさるのだろうと不審に思って見ているうちに、あの人は卓の上の水甕《みずがめ》を手にとり、その水甕の水を、部屋の隅に在った小さい盥《たらい》に注ぎ入れ、それから純白の手巾をご自身の腰にまとい、盥の水で弟子たちの足を順々に洗って下さったのであります。弟子たちには、その理由がわからず、度を失って、うろうろするばかりでありましたけれど、私には何やら、あの人の秘めた思いがわかるような気持でありました。あの人は、寂しいのだ。極度に気が弱って、いまは、無智な頑迷の弟子たちにさえ縋《すが》りつきたい気持になっているのにちがいない。可哀想に。あの人は自分の逃れ難い運命を知っていたのだ。その有様を見ているうちに、私は、突然、強力な嗚咽《おえつ》が喉につき上げて来るのを覚えた。矢庭にあの人を抱きしめ、共に泣きたく思いました。おう可哀想に、あなたを罪してなるものか。あなたは、いつでも優しかった。あなたは、いつでも正しかった。あなたは、いつでも貧しい者の味方だった。そうしてあなたは、いつでも光るばかりに美しかった。あなたは、まさしく神の御子だ。私はそれを知っています。おゆるし下さい。私はあなたを売ろうとして此の二、三日、機会をねらっていたのです。もう今は、いやだ。あなたを売るなんて、なんという私は無法なことを考えていたのでしょう。御安心なさいまし。もう今からは、五百の役人、千の兵隊が来たとても、あなたのおからだに指一本ふれさせることは無い。あなたは、いま、つけねらわれているのです。危い。いますぐ、ここから逃げましょう。ペテロも来い、ヤコブも来い、ヨハネも来い、みんな来い。われらの優しい主を護り、一生永く暮して行こう、と心の底からの愛の言葉が、口に出しては言えなかったけれど、胸に沸きかえって居りました。きょうまで感じたことの無かった一種崇高な霊感に打たれ、熱いお詫びの涙が気持よく頬を伝って流れて、やがてあの人は私の足をも静かに、ていねいに洗って下され、腰にまとって在った手巾で柔かく拭いて、ああ、そのときの感触は。そうだ、私はあのとき、天国を見たのかも知れない。私の次には、ピリポの足を、その次にはアンデレの足を、そうして、次に、ペテロの足を洗って下さる順番になったのですが、ペテロは、あのように愚かな正直者でありますから、不審の気持を隠して置くことが出来ず、主よ、あなたはどうして私の足などお洗いになるのです、と多少不満げに口を尖らして尋ねました。あの人は、「ああ、私のすることは、おまえには、わかるまい。あとで、思い当ることもあるだろう。」と穏かに言いさとし、ペテロの足もとにしゃがんだのだが、ペテロは尚も頑強にそれを拒んで、いいえ、いけません。永遠に私の足などお洗いになってはなりませぬ。もったいない、とその足をひっこめて言い張りました。すると、あの人は少し声を張り上げて、「私がもし、おまえの足を洗わないなら、おまえと私とは、もう何の関係も無いことになるのだ。」と随分、思い切った強いことを言いましたので、ペテロは大あわてにあわて、ああ、ごめんなさい、それならば、私の足だけでなく、手も頭も思う存分に洗って下さい、と平身低頭して頼みいりましたので、私は思わず噴き出してしまい、ほかの弟子たちも、そっと微笑《ほほえ》み、なんだか部屋が明るくなったようでした。あの人も少し笑いながら、「ペテロよ、足だけ洗えば、もうそれで、おまえの全身は潔《きよ》いのだ。ああ、おまえだけでなく、ヤコブも、ヨハネも、みんな汚れの無い、潔いからだになったのだ。けれども、」と言いかけて、すっと腰を伸ばし、瞬時、苦痛に耐えかねるような、とても悲しい眼つきをなされ、すぐにその眼をぎゅっと固くつぶり、つぶったままで言いました。「みんなが潔ければいいのだが。」はッと思った。やられた！　私のことを言っているのだ。私があの人を売ろうとたくらんでいた寸刻以前までの暗い気持を見抜いていたのだ。けれども、その時は、ちがっていたのだ。断然、私は、ちがっていたのだ！　私は潔くなっていたのだ。私の心は変っていたのだ。ああ、あの人はそれを知らない。それを知らない。ちがう！　ちがいます、と喉まで出かかった絶叫を、私の弱い卑屈な心が、唾《つば》を呑みこむように、呑みくだしてしまった。言えない。何も言えない。あの人から、そう言われてみれば、私はやはり潔くなっていないのかも知れないと気弱く肯定する僻《ひが》んだ気持が頭をもたげ、とみるみるその卑屈の反省が、醜く、黒くふくれあがり、私の五臓六腑《ろっぷ》を駈けめぐって、逆にむらむら憤怒《ふんぬ》の念が炎を挙げて噴出したのだ。ええっ、だめだ。私は、だめだ。あの人に心の底から、きらわれている。売ろう。売ろう。あの人を、殺そう。そうして私も共に死ぬのだ、と前からの決意に再び眼覚め、私はいまは完全に、復讐の鬼になりました。あの人は、私の内心の、ふたたび三たび、どんでん返して変化した大動乱には、お気づきなさることの無かった様子で、やがて上衣をまとい服装を正し、ゆったりと席に坐り、実に蒼《あお》ざめた顔をして、「私がおまえたちの足を洗ってやったわけを知っているか。おまえたちは私を主と称え、また師と称えているようだが、それは間違いないことだ。私はおまえたちの主、または師なのに、それでもなお、おまえたちの足を洗ってやったのだから、おまえたちもこれからは互いに仲好く足を洗い合ってやるように心がけなければなるまい。私は、おまえたちと、いつ迄も一緒にいることが出来ないかも知れぬから、いま、この機会に、おまえたちに模範を示してやったのだ。私のやったとおりに、おまえたちも行うように心がけなければならぬ。師は必ず弟子より優れたものなのだから、よく私の言うことを聞いて忘れぬようになさい。」ひどく物憂そうな口調で言って、音無しく食事を始め、ふっと、「おまえたちのうちの、一人が、私を売る。」と顔を伏せ、呻《うめ》くような、歔欷《きょき》なさるような苦しげの声で言い出したので、弟子たちすべて、のけぞらんばかりに驚き、一斉に席を蹴って立ち、あの人のまわりに集っておのおの、主よ、私のことですか、主よ、それは私のことですかと、罵《のの》り騒ぎ、あの人は死ぬる人のように幽かに首を振り、「私がいま、その人に一つまみのパンを与えます。その人は、ずいぶん不仕合せな男なのです。ほんとうに、その人は、生れて来なかったほうが、よかった。」と意外にはっきりした語調で言って、一つまみのパンをとり腕をのばし、あやまたず私の口にひたと押し当てました。私も、もうすでに度胸がついていたのだ。恥じるよりは憎んだ。あの人の今更ながらの意地悪さを憎んだ。このように弟子たち皆の前で公然と私を辱かしめるのが、あの人の之までの仕来《しきた》りなのだ。火と水と。永遠に解け合うことの無い宿命が、私とあいつとの間に在るのだ。犬か猫に与えるように、一つまみのパン屑を私の口に押し入れて、それがあいつのせめてもの腹いせだったのか。ははん。ばかな奴だ。旦那さま、あいつは私に、おまえの為すことを速かに為せと言いました。私はすぐに料亭から走り出て、夕闇の道をひた走りに走り、ただいまここに参りました。そうして急ぎ、このとおり訴え申し上げました。さあ、あの人を罰して下さい。どうとも勝手に、罰して下さい。捕えて、棒で殴って素裸にして殺すがよい。もう、もう私は我慢ならない。あれは、いやな奴です。ひどい人だ。私を今まで、あんなにいじめた。ははは。ちきしょうめ。あの人はいま、ケデロンの小川の彼方、ゲッセマネの園にいます。もうはや、あの二階座敷の夕餐もすみ、弟子たちと共にゲッセマネの園に行き、いまごろは、きっと天へお祈りを捧げている時刻です。弟子たちのほかには、誰も居りません。今なら難なくあの人を捕えることが出来ます。ああ、小鳥が啼《な》いて、うるさい。今夜はどうしてこんなに夜鳥の声が耳につくのでしょう。私がここへ駈け込む途中の森でも、小鳥がピイチク啼いて居りました。夜に囀《さえず》る小鳥は、めずらしい。私は子供のような好奇心でもって、その小鳥の正体を一目《ひとめ》見たいと思いました。立ちどまって首をかしげ、樹々の梢《こずえ》をすかして見ました。ああ、私はつまらないことを言っています。ごめん下さい。旦那さま、お仕度は出来ましたか。ああ楽しい。いい気持。今夜は私にとっても最後の夜だ。旦那さま、旦那さま、今夜これから私とあの人と立派に肩を接して立ち並ぶ光景を、よく見て置いて下さいまし。私は今夜あの人と、ちゃんと肩を並べて立ってみせます。あの人を怖れることは無いんだ。卑下することは無いんだ。私はあの人と同じ年だ。同じ、すぐれた若いものだ。ああ、小鳥の声が、うるさい。耳についてうるさい。どうして、こんなに小鳥が騒ぎまわっているのだろう。ピイチクピイチク、何を騒いでいるのでしょう。おや、そのお金は？　私に下さるのですか、あの、私に、三十銀。なる程、はははは。いや、お断り申しましょう。殴られぬうちに、その金ひっこめたらいいでしょう。金が欲しくて訴え出たのでは無いんだ。ひっこめろ！　いいえ、ごめんなさい、いただきましょう。そうだ、私は商人だったのだ。金銭ゆえに、私は優美なあの人から、いつも軽蔑されて来たのだっけ。いただきましょう。私は所詮、商人だ。いやしめられている金銭で、あの人に見事、復讐してやるのだ。これが私に、一ばんふさわしい復讐の手段だ。ざまあみろ！　銀三十で、あいつは売られる。私は、ちっとも泣いてやしない。私は、あの人を愛していない。はじめから、みじんも愛していなかった。はい、旦那さま。私は嘘ばかり申し上げました。私は、金が欲しさにあの人に附いて歩いていたのです。おお、それにちがい無い。あの人が、ちっとも私に儲けさせてくれないと今夜見極めがついたから、そこは商人、素速く寝返りを打ったのだ。金。世の中は金だけだ。銀三十、なんと素晴らしい。いただきましょう。私は、けちな商人です。欲しくてならぬ。はい、有難う存じます。はい、はい。申しおくれました。私の名は、商人のユダ。へっへ。イスカリオテのユダ。

黄金風景

海の岸辺に緑なす樫《かし》の木、その樫の木に黄金の細き鎖のむすばれて　　――プウシキン。

上

私は子供のときには、余り質《たち》のいい方ではなかった。女中をいじめた。私は、のろくさいことは嫌いで、それゆえ、のろくさい女中を殊《こと》にもいじめた。お慶《けい》は、のろくさい女中である。林檎《りんご》の皮をむかせても、むきながら何を考えているのか、二度も三度も手を休めて、おい、とその度毎にきびしく声を掛けてやらないと、片手に林檎、片手にナイフを持ったまま、いつまでも、ぼんやりしているのだ。足りないのではないか、と思われた。台所で、何もせずに、ただのっそりつっ立っている姿を、私はよく見かけたものであるが、子供心にも、うすみっともなく、妙に癇《かん》にさわって、おい、お慶、日は短いのだぞ、などと大人びた、いま思っても背筋の寒くなるような非道の言葉を投げつけて、それで足りずに一度はお慶をよびつけ、私の絵本の観兵式の何百人となくうようよしている兵隊、馬に乗っている者もあり、旗持っている者もあり、銃担《にな》っている者もあり、そのひとりひとりの兵隊の形を鋏《はさみ》でもって切り抜かせ、不器用なお慶は、朝から昼飯も食わず日暮頃までかかって、やっと三十人くらい、それも大将の鬚《ひげ》を片方切り落したり、銃持つ兵隊の手を、熊の手みたいに恐ろしく大きく切り抜いたり、そうしていちいち私に怒鳴られ、夏のころであった、お慶は汗かきなので、切り抜かれた兵隊たちはみんな、お慶の手の汗で、びしょびしょ濡れて、私は遂に癇癪《かんしゃく》をおこし、お慶を蹴った。たしかに肩を蹴った筈《はず》なのに、お慶は右の頬をおさえ、がばと泣き伏し、泣き泣きいった。「親にさえ顔を踏まれたことはない。一生おぼえております」うめくような口調で、とぎれ、とぎれそういったので、私は、流石にいやな気がした。そのほかにも、私はほとんどそれが天命でもあるかのように、お慶をいびった。いまでも、多少はそうであるが、私には無智な魯鈍《ろどん》の者は、とても堪忍できぬのだ。

一昨年、私は家を追われ、一夜のうちに窮迫し、巷《ちまた》をさまよい、諸所に泣きつき、その日その日のいのちを繋ぎ、やや文筆でもって、自活できるあてがつきはじめたと思ったとたん、病を得た。ひとびとの情で一夏、千葉県船橋町、泥の海のすぐ近くに小さい家を借り、自炊の保養をすることができ、毎夜毎夜、寝巻をしぼる程の寝汗とたたかい、それでも仕事はしなければならず、毎朝々々のつめたい一合の牛乳だけが、ただそれだけが、奇妙に生きているよろこびとして感じられ、庭の隅の夾竹桃《きょうちくとう》の花が咲いたのを、めらめら火が燃えているようにしか感じられなかったほど、私の頭もほとほと痛み疲れていた。

そのころのこと、戸籍調べの四十に近い、痩せて小柄のお巡りが玄関で、帳簿の私の名前と、それから無精髯《ぶしょうひげ》のばし放題の私の顔とを、つくづく見比べ、おや、あなたは……のお坊ちゃんじゃございませんか？　そう言うお巡りのことばには、強い故郷の訛《なまり》があったので、

「そうです」私はふてぶてしく答えた。「あなたは？」

お巡りは痩せた顔にくるしいばかりにいっぱいの笑をたたえて、

「やあ。やはりそうでしたか。お忘れかも知れないけれど、かれこれ二十年ちかくまえ、私はKで馬車

やをしていました」

　Kとは、私の生れた村の名前である。

「ごらんの通り」私は、にこりともせずに応じた。「私も、いまは落ちぶれました」

「とんでもない」お巡りは、なおも楽しげに笑いながら、「小説をお書きなさるんだったら、それはなかなか出世です」

　私は苦笑した。

「ところで」とお巡りは少し声をひくめ、「お慶がいつもあなたのお噂《うわさ》をしています」

「おけい？」すぐには呑《の》みこめなかった。

「お慶ですよ。お忘れでしょう。お宅の女中をしていた――」

　思い出した。ああ、と思わずうめいて、私は玄関の式台にしゃがんだまま、頭をたれて、その二十年まえ、のろくさかったひとりの女中に対しての私の悪行が、ひとつひとつ、はっきり思い出され、ほとんど座に耐えかねた。

下

「幸福ですか？」ふと顔をあげてそんな突拍子ない質問を発する私のかおは、たしかに罪人、被告、卑屈な笑いをさえ浮べていたと記憶する。

「ええ、もう、どうやら」くったくなく、そうほがらかに答えて、お巡りはハンケチで額の汗をぬぐって、「かまいませんでしょうか。こんどあれを連れて、いちどゆっくりお礼にあがりましょう」

私は飛び上るほど、ぎょっとした。いいえ、もう、それには、とはげしく拒否して、私は言い知れぬ屈辱感に身悶えしていた。

けれども、お巡りは、朗かだった。

「子供がねえ、あなた、ここの駅につとめるようになりましてな、それが長男です、それから男、女、女、その末のが八つでことし小学校にあがりました。もう一安心。お慶も苦労いたしました。なんというか、まあ、お宅のような大家にあがって行儀見習いした者は、やはりどこか、ちがいましてな」すこし顔を赤くして笑い、「おかげさまでした。お慶も、あなたのお噂、しじゅうして居ります。こんどの公休には、きっと一緒にお礼にあがります」急に真面目な顔になって、「それじゃ、きょうは失礼いたします。お大事に」

それから、三日たって、私が仕事のことよりも、金銭のことで思い悩み、うちにじっとして居れなくて、竹のステッキ持って、海へ出ようと、玄関の戸をがらがらあけたら、外に三人、浴衣著《き》た父と母と、赤い洋服著た女の子と、絵のように美しく並んで立っていた。お慶の家族である。

私は自分でも意外なほどの、おそろしく大きな怒声を発した。

「来たのですか。きょう、私これから用事があって出かけなければなりません。お気の毒ですが、またの日においで下さい」

お慶は、品のいい中年の奥さんになっていた。八つの子は、女中のころのお慶によく似た顔をしていて、うすのろらしい濁った眼で私をぼんやり見上げていた。私はかなしく、お慶がまだひとことも言い出さぬうち、逃げるように、海浜へ飛び出した。竹のステッキで、海浜の雑草を薙《な》ぎ払い薙ぎ払い、いちどもあとを振りかえらず、一歩、一歩、地団駄踏むような荒《すさ》んだ歩きかたで、とにかく海岸伝いに町の方へ、まっすぐに歩いた。私は町で何をしていたろう。ただ意味もなく、活動小屋の絵看板見あげたり、呉服屋の飾窓を見つめたり、ちぇっちぇっと舌打ちしては、心のどこかの隅で、負けた、負けた、と囁く声が聞えて、これはならぬと烈《はげ》しくからだをゆすぶっては、また歩き、三十分ほどそうしていたろうか、私はふたたび私の家へとって返した。

うみぎしに出て、私は立止った。見よ、前方に平和の図がある。お慶親子三人、のどかに海に石の投げっこしては笑い興じている。声がここまで聞えて来る。

「なかなか」お巡りは、うんと力こめて石をほうって、「頭のよさそうな方じゃないか。あのひとは、いまに偉くなるぞ」

「そうですとも、そうですとも」お慶の誇らしげな高い声である。「あのかたは、お小さいときからひとり変って居られた。目下のものにもそれは親切に、目をかけて下すった」

私は立ったまま泣いていた。けわしい興奮が、涙で、まるで気持よく溶け去ってしまうのだ。

負けた。これは、いいことだ。そうなければ、いけないのだ。かれらの勝利は、また私のあすの出発にも、光を与える。

八十八夜

（夏も近づく、――）

笠井一《はじめ》さんは、作家である。ひどく貧乏である。このごろ、ずいぶん努力して、通俗小説を書いている。けれども、ちっとも、ゆたかにならない。くるしい。もがきあがいて、そのうちに、呆《ぼ》けてしまった。いまは、何も、わからない。いや、笠井さんの場合、何もわからないと、そう言ってしまっても、ウソなのである。ひとつ、わかっている。一寸《いっすん》さきは闇だ、ということだけが、わかっている。あとは、もう、何もわからない。ふっと気がついたら、そのような五里霧中の、山なのか、野原なのか、街頭なのか、それさえ何もわからない、ただ身のまわりに不愉快な殺気だけがひしひしと感じられ、とにかく、これは進まなければならぬ、一寸さきだけは、わかっている。油断なく、そろっと進む、けれども何もわからない。負けずに、つっぱって、また一寸そろっと進む。何もわからない。恐怖をも追い払い、無理に、荒《すさ》んだ身振りで、また一寸、ここは、いったいどこだろう、なんの物音もない。そのような、無限に静寂な、真暗闇に、笠井さんは、いた。

進まなければならぬ。何もわかっていなくても絶えず、一寸でも、五分でも、身を動かし、進まなければならぬ。腕をこまねいて頭を垂れ、ぼんやり佇《たたず》んでいようものなら、――一瞬間でも、懐疑と倦怠に身を任せようものなら、――たちまち玄翁《げんのう》で頭をぐゎんとやられて、周囲の殺気は一時に押し寄せ、笠井さんのからだは、みるみる蜂の巣になるだろう。笠井さんには、そう思われて仕方がない。それゆえ、笠井さんは油断をせず、つっぱって、そろ、そろ、一寸ずつ真の闇の中を、油汗流して進むのである。十日、三月《みつき》、一年、二年、ただ、そのようにして笠井さんは進んだ。まっくら闇に生きていた。進まなければならぬ。死ぬのが、いやなら進まなければならぬ。ナンセンスに似ていた。笠井さんも、流石に、もう、いやになった。八方ふさがり、と言ってしまうと、これもウソなのである。進める。生きておれる。真暗闇でも、一寸さきだけは、見えている。一寸だけ、進む。危険はない。一寸ずつ進んでいるぶんには、間違いないのだ。これは、絶対に確実のように思われる。けれども、——どうにも、この相も変らぬ、無際限の暗黒一色の風景は、どうしたことか。絶対に、嗟《ああ》、ちりほどの変化も無い。光は勿論《もちろん》、嵐さえ、無い。笠井さんは、闇の中で、手さぐり手さぐり、一寸ずつ、いも虫の如く進んでいるうちに、静かに狂気を意識した。これは、ならぬ。これは、ひょっとしたら、断頭台への一本道なのではあるまいか。こうして、じりじり進んでいって、いるうちに、いつとは無しに自滅する酸鼻《さんび》の谷なのではあるまいか。ああ、声あげて叫ぼうか。けれども、むざんのことには、笠井さん、あまりの久しい卑屈に依り、自身の言葉を忘れてしまっていた。叫びの声が、出ないのである。走ってみようか。殺されたって、いい。人は、なぜ生きていなければ、ならないのか。そんな素朴の命題も、ふいと思い出されて、いまは、この闇の中の一寸歩きに、ほとほと根《こん》も尽き果て、五月のはじめ、あり金さらって、旅に出た。この脱走が、間違っていたら、殺してくれ。殺されても、私は、微笑《ほほえ》んでいるだろう。ここで忍従の鎖を断ち切り、それがために、どんな悲惨の地獄に落ちても、私は後悔しないだろう。だめなのだ。もう、これ以上、私は自身を卑屈にできない。自由！

そうして、笠井さんは、旅に出た。

なぜ、信州を選んだのか、他に、知らないからである。信州にひとり、湯河原にひとり、笠井さんの知っている女が、いた。知っている、と言っても、寝たのではない。名前を知っているだけなのである。いずれも宿舎の女中さんである。そうして信州のひとも、伊豆のひとも、つつましく気がきいて、口下手の笠井さんには、何かと有難いことが多かった。湯河原には、もう三年も行かない。いまでは、あのひとも、あの宿屋にいないかも知れない。あのひとが、いなかったら、なんにもならない。信州、上諏訪の温泉には、去年の秋も、難儀の仕事をまとめるために、行って、五、六日お世話になった。きっと、まだ、あの宿で働いているにちがいない。

めちゃなことをしたい。思い切って、めちゃなことを、やってみたい。私にだって、まだまだロマンチシズムは、残って在る筈《はず》だ。笠井さんは、ことし三十一歳である。けれども髪の毛も薄く、歯も欠けて、どうしても四十歳以上のひとのように見える。妻と子のために、また多少は、俗世間への見栄のために、何もわからぬながら、ただ懸命に書いて、お金をもらって、いつとは無しに老けてしまった。笠井さんは、行い正しい紳士である、と作家仲間が、決定していた。事実、笠井さんは、良い夫、良い父である。生来の臆病と、過度の責任感の強さとが、笠井さんに、いわば良人《おっと》の貞操をも固く守らせていた。口下手ではあり、行動は極めて鈍重だし、そこは笠井さんも、あきらめていた。けれども、いま、おのれの、いも虫に、うんじ果て、爆発して旅に出て、なかなか、めちゃな決意をしていた。何か光を。

下諏訪まで、切符を買った。家を出て、まっすぐに上諏訪へ行き、わきめも振らずあの宿へ駈け込み、そうして、いきせき切って、あのひと、いますか、あのひと、いますか、と騒ぎたてる、そんな形になるのが、いやなので、わざと上諏訪から一つさきの下諏訪まで、切符を買った。笠井さんは、下諏訪には、まだいちども行ったことがない。けれども、そこで降りてみて、いいようだったら、そこで一泊して、それから多少、迂余曲折《うよきょくせつ》して、上諏訪のあの宿へ行こう、という、きざな、あさはかな気取りである。含羞《がんしゅう》でもあった。

汽車に乗る。野も、畑も、緑の色が、うれきったバナナのような酸い匂いさえ感ぜられて、いちめんに春が爛熟《らんじゅく》していて、きたならしく、青みどろ、どろどろ溶けて氾濫していた。いったいに、この季節には、べとべと、噎《む》せるほどの体臭がある。

汽車の中の笠井さんは、へんに悲しかった。われに救いあれ。みじんも冗談でなく、そんな大袈裟な言葉を仰向いてこっそり呟いた程である。懐中には、五十円と少し在った。

「アンドレア・デル・サルトの、……」

ばかに大きな声で、突然そんなことを言い出した人があるので、笠井さんは、うしろを振りむいた。登山服着た青年が二人、同じ身拵《みごしらえ》の少女が三人。いま大声を発した男は、その一団のリイダア格の、ベレ帽をかぶった美青年である。少し日焼けして、仲々おしゃれであるが、下品である。

アンドレア・デル・サルト。その名前を、そっと胸のうちで誦してみて、笠井さんは、どぎまぎした。何も、浮んで来ないのだ。忘れている。いつか、いつだったか、その名を、仲間と共に一晩言って、なんだか議論をしたような、それは遠い昔のことだったようにも思われるけれども、たしかに、あれは問題の人だったような気がするのだが、いまは、なんにもわからない。記憶が、よみがえって来ないのだ。ひどいと思った。こんなにも、綺麗さっぱり忘れてしまうものなのか。あきれた。アンドレア・デル・サルト。思い出せない。それは、一体、どんな人です。わからない。笠井さんは、いつか、いつだったか、その人に就《つ》いて、たしかに随筆書いたことだってあるのだ。忘れている。思い出せない。ブラウニング。……ミュッセ。……なんとかして、記憶の蔓《つる》をたどっていって、その人の肖像に行きつき、あッ、そうか、あれか、と腹に落ち込ませたく、身悶えをして努めるのだが、だめである。その人が、どこの国の人で、いつごろの人か、そんなことは、いまは思い出せなくていいんだ。いつか、むかし、あのとき、その人に寄せた共感を、ただそれだけを、いま実感として、ちらと再び掴みたい。けれども、それは、いかにしても、だめであった。浦島太郎。ふっと気がついたときには、白髪の老人になっていた。遠い、アンドレア・デル・サルトとは、再び相見ることは無い。もう地平線のかなたに去っている。雲煙模糊《もこ》である。

「アンリ・ベックの、……」背後の青年が、また言った。笠井さんは、それを聞き、ふたたび頬を赤めた。わからないのである。アンリ・ベック。誰だったかなあ。たしかに笠井さんは、その名を、嘗《か》つて口にし、また書きしたためたこともあったのだ。わからぬ。ポルト・リッシュ。ジェラルディ。ちがう、ちがう。アンリ・ベック。……どんな男だったかなあ。小説家かい？　画家じゃないか。ヴェラスケス。ちがう。ヴェラスケスって、なんだい。突拍子もないじゃないか。そんなひと、あるのかい？　画家さ。ほんとうかい？　なんだか、全部、心細くなって来た。アンリ・ベック。はてな？　わからない。エレンブルグとちがうか。冗談じゃない。アレクセーフ。露西亜《ロシア》人じゃないよ。とんでもない。ネルヴァル。ケラア。シュトルム。メレディス。なにを言っているのだ。あッ、そうだ、デュルフェ。ちがうね。デュルフェって、誰だい？

何も、わからない。滅茶苦茶に、それこそ七花八裂《しちかはちれつ》である。いろんな名前が、なんの聯関《れんかん》もなく、ひょいひょい胸に浮んで、乱れて、泳ぎ、けれども笠井さんには、そのたくさんの名前の実体を一つとして、鮮明に思い出すことができず、いまは、アンドレア・デル・サルトと、アンリ・ベックの二つの名前の騒ぎでない。何もわからない。口をついて出る、むかしの教師の名前、ことごとくが、匂いも味も色彩もなく、笠井さんは、ただ、聞いたような名前だなあ、誰だったかなあ、を、ぼんやり繰りかえしている仕末《しまつ》であった。一体あなたは、この二、三年、何をしていたのだ。生きていました。それは、わかっている。いいえ、それだけで精一ぱいだったのです。生活のことは、少し覚えました。日々の営みの努力は、ひんまがった釘を、まっすぐに撓《た》め直そうとする努力に、全く似ています。何せ小さい釘のことであるから、ちからの容れどころが無く、それでも曲った釘を、まっすぐに直すのには、ずいぶん強い圧力が必要なので、傍目には、ちっとも派手でないけれども、もそもそ、満面に朱をそそいで、いきんでいました。そうして笠井さんは、自分ながら、どうも、甚だ結構でないと思われるような小説を、どんどん書いて、全く文学を忘れてしまった。呆けてしまった。ときどき、こっそり、チエホフだけを読んでいた。その、くっきり曲った鎹釘《かなくぎ》が、少しずつ、少しずつ、まっすぐに成りかけて、借金もそろそろ減って来たころ、どうにでもなれ！　笠井さんは、それまでの不断の地味な努力を、泣きべそかいて放擲《ほうてき》し、もの狂おしく家を飛び出し、いのちを賭《と》して旅に出た。もう、いやだ。忍ぶことにも限度が在る。とても、この上、忍べなかった。笠井さんは、だめな男である。

「やあ、八《やつ》が岳《だけ》だ。やつがだけだ。」

うしろの一団から、れいの大きい声が起って、

「すげえなあ。」

「荘厳ね。」と、その一団の青年、少女、口々に、駒が岳の偉容を賞讃した。

八が岳ではないのである。駒が岳であった。笠井さんは、少し救われた。アンリ・ベックを知らなくても、アンドレア・デル・サルトを思い出せなくっても、笠井さんは、あの三角に尖った銀色の、そうしていま夕日を受けてバラ色に光っているあの山の名前だけは、知っている。あれは、駒が岳である。断じて八が岳では、ない。わびしい無智な誇りではあったが、けれども笠井さんは、やはりほのかな優越感を覚えて、少しほっとした。教えてやろうか、と鳥渡《ちょっと》、腰を浮かしかけたが、いやいやと自制した。ひょっとしたら、あの一団は、雑誌社か新聞社の人たちかも知れない。談話の内容が、どうも文学に無関心の者のそれでは無い。劇団関係の人たちかも知れない。あるいは、高級な読者かも知れぬ。いずれにもせよ、笠井さんの名前ぐらいは、知っていそうな人たちである。そんな人たちのところへ、のこのこ出かけて行くのは、なんだか自分のろくでもない名前を売りつけるようで、面白くない。軽蔑されるにちがいない。慎しまなければ、ならぬ。笠井さんは、溜息ついて、また窓外の駒が岳を見上げた。やっぱり、なんだかいまいましい。ちぇっ、ざまを見ろ。アンリ・ベックだの、アンドレア・デル・サルトだの、生意気なこと言っていても、駒が岳を見て、やあ八が岳だ、荘厳ねなんて言ってやがる。八が岳は、ね、もっと信濃へはいってから、この反対側のほうに見えるのです。笑われますよ。これは、駒が岳。別名、甲斐駒《かいこま》。海抜二千九百六十六米《メートル》。どんなもんだい、と胸の奥で、こっそりタンカに似たものを呟いてみるのだが、どうも、われながら、栄えない。俗っぽく、貧しく、みじんも文学的な高尚さが無い。変ったなあ、としんから笠井さんは、苦笑した。笠井さんだって、三、四年まえまでは、新しい作風を持っている作家として、二、三の先輩の支持を受け、読者も、笠井さんを反逆的な、ハイカラな作家として喝采《かっさい》したものなのであるが、いまは、めっきり、だめになった。そんな冒険の、ハイカラな作風など、どうにも気はずかしくて、いやになった。一向に、気が跳《はず》まないのである。そうして頗《すこぶ》る、非良心的な、その場限りの作品を、だらだら書いて、枚数の駈けひきばかりして生きて来た。芸術の上の良心なんて、結局は、虚栄の別名さ。浅墓《あさはか》な、つめたい、むごい、エゴイズムさ。生活のためにだけ、愛情があるのだ。陋巷《ろうこう》の、つつましく、なつかしい愛情があるのだ。そんな申しわけを呟きながら、笠井さんは、ずいぶん乱暴な、でたらめな作品を、眼をつぶって書き殴っては、発表した。生活への殉愛である、という。けれども、このごろ、いや、そうでないぞ。あなたは、結局、低劣になったのだぞ。ずるいのだぞ。そんな風《ふう》の囁きが、ひそひそ耳に忍びこんで来て、笠井さんは、ぎゅっとまじめになってしまった。芸術の尊厳、自我への忠誠、そのような言葉の苛烈が、少しずつ、少しずつ思い出されて、これは一体、どうしたことか。一口で、言えるのではないか。笠井さんは、昨今、通俗にさえ行きづまっているのである。

汽車は、のろのろ歩いている。山の、のぼりにかかったのである。汽車から降りて、走ったほうが、早いようにも思われた。実に、のろい。そろそろ本当の八が岳の全容が、列車の北側に、八つの峰をずらりとならべて、あらわれる。笠井さんは、瞳をかがやかしてそれを見上げる。やはり、よい山である。もはや日没ちかく、残光を浴びて山の峰々が幽《かす》かに明るく、線の起伏も、こだわらずゆったり流れて、人生的にやさしく、富士山の、人も無げなる秀抜《しゅうばつ》と較べて、相まさること数倍である、と笠井さんは考えた。二千八百九十米。笠井さんはこのごろ、山の高さや、都会の人口や、鯛《たい》の値段などを、へんに気にするようになって、そうして、よくまた記憶している。もとは、笠井さんも、そのような調査の記録を、写実の数字を、極端に軽蔑して、花の名、鳥の名、樹木の名をさえ俗事と見なして、てんで無関心、うわのそらで、謂《い》わば、ひたすらにプラトニックであって、よろずに疎いおのれの姿をひそかに愛し、高尚なことではないかとさえ考え、甘い誇りにひたっていたものであるが、このごろ、まるで変ってしまった。食卓にのぼる魚の値段を、いちいち妻に問いただし、新聞の政治欄を、むさぼる如く読み、支那の地図をひろげては、何やら仔細らしく検討し、ひとり首肯《うなず》き、また庭にトマトを植え、朝顔の鉢をいじり、また百花譜、動物図鑑、日本地理風俗大系などを、ひまひまに開いてみては、路傍の草花の名、庭に来て遊んでいる小鳥の名、さては日本の名所旧蹟を、なんの意味もなく調べてみては、したり顔して、すましている。なんの放埒《ほうらつ》もなくなった。勇気も無い。たしかに、疑いもなく、これは耄碌《もうろく》の姿でないか。ご隠居の老爺《ろうや》、それと異るところが無い。

そうして、いまも、笠井さんは八が岳の威容を、ただ、うっとりと眺めている。ああ、いい山だなあ、と、背を丸め、顎を突き出し、悲しそうに眉をひそめて、見とれている。あわれな姿である。その眼前の、凡庸な風景に、おめぐみ下さい、とつくづく祈っている姿である。蟹《かに》に、似ていた。二、三年まえまでの笠井さんは、決してこんな人ではなかったのである。すべての自然の風景を、理智に依って遮断し、取捨し、いささかも、それに溺れることなく、謂わば「既成概念的」な情緒を、薔薇を、すみれを、虫の声を、風を、にやりと薄笑いして敬遠し、もっぱら、「我は人なり、人間の事とし聞けば、善きも悪しきも他所事《よそごと》とは思われず、そぞろに我が心を躍らしむ。」とばかりに、人の心の奥底を、ただそれだけを相手に、鈍刀ながらも獅子奮迅《ししふんじん》した、とかいう話であるが、いまは、まるで、だめである。呆然としている。

——山よりほかに、……

なぞという大時代的なばかな感慨にふけって、かすかに涙ぐんだりなんかして、ひどく、だらしない。しばらく、口あいて八が岳を見上げていて、そのうちに笠井さんも、どうやら自身のだらけ加減に気がついた様子で、独りで、くるしく笑い出した。がりがり後頭部を掻きながら、なんたることだ。日頃の重苦しさを、一挙に雲散霧消させたくて、何か悪事を、死ぬほど強烈なロマンチシズムを、と喘《あ》えぎつつ、あこがれ求めて旅に出た。山を見に来たのでは、あるまい。ばかばかしい。とんだロマンスだ。

がやがや、うしろの青年少女の一団が、立ち上って下車の仕度をはじめ、富士見駅で降りてしまった。笠井さんは、少し、ほっとした。やはり、なんだか、気取っていたのである。笠井さんは、そんなに有名な作家では無いけれども、それでも、誰か見ている、どこかで見ている。そんな気がして群集の間にはいったときには、煙草の吸いかたからして、少し違うようである。とりわけ、多少でも小説に関心持っているらしい人たちが、笠井さんの傍にいるときなどは、誰も、笠井さんなんかに注意しているわけはないのに、それでも、まるで凝固して、首をねじ曲げるのさえ、やっとである。以前は、もっと、ひどかった。あまりの気取りに、窒息、眩暈《めまい》をさえ生じたという。むしろ気の毒な悪業《あくごう》である。もともと笠井さんは、たいへんおどおどした、気の弱い男なのである。精神薄弱症、という病気なのかも知れない。うしろのアンドレア・デル・サルトたちが降りてしまったので、笠井さんも、やれやれと肩の荷を下ろしたよう、下駄を脱いで、両脚をぐいとのばし、前の座席に足を載せかけ、ふところから一巻の書物を取り出した。笠井さんは、これは奇妙なことであるが、文士のくせに、めったに文学書を読まない。まえは、そうでもなかったのであるが、この二、三年の不勉強に就いては、許しがたいものがある。落語全集なぞを、読んでいる。妻の婦人雑誌なぞを、こっそり読んでいる。いま、ふところから取り出した書物は、ラ・ロシフコオの金言集である。まず、いいほうである。流石に、笠井さんも、旅行中だけは、落語をつつしみ、少し高級な書物を持って歩く様子である。女学生が、読めもしないフランス語の詩集を持って歩いているのと、ずいぶん似ている。あわれな、おていさいである。パラパラ、頁《ページ》をめくっていって、ふと、「汝《なんじ》もし己《おの》が心裡《しんり》に安静を得る能《あた》わずば、他処に之《これ》を求むるは徒労のみ。」というれいの一句を見つけて、いやな気がした。悪い辻占《つじうら》のように思われた。こんどの旅行は、これは、失敗かも知れぬ。

列車が上諏訪に近づいたころには、すっかり暗くなっていて、やがて南側に、湖が、――むかしの鏡のように白々と冷くひろがり、たったいま結氷から解けたみたいで、鈍く光って肌寒く、岸のすすきの叢《くさむら》も枯れたままに黒く立って動かず、荒涼悲惨の風景であった。諏訪湖である。去年の秋に来たときは、も少し明るい印象を受けたのに、信州は、春は駄目なのかしら、と不安であった。下諏訪。とぼとぼ下車した。駅の改札口を出て、懐手《ふところで》して、町のほうへ歩いた。駅のまえに宿の番頭が七、八人並んで立っているのだが、ひとりとして笠井さんを呼びとめようとしないのだ。無理もないのである。帽子もかぶらず、普段着の木綿の着物で、それに、下駄も、ちびている。お荷物、一つ無い。一夜泊って、大散財しようと、ひそかに決意している旅客のようには、とても見えまい。土地の人間のように見えるのだろう。笠井さんは、流石に少し侘《わ》びしく、雨さえぱらぱら降って来て、とっとと町を急ぐのだが、この下諏訪という町は、またなんという陰惨低劣のまちであろう。駄馬が、ちゃんちゃんと頸《くび》の鈴ならして震えながら、よろめき歩くのに適した町だ。町はば、せまく、家々の軒は黒く、根強く低く、家の中の電燈は薄暗く、ランプか行燈《あんどん》でも、ともしているよう。底冷えして、路《みち》には大きい石ころがごろごろして、馬の糞だらけ。ときどき、すすけた古い型のバスが、ふとった図体をゆすぶりゆすぶり走って通る。木曾路、なるほどと思った。湯のまちらしい温かさが、どこにも無い。どこまで歩いてみても、同じことだった。笠井さんは、溜息ついて、往来のまんなかに立ちつくした。雨が、少しずつ少しずつ強く降る。心細く、泣くほど心細く、笠井さんも、とうとう、このまちを振り捨てることに決意した。雨の中を駅前まで引き返し、自動車を見つけて、上諏訪、滝の屋、大急ぎでたのみます、と、ほとんど泣き声で言って、自動車に乗り込み、失敗、こんどの旅行は、これは、完全に失敗だったかも知れぬ、といても立ってても居られぬほどの後悔を覚えた。

あのひと、いるかしら。自動車は、諏訪湖の岸に沿って走っていた。闇の中の湖水は、鉛のように凝然《ぎょうぜん》と動かず、一魚一介も、死滅してここには住まわぬ感じで、笠井さんは、わざと眼をそむけて湖水を見ないように努めるのだが、視野のどこかに、その荒涼悲惨が、ちゃんとはいっていて、のど笛かき切りたいような、グヮンと一発ピストル口の中にぶち込みたいような、どこへも持って行き所の無い、たすからぬ気持であった。あのひと、いるかしら。あのひと、いるかしら。母の危篤《きとく》に駈けつけるときには、こんな思いであろうか。私は、魯鈍《ろどん》だ。私は、愚昧《ぐまい》だ。私は、めくらだ。笑え、笑え。私は、私は、没落だ。なにも、わからない。渾沌のかたまりだ。ぬるま湯だ。負けた、負けた。誰にも劣る。苦悩さえ、苦悩さえ、私のは、わけがわからない。つきつめて、何が苦しと言うならず。冗談よせ！　自動車は、やはり、湖の岸をするする走って、やがて上諏訪のまちの灯が、ぱらぱらと散点して見えて来た。雨も晴れた様子である。

滝の屋は、上諏訪に於いて、最も古く、しかも一ばん上等の宿屋である。自動車から降りて、玄関に立つと、

「いらっしゃい。」いつも、きちっと痛いほど襟元を固く合せている四十歳前後の、その女将は、青白い顔をして出て来て、冷く挨拶した。「お泊りで、ございますか。」

女将は、笠井さんを見覚えていない様子であった。

「お願いします。」笠井さんは、気弱くあいそ笑いして、軽くお辞儀をした。

「二十八番へ。」女将は、にこりともせず、そう小声で、女中に命じた。

「はい。」小さい、十五、六の女中が立ち上った。

そのとき、あのひとが、ひょっこり出て来た。

「いいえ。別館、三番さん。」そう乱暴な口調で言って、さっさと自分で、笠井さんの先に立って歩いた。ゆきさんといった。

「よく来たわね。よく来たのね。」二度つづけて言って、立ちどまり、「少し、おふとりになったのね。」ゆきさんは、いつも笠井さんを、弟かなんかのように扱っている。二十六歳。笠井さんより五つも年下の筈なのであるが、苦労し抜いたひとのような落ちつきが、どこかに在る。顔は、天平《てんぴょう》時代のものである。しもぶくれで、眼が細長く、色が白い。黒っぽい、じみな縞《しま》の着物を着ている。この宿の、女中頭である。女学校を、三年まで、修めたという。東京のひとである。

笠井さんは、長い廊下を、ゆきさんに案内されて、れいの癖の右肩を不自然にあげて歩きながら、さっき女将の言った二十八番の部屋を、それとなく捜していた。ついに見つからなかったけれど、おそらくは、それは、階段の真下あたりの、三角になっている、見るかげもない部屋なのであろう。それにちがいない。この宿で、最下等の部屋に、ちがいない。服装が、悪いからなあ。下駄が、汚い。そうだ、服装のせいだ。笠井さんは、しょげ抜いていたのである。階段をのぼって、二階。

「ここが、お好きだったのね。」ゆきさんは、その部屋の襖《ふすま》をあけ、したり顔して落ちついた。

笠井さんは、ほろ苦く笑った。ここは別棟になっていて、ちゃんと控えの支度部屋もついているし、まず、最上等の部屋なのである。ヴェランダもあり、宿の庭園には、去年の秋は桔梗《ききょう》の花が不思議なほど一ぱい咲いていた。庭園のむこうに湖が、青く見えた。いい部屋なのである。笠井さんは、去年の秋、ここで五、六日仕事をした。

「きょうは、ね、遊びに来たんだ。死ぬほど酒を呑んでみたいんだ。だから、部屋なんか、どうだって、いいんだ。」笠井さんは、やはり少し気嫌《きげん》を直して、快活な口調で言った。

宿のどてらに着換え、卓をへだてて、ゆきさんと向い合ってきちんと坐って、笠井さんは、はじめて心からにっこり笑った。

「やっと、――」言いかけて、大袈裟に溜息ついた。

「やっと?」ゆきさんも、おだやかに笑って、反問した。

「ああ、やっと。やっと、……なんといったらいいのかな。日本語は、不便だなあ。むずかしいんだ。ありがとう。よく、あなたは、いてくれたね。たすかるんだ。涙が出そうだ。」

「わからないわ。あたしのことじゃないんでしょう?」

「そうかも知れない。温泉。諏訪湖。日本。いや、生きていること。みんな、なつかしいんだ。理由なんて、ないんだ。みんなに対して、ありがとう。いや、一瞬間だけの気持かも知れない。」きざなことばかり言ったので、笠井さんは、少してれたのである。

「そうして、すぐお忘れになるの？　お茶をどうぞ。」

「僕は、いつだって、忘れたことなんかないよ。君には、まだわからないようだね。とにかくお湯にはいろう。お酒を、たのむぜ。」

ずいぶん意気込んでいたくせに、酒は、いくらも呑めなかった。ゆきさんも、その夜は、いそがしいらしく、お酒を持って来ても、すぐまた他へ行ってしまうし、ちがった女中も来ず、笠井さんは、ぐいぐいひとりで呑んで、三本目には、すでに程度を越えて酔ってしまって、部屋に備えつけの電話で、

「もし、もし。今夜は、おいそがしい様ですね。誰も来やしない。芸者を呼びましょう。三十歳以上の芸者を、ひとり、呼んで下さい。」

しばらく経って、また電話をかけた。

「もし、もし。芸者は、まだですか。こんな離れ座敷で、ひとりで酔ってるのは、つまりませんからね。ビイルを持って来て下さい。お酒でなく、こんどは、ビイルを呑みます。もし、もし。あなたの声は、いい声ですね。」

いい声なのである。はい、はい、と素直に応答するその女の少し笑いを含んだ声が、酔った笠井さんの耳に、とても爽かに響くのだ。

ゆきさんが、ビイルを持ってやって来た。

「芸者衆を呼ぶんですって？　およしなさいよ。つまらない。」

「誰も来やしない。」

「きょうは、なんだか、いそがしいのよ。もう、いい加減お酔いになったんでしょう？　おやすみなさ

いよ。」

笠井さんは、また電話をかけた。

「もし、もし。ゆきさんがね、芸者は、つまらないと言いました。よせというから、よしました。あ、それから、煙草。スリイ・キャッスル。ぜいたくを、したいのです。すみません。あなたの声は、いい声ですね。」また、ほめた。

ゆきさんに寝床を敷いてもらって、寝た。寝ると、すぐ吐いた。ゆきさんは、さっさと敷布を換えてくれた。眠った。

あくる朝は、うめく程であった。眼をさまし、笠井さんは、ゆうべの自身の不甲斐なさ、無気力を、死ぬほど恥ずかしく思ったのである。たいへんな、これは、ロマンチシズムだ。げろまで吐いちゃった。憤怒《ふんぬ》をさえ覚えて、寝床を蹴って起き、浴場へ行って、広い浴槽を思いきり乱暴に泳ぎまわり、ぶていさいもかまわず、バック・ストロオクまで敢行したが、心中の鬱々は、晴れるものでなかった。仏頂づらして足音も荒々しく、部屋へかえると、十七、八の、からだの細長い見なれぬ女中が、白いエプロンかけて部屋の拭き掃除をしていた。

笠井さんを見て、親しそうに笑いながら、「ゆうべ、お酔いになったんですってね。ご気分いかがでしょう。」

ふと思い出した。

「あ、君の声、知っている。知っている。」電話の声であった。

女は、くつくつ肩を丸くして笑いながら、床の間を拭きつづけている。笠井さんも、気持が晴れて、部屋の入口に立ったまま、のんびり煙草をふかした。

女は、ふり向いて、

「あら、いいにおいね。スリイ・キャッスルでしょ？　あたし、そのにおい大好き。そのにおい逃がさないで。」雑巾《ぞうきん》を捨てて、立ち上り、素早く廊下の障子と、ヴェランダに通ずるドアと、それから部屋の襖も、みんな、ピタピタしめてしまった。しめて、しまってから、二人どぎまぎした。へんなことになった。笠井さんは、自惚《うぬぼ》れたわけでは無い。いや、自惚れるだけのことはあったのかも知れない。いたずら。悪事が、このように無邪気に行われるものだとは、笠井さんも思ってなかった。笠井さんは、可愛らしいと思った。田舎くさい素朴な、直接に田畑のにおいが感じられて、白い立葵《たちあおい》を見たと思った。

すらと襖があいて、

「あの、」ゆきさんが、余念なくそう言いかけて、はっと言葉を呑んだ。たしかに、五、六秒、ゆきさんは、ものを言えなかったのだ。

見られた。地球の果の、汚いくさい、まっ黒い馬小屋へ、一瞬どしんと落ちこんでしまった。ただ、もやもや黒煙万丈で、羞恥、後悔など、そんな生ぬるいものではなかった。笠井さんは、このまま死んだふりをしていたかった。

「幾時の汽車で、お発《た》ちなのかしら。」ゆきさんは、流石に落ちつきを取りもどし、何事もなかったように、すぐ言葉をつづけてくれた。

「さあ。」その女のひとは、奇怪なほどに平気であった。笠井さんは、そのひとを、たのもしくさえ思った。そうして、女を、なかなか不可解なものだと思った。

「すぐかえる。ごはんも、要らない。お会計して下さい。」笠井さんは、眼をつぶったままだった。まぶしく、おそろしく、眼をひらくことが、できなかった。このまま石になりたいと思った。

「承知いたしました。」ゆきさんは、みじんも、いや味のない挨拶して部屋を去った。

「見られたね。まぎれもなかったからな。」

「だいじょうぶよ。」女は、しんから、平気で、清らかな眼さえしていた。「ほんとうに、すぐお帰りになるの？」

「かえる。」笠井さんは、どてらを脱いで身仕度をはじめた。下手におていさいをつくろって、やせ我慢して愚図々々がんばって居るよりは、どうせ失態を見られたのだ、一刻も早く脱走するのが、かえって聡明でもあり、素直だとも思われた。

かなわない気持であった。もう、これで自分も、申しぶんの無い醜態の男になった。一点の清潔も無い。どろどろ油ぎって、濁って、ぶざまで、ああ、もう私は、永遠にウェルテルではない！　地団駄《じだんだ》を踏む思いである。行為に対しての自責では無かった。運がわるい。ぶざまだ。もう、だめだ。いまのあの一瞬で、私は完全に、ロマンチックから追放だ。実に、おそろしい一瞬である。見られた。私は、もはや、みじんも美しくない。笠井さんは、醜怪な、奇妙な表情を浮べて、内心、動乱の火の玉を懐いたまま、ものもわからず勘定をすまし、お茶代を五円置いて、下駄をはくのも、もどかしげに、

「やあ、さようなら。こんどゆっくり、また来ます。」くやしく、泣きたかった。

宿の玄関には、青白い顔の女将をはじめ、また、ゆきさんも、それから先刻の女中さんも、並んでていねいにお辞儀をして、一様に、おだやかな、やさしい微笑を浮べて笠井さんを見送っていた。

笠井さんは、それどころではなかった。もはや、道々、わあ、わあ大声あげて、わめき散らして、雷神の如く走り廻りたい気持である。私は、だめだ。シェリイ、クライスト、ああ、プウシュキンまでも、さようなら。私は、あなたの友でない。あなたたちは、美しかった。私のような、ぶざまをしない。私は、見られて、みんごと糞《くそ》リアリズムになっちゃった。笑いごとじゃない。十万億土、奈落《ならく》の底まで私は落ちた。洗っても、洗っても、私は、断じて昔の私ではない。一瞬間で、私はこんなに無残に落ちてしまった。夢のようだ。ああ、夢であってくれたら。いやいや、夢ではない。ゆきさんは、たしかにあのとき、はっと言葉を呑んでしまった。ぎょっとしたのだ。私は、舌噛んで死にたい。三十一年、人は、ここまで落ちなければならぬか。あとに何が在る。私は、永久に紳士でさえない。犬にも劣る。ウソつけ。犬と「同じ」だ。

どうにも、やり切れなくて、笠井さんは停車場へ行って二等の切符を買った。すこし救われた。ほとんど十年ぶりで、二等車に乗るのである。作品を。――唐突にそれを思った。作品だけが。――世界の果に、蹴込まれて、こんどこそは、謂わば仕事の重大を、明確に知らされた様子である。どうにかして自身に活路を与えたかった。暗黒王。平気になれ。

まっすぐに帰宅した。お金は、半分以上も、残っていた。要するに、いい旅行であった。皮肉でない。笠井さんは、いい作品を書くかも知れぬ。

I can speak

くるしさは、忍従の夜。あきらめの朝。この世とは、あきらめの努めか。わびしさの堪《こら》えか。わかさ、かくて、日に虫食われゆき、仕合せも、陋巷《ろうこう》の内に、見つけし、となむ。

わが歌、声を失い、しばらく東京で無為徒食して、そのうちに、何か、歌でなく、謂《い》わば「生活のつぶやき」とでもいったようなものを、ぼそぼそ書きはじめて、自分の文学のすすむべき路《みち》すこしずつ、そのおのれの作品に依って知らされ、ま、こんなところかな？　と多少、自信に似たものを得て、まえから腹案していた長い小説に取りかかった。

昨年、九月、甲州の御坂《みさか》峠頂上の天下茶屋という茶店の二階を借りて、そこで少しずつ、その仕事をすすめて、どうやら百枚ちかくなって、読みかえしてみても、そんなに悪い出来ではない。あたらしく力を得て、とにかくこれを完成させぬうちは、東京へ帰るまい、と御坂の木枯《こがらし》つよい日に、勝手にひとりで約束した。

ばかな約束をしたものである。九月、十月、十一月、御坂の寒気堪《た》えがたくなった。あのころは、心細い夜がつづいた。どうしようかと、さんざ迷った。自分で勝手に、自分に約束して、いまさら、それを破れず、東京へ飛んで帰りたくても、何かそれは破戒のような気がして、峠のうえで、途方に暮れた。甲府へ降りようと思った。甲府なら、東京よりも温いほどで、この冬も大丈夫すごせると思った。

甲府へ降りた。たすかった。変なせきが出なくなった。甲府のまちはずれの下宿屋、日当りのいい一部屋かりて、机にむかって坐ってみて、よかったと思った。また、少しずつ仕事をすすめた。

おひるごろから、ひとりでぼそぼそ仕事をしていると、わかい女の合唱が聞えて来る。私はペンを休めて、耳傾ける。下宿と小路ひとつ距《へだ》て製糸工場が在るのだ。そこの女工さんたちが、作業しながら、唄うのだ。なかにひとつ、際立っていい声が在って、そいつがリイドして唄うのだ。鶏群の一鶴《いっかく》、そんな感じだ。いい声だな、と思う。お礼を言いたいとさえ思った。工場の塀をよじのぼって、その声の主を、ひとめ見たいとさえ思った。

ここにひとり、わびしい男がいて、毎日毎日あなたの唄で、どんなに救われているかわからない、あなたは、それをご存じない、あなたは私を、私の仕事を、どんなに、けなげに、はげまして呉《く》れたか、私は、しんからお礼を言いたい。そんなこと書き散らして、工場の窓から、投文《なげぶみ》しようかとも思った。

けれども、そんなことして、あの女工さん、おどろき、おそれてふっと声を失ったら、これは困る。無心の唄を、私のお礼が、かえって濁らせるようなことがあっては、罪悪である、私は、ひとりでやきもきしていた。

恋、かも知れなかった。二月、寒いしずかな夜である。工場の小路で、酔漢の荒い言葉が、突然起った。私は、耳をすました。

——ば、ばかにするなよ。何がおかしいんだ。たまに酒を呑んだからって、おらあ笑われるような覚えは無《ね》え。I can speak English. おれは、夜学へ行ってんだよ。姉さん知ってるかい？　知らねえだろう。おふくろにも内緒で、こっそり夜学へかよっているんだ。偉くならなければ、いけないからな。姉さん、何がおかしいんだ。何を、そんなに笑うんだ。こう、姉さん。おらあな、いまに出征するんだ。そのときは、おどろくなよ。のんだくれの弟だって、人なみの働きはできるさ。嘘だよ、まだ出征とは、きまってねえのだ。だけども、さ、I can speak English. Can you speak English? Yes, I can. いいなあ、英語って奴は。姉さん、はっきり言って呉れ。おらあ、いい子だな、な、いい子だろう？　おふくろなんて、なんにも判りゃしないのだ。……

私は、障子を少しあけて、小路を見おろす。はじめ、白梅かと思った。ちがった。その弟の白いレンコオトだった。

季節はずれのそのレンコオトを着て、弟は寒そうに、工場の塀にひたと背中をくっつけて立っていて、その塀の上の、工場の窓から、ひとりの女工さんが、上半身《うえはんしん》乗り出し、酔った弟を、見つめている。

月が出ていたけれど、その弟の顔も、女工さんの顔も、はっきりとは見えなかった。姉の顔は、まるく、ほの白く、笑っているようである。弟の顔は、黒く、まだ幼い感じであった。I can speak というその酔漢の英語が、くるしいくらい私を撃った。はじめに言葉ありき。よろずのもの、これに拠りて成る。ふっと私は、忘れた歌を思い出したような気がした。たあいない風景ではあったが、けれども、私には忘れがたい。

あの夜の女工さんは、あのいい声のひとであるか、どうかは、それは、知らない。ちがうだろうね。

懶惰の歌留多

私の数ある悪徳の中で、最も顕著の悪徳は、怠惰である。これは、もう、疑いをいれない。よほどのものである。こと、怠惰に関してだけは、私は、ほんものである。まさか、それを自慢しているわけではない。ほとほと、自分でも呆《あき》れている。私の、これは、最大欠陥である。たしかに、恥ずべき、欠陥である。

怠惰ほど、いろいろと言い抜けのできる悪徳も、少い。臥竜《がりょう》。おれは、考えることをしている。ひるあんどん。面壁九年。さらに想を練り、案を構え。雌伏《しふく》。賢者のまさに動かんとするや、必ず愚色あり。熟慮。潔癖。凝り性。おれの苦しさ、わからんかね。仙脱。無欲。世が世なら、なあ。沈黙は金。塵事《じんじ》うるさく。隅の親石《おやいし》。機未だ熟さず。出る杭《くい》うたれる。寝ていて転ぶうれいなし。無縫天衣。桃李《とうり》言わざれども。絶望。豚に真珠。一朝、事あらば。ことあげせぬ国。ばかばかしくって。大器晩成。自矜《じきょう》、自愛。のこりものには、福が来る。なんぞ彼等の思い無げなる。死後の名声。つまり、高級なんだね。千両役者だからね。晴耕雨読。三度固辞して動かず。鴎《かもめ》は、あれは唖の鳥です。天を相手にせよ。ジッドは、お金持なんだろう？

すべて、のらくら者の言い抜けである。私は、実際、恥かしい。苦しさも、へったくれもない。なぜ、書かないのか。実は、少しからだの工合《ぐあ》いがおかしいのでして、などと、せっぱつまって、伏目がちに、あわれっぽく告白したりなどするのだが、一日にバット五十本以上も吸い尽くして、酒、のむとなると一升くらい平気でやって、そのあとお茶漬を、三杯もかきこんで、そんな病人あるものか。

要するに、怠惰なのである。いつまでも、こんな工合いでは、私は、とうてい見込みのない人間である。そう、きめて了《しま》うのは、私も、つらいのであるが、もうこれ以上、私たち、自身を甘やかしてはいけない。

苦しさだの、高邁《こうまい》だの、純潔だの、素直だの、もうそんなこと聞きたくない。書け。落語でも、一口噺《ひとくちばなし》でもいい。書かないのは、例外なく怠惰である。おろかな、おろかな、盲信である。人は、自分以上の仕事もできないし、自分以下の仕事もできない。働かないものには、権利がない。人間失格、あたりまえのことである。

そう思って、しかめつらをして机のまえに坐るのであるが、さて、何もしない。頬杖ついて、ぼんやりしている。別段、深遠のことがらを考えているわけではない。なまけ者の空想ほど、ばかばかしく途方もないものはない。悪事千里、というが、なまけ者の空想もまた、ちょろちょろ止めどなく流れ、走る。何を考えているのか。この男は、いま、旅行に就《つ》いて考えている。汽車の旅行は退屈だ。飛行機がいい。動揺がひどいだろう。飛行機の中で煙草を吸えるかしら。ゴルフパンツはいて、葡萄たべながら飛行機に乗っていると、恰好がいいだろうな。葡萄は、あれは、種を出すものなのかしら、種のまま呑みこむものなのかしら。葡萄の正しい食べかたを知りたい。などと、考えていること、まるで、おそろしく、とりとめがない。あわてて、がらっと机の引き出しをあけ、くしゃくしゃ引き出しの中を掻きまわして、おもむろに、一箇の耳かきを取り出し、大げさに顔をしかめ、耳の掃除をはじめる。その竹の耳かきの一端には、ふさふさした兎の白い毛が附いていて、男は、その毛で自分の耳の中をくすぐり、目を細める。耳の掃除が終る。なんということもない。それから、また、机の引き出しを、くしゃくしゃかきまわす。感冒除《よ》けの黒いマスクを見つけた。そいつを、素早く、さっと顔にかけて、屹《き》っと眉毛を挙げ、眼をぎょろっと光らせて、左右を見まわす。なんということもない。マスクをはずして、引き出しに収め、ぴたと引き出しをしめる。また、頬杖。とうもろこしは、あれは下品な食べものだ。あれの、正式の食べかたは、どういうのかしら。一本のとうもろこしに、食いついている姿は、ハアモニカを懸命に吹き鳴らしているようである。などと、ばかなことを、ふと考える。どんなにひどいニヒルにでも、最後まで附きまとうものは、食べものであるらしい。しかもこの男は、味覚を知らない。味よりも、方法が問題であるらしい。めんどうくさい食べものには、見向きもしない。さんまなぞ、食べてみれば、あれは、おいしいものかも知れないが、この男は、それをきらう。とげがあるからである。いったいに魚肉をきらう様である。味覚の故ではなくして、とげを抜くのが面倒くさいのである。たいへん高価なものだそうであるが、鮎《あゆ》の塩焼など、一向に喜ばない。申しわけみたいに、ちょっと箸でつついてみたりなどして、それっきり、振りむきもしない。玉子焼を好む。とげがないからである。豆腐を好む。やはり、食べるのに、なんの手数もいらないからである。飲みものを好む。牛乳。スウプ。葛湯《くずゆ》。うまいも、まずいもない。ただ、摂取するのに面倒がないからである。そう言えば、この男は、どうやら、暑い、寒いを知らないようである。夏、どんなに暑くても、団扇《うちわ》の類《たぐい》を用いない。めんどうくさいからである。ひとから、きょうはずいぶんお暑うございますね、と言われて団扇をさし出され、ああそうか、きょうは暑いのか、とはじめて気が附き、大いにあわてて団扇を取りあげ、涼しげの顔してばさばさやってみるのであるが、すぐに厭《あ》きて来て手を休め、ぼんやり膝の上で、その団扇をいじくりまわしているような仕末である。寒さも、知らないのではなかろうか。誰かほかのひとでも火鉢に炭をついで呉《く》れないことには、一日、火のない火鉢を抱いて、じっとしている。動くものではない。ひとから、注意されないうちは、晩秋、初冬、厳寒、平気な顔して夏の白いシャツを黙って着ている。

私は、腕をのばし、机のわきの本棚から、或《あ》る日本の作家の、短篇集を取出し、口を、への字型に結んだ。

何か、顕微鏡的な研究でもはじめるように、ものものしく気取って、一頁、一頁、ゆっくりペエジを繰っていった。この作家は、いまは巨匠といわれている。変な文章ではあるが、読み易いので、私は、このような心のうつろな時には、取り出して読んでみるのである。好きなのであろう。もっともらしい顔して読んでいって、突然、げらげら笑い出した。この男の笑い声には、特色が在る。馬の笑いに似ている。私は、呆れたのである。その作家自身ともおぼしき主人公が、ふんべつ顔して風呂敷持って、湖畔の別荘から、まちへ夕食のおかずを買いに出かけるところが書かれていたのであるが、いかにもその主人公のさまが、いそいそしていて、私には情なく、笑ってしまった。いい年をして、立派な男が、女房に言いつけられて、風呂敷持って、いそいそ町へ、ねぎ買いに出かけるとは、これは、あまりにひどすぎる。怠け者にちがいない。こんな生活は、いかん。なんにもしないで、うろうろして、女房も見かねて、夕食の買い物をたのむ。よくあることだ。たのまれて、うん、ねぎを五銭だね、と首肯し、ばかなやつ、帯をしめ直して、何か自分がいささかでも役に立つことがうれしく、いそいそ、風呂敷もって、買い物に出かける。情ない、情ない。眉ふとく、鬚《ひげ》の剃り跡青き立派な男じゃないか。私は、多少狼狽《ろうばい》して、その本を閉じ、そっと本棚へ返して、それからまた、なんということもない。頬杖ついて、うっそりしている。怠けものは、陸の動物にたとえれば、まず、歳とった病犬であろう。なりもふりもかまわず、四足をなげ出し、うす赤い腹をひくひく動かしながら、日向《ひなた》に一日じっとしている。ひとがその傍を通っても、吠えるどころか、薄目をあけて、うっとり見送り、また眼をつぶる。みっともないものである。きたならしい。海の動物にたとえれば、なまこであろうか。なまこは、たまらない。いやらしい。ひとで、であろうか。べっとり岩にへばりついて、ときどき、そろっと指を動かして、そうして、ひとでは何も考えていない。ああ、たまらない、たまらない。私は猛然と立ち上る。おどろくことは無い。御不浄へ行って来たのである。期待に添わざること、おびただしい。立ったまま、ちょっと思案し、それから、のそのそ隣りの部屋へはいっていって、

「おい、何か用がないかね？」

隣室では、家の者が、縫いものをしている。

「はい、ございます。」顔もあげずに、そう答えて、「この鏝《こて》を焼いて置いて下さい。」

「あ、そうか。」

鏝を受けとり、大きな男が、また机のまえに坐って、かたわらの火鉢の灰の中に、ぐいとその鏝をさし込むのである。

さし込んで、何か大役をしすました者の如く、落ちつきはらって、煙草を吸っている。これでは、何も、かの、風呂敷持って、ねぎ買いに行く姿と、異るところがない。もっと悪い。

つくづく呆れ、憎み、自分自身を殺したくさえなって、ええッ！　と、やけくそになって書き出した、文字が、なんと、

懶惰の歌留多。

ぽつり、ぽつり、考え、考えしながら書いてゆく所存と見える。

い、生くることにも心せき、感ずることも急がるる。

ヴィナスは海の泡から生れて、西風に導かれ、波のまにまに、サイプラスの島の浦曲《うらわ》に漂着した。四肢は気品よく細長く、しっとりと重くて、乳白色の皮膚のところどころ、すなわち耳朶《みみたぶ》、すなわち頬、すなわち掌の裡、一様に薄い薔薇色に染っていて、小さい顔は、かぐようほどに清浄であった。からだじゅうからレモンの匂いに似た高い香気が発していた。ヴィナスのこの美しさに魅せられた神々たちは、このひとこそは愛と美の女神であると言ってあがめたて、心ひそかに怪《け》しからぬ望をさえいだいたのである。

ヴィナスが白鳥に曳《ひ》かせた二輪車に乗り、森や果樹園のなかを駈けめぐって遊んでいると、怪しからぬ望を持った数十人の神々たちは、二輪車の濛々《もうもう》たる車塵を浴びながら汗を拭き拭き、そのあとを追いまわした。遊び疲れたヴィナスが森の奥の奥の冷い泉で、汗ばんだ四肢をこっそり洗っていると、あちらの樹間に、また、ついそこの草の茂みのかげに、神々たちのいやらしい眼が光っていた。

ヴィナスは考えた。こんなに毎日うるさい思いをするよりは、いっそ誰かにこのからだをぶち投げてあげようか。これときめた一人の男のひとに、このからだを投げてやってしまおうか。

ヴィナスは決意した。一月一日の朝まだき、神々の御父ジュピタア様の宮殿へおまいりの途中で逢った三人目の男のひとを私の生涯の夫ときめよう。ああ、ジュピタア様、おたのみ申します、よい夫をおさずけ下さいますように。

元旦。ま白き被布を頭からひきかぶり、飛ぶようにして家を出た。森の小路で一人《いちにん》目の男のひとに逢った。見るからにむさくるしい毛むくじゃらの神であった。森の出口の白樺《しらかば》の下で二人目の男のひとに逢った。ヴィナスの脚は、はたと止って動かなんだ。男、りんりんたる美丈夫であったのである。

朝霧の中を腕組みして、ヴィナスの顔を見もせずにゆったりと歩いていった。「ああ、この人だ！　三人目はこの人だ。二人目は、――二人目はこの白樺。」そう叫んでますらおの広い胸に身を投げた。与えられた運命の風のまにまに身を任せ、そうして大事の一点で、ひらっと身をかわして、より高い運命を創る。宿命と、一点の人為的なる技術。ヴィナスの結婚は仕合せであった。ますらおこそはジュピタア様の御曹子《おんぞうし》、雷電の征服者ヴァルカンその人であった。キュウピッドという愛くるしい子をさえなした。

諸君が二十世紀の都会の街路で、このような、うらないを、暮靄《ぼあい》ひとめ避けつつ、ひそかに試みる場合、必ずしも律儀に三人目のひとを選ばずともよい。時に依っては、電柱を、ポストを、街路樹を、それぞれ一人に数え上げるがよい。キュウピッドの生れることは保証の限りでないけれども、ヴァルカン氏を得ることは確かである。私を信じなさい。

ろ、牢屋は暗い。

暗いばかりか、冬寒く、夏暑く、臭く、百万の蚊群。たまったものでない。

牢屋は、之《これ》は避けなければいけない。

けれども、ときどき思うのであるが、修身、斉家、治国、平天下、の順序には、固くこだわる必要はない。身いまだ修らず、一家もとより斉《ととの》わざるに、治国、平天下を考えなければならぬ場合も有るのである。むしろ順序を、逆にしてみると、爽快である。平天下、治国、斉家、修身。いい気持だ。

私は、河上肇博士の人柄を好きである。

は、母よ、子のために怒れ。

「いいえ、私には信じられない。悪いのは、あなただ。この子は、情のふかい子でした。この子は、いつでも弱いものをかばいました。この子は、私の子です。おお、よし。お泣きでない。こうしてお母さんが、来たからには、もう、指一本ふれさせまい！」

に、憎まれて憎まれて強くなる。

たまには、まともな小説を書けよ。おまえ、このごろ、やっと世間の評判も、よくなって来たのに、また、こんなぐうたらな、いろは歌留多《かるた》なんて、こまるじゃないか。世間の人は、おまえは、まだ病気がなおらないのではないかと、また疑い出すかも知れないよ。

私のいい友人たちは、そう言って心配してくれるかも知れないが、それは、もう心配しなくていいのだ。私は、まだ、老人でない。このごろそれに気がついた。なんのことは、ない、すべて、これからである。未熟である。文章ひとつ、考え考えしながら書いている。まだまだ自分のことで一ぱいである。怒り、悲しみ、笑い、身悶えして、一日一日を送っている始末である。やはり、三十一歳は、三十一歳だけのことしかないのである。それに気がついたのである。あたりまえのことであるが、私は、これを有り難い発見だと思っている。戦争と平和や、カラマゾフ兄弟は、まだまだ私には、書けないのである。それは、もう、はっきり明言できるのである。絶対に書けない。気持だけは、行きとどいていても、それを持ちこたえる力量がないのである。けれども、私は、そんなに悲しんではいない。私は、長生きをしてみるつもりである。やってみるつもりである。この覚悟も、このごろ、やっとついた。私は、文学を好きである。その点は、よほどのものである。これを茶化しては、いけない。好きでなければ、やれるものではない。信仰、——少しずつ、そいつがわかって来るのだ。大きな男が、ふんべつ顔して、いろは歌留多などを作っている図は、まるで弁慶が手まりついて遊んでいる図か、仁王様が千代紙折っている図か、モオゼがパチンコで雀ねらっている図ぐらいに、すこぶる珍なものに見えるだろうと、思う。それは、知っている。けれども、それでいいと思っている。芸術とは、そんなものだ。大まじめである。見ることのできる者は、見るがよい。

もちろん私は、こんな形式のものばかり書いて、満足しているものではない。こんな、ややこしい形式は、私自身も、骨が折れて、いやだ。既成の小説の作法も、ちゃんと抜からずマスタアしている筈《はず》である。現に、この小説の中にも、随所にずるく採用して在る。私も商人なのだから、そのへんは心得ている。所謂《いわゆる》、おとなしい小説も、これからは書くのである。どうも、こんなこと書きながら、みっともなく、顔がほてって来て仕様がない。でも、これも、私のいい友人たちを安心させるために、どうしても、書いて置きたく思うのである。純粋を追うて、窒息するよりは、私は濁っても大きくなりたいのである。いまは、そう思っている。なんのことは、ない、一言で言える。負けたくないのである。

この作品が、健康か不健康か、それは読者がきめてくれるだろうと思うが、この作品は、決して、ぐうたらでは無い。ぐうたら、どころか、私は一生懸命である。こんな小説を、いま発表するのは、私にとって不利益かも知れない。けれども、三十一歳は、三十一歳なりに、いろいろ冒険してみるのが、ほんとうだと思っている。戦争と平和は、私にはまだ書けない。私は、これからも、様々に迷うだろう。くるしむだろう。波は荒いのである。その点は、自惚《うぬぼ》れていない。充分、小心なほどに、用心しているつもりである。この作品の形式も、情感も、結局、三十一歳のそれを一歩も出ていないに違いない。けれども、私は、それに自信を持たなければいけない。三十一歳は、三十一歳みたいに書くより他に仕方が無い。それが一ばんいいのだと思っている。書きながら、へんに悲しくなって来た。こんなことを書いて、いけなかったのかも知れない。けれども、胸がわくわくして、どうしても書かずにいられなかったのだ。このごろは、全く、用心して用心して、薄氷を渡る気持で生活しているのである。ずいぶん、ひどく、やっつけられたから。

でも、もういい。私は、やってみる。まだ少し、ふらふらだが、そのうち丈夫に育つだろう。嘘をつかない生活は、決してたおれることは無いと、私は、まず、それを信じなければ、いけない。

さて、むかしの話を一つしよう。

不仕合せである、と思った。ひと、みな、私を、まだまだ仕合せなほうだよ、と評した。私は気弱く、そうとも、そうとも、と首肯した。なにが不足で、あがくのだろう、好き好んで苦しみを買っているのだ、人生の、生活のディレッタント、運がよすぎて恐縮していやがる、あんなたちの女があると苦労性と言ってね陰口だけを気にしている。

あるいはまた、佳人薄命、懐玉有罪、など言って、私をして、いたく赤面させ、狼狽させて私に大酒のませる悪戯者《いたずらもの》まで出て来た。

けれども、某夜、君は不幸な男だね、と普通の音声で言って平気でいた人、佐藤春夫である。私は、ぱっと行くてがひらけた実感に打たれ、ほんとにそう思いますか、と問いただした。私は、うすく微笑んでいたような気がする。うん、不幸だ、とやはり気易く首肯した。

もう一人、文藝春秋社のほの暗い応接室で、M・Sさん。きみと、しんじゅうするくらいに、きみを好いてくれるような、そんな、編集者でも出て来ぬかぎり、きみは、不幸な、作家だ、と一語ずつ区切ってはっきり言った。そのように、きっぱり打ち明けて呉れるSさんの痩躯《そうく》に満ちた決意のほどを、私は尊いことに思った。

多くの場合、私はただ苦笑を以《も》って報いられていたのである。多くの人々にとって、私は、なんだかうるさい、ただ生意気な存在であった。けれども私は、みんなを畏怖して、それから、みんなをすこしでも、そうして一時間でも永く楽しませ、自信を持たせ、大笑いさせたく、そのことをのみ念じていた。私は盗賊のふりをした。乞食《こじき》の真似をさえして見せた。心の奥の一隅に、まことの盗賊を抱き、乞食の実感を宿し、懊悩転輾《おうのうてんてん》の日夜を送っている弱い貧しい人の子は、私の素振りの陰に罪の兄貴を発見して、ひそかに安堵、生きることへの自負心を持って呉れるにちがいない、と信じていた。ばかなことを考えていたものである。たちまち私は、蹴落された。審判の秋。私は、にくしみの対象に変化していた。或る重要な一線に於いて、私は、明確におろそかであった。怠惰であった。一線、やぶれて、決河《けっか》の勢、私は、生れ落ちるとからの極悪人よ、と指摘された。弱い貧しい人の子の怨嗟《えんさ》、嘲罵《ちょうば》の焔は、かつての罪の兄貴の耳朶を焼いた。あちちちち、と可笑《おか》しい悲鳴挙げて、右往、左往、炉縁に寄れば、どんぐりの爆発、水瓶の水のもうとすれば、蟹の鋏《はさみ》、びっくり仰天、尻餅つけばおしりの下には熊蜂の巣、こはかなわずと庭へ飛び出たら、屋根からごろごろ臼のお見舞い、かの猿蟹合戦、猿への刑罰そのままの八方ふさがり、息もたえだえ、魔窟の一室にころがり込んだ。

あの夜のことを、私は忘れぬ。死のうと思っていた。しかたが無いのである。酔いどれて、マントも脱がずにぶったおれて、

「やい、むかしの名妓というものは、」女は傍で笑っていた。「どんな奴《やつ》にでも、なんでもなく身をまかせたんだ。水みたいに、のれんみたいに、そのまま身をまかせるんだ。そうしてモナ・リザみたいに少し唇ゆがめて、静かにしていると、お客は狂っちゃうんだ、田地田畑《でんじでんばた》売りはらうんだ。いいかい、そこんところは大事だぞ。むかしから名妓とうたわれているひとは、みんな、そうだった。むやみに、指輪なんかねだっちゃいけないんだ。いつまでも、だまって足りなそうにしているんだ。芸は売っても、からだは売らぬなんて、操《みさお》を固くしている人は、そこは女だ、やっぱりからだをまかせると、それっきりお客がつかず、どうしたって名妓には、なれないんだ。」ひどい話である。サタンの美学、名妓論の一端とでも言うのか。めちゃ苦茶のこと吐鳴《どな》り散らして、眠りこけた。

ふと眼をさますと、部屋は、まっくら。頭をもたげると枕もとに、真白い角封筒が一通きちんと置かれてあった。なぜかしら、どきッとした。光るほどに純白の封筒である。キチンと置かれていた。手を伸ばして、拾いとろうとすると、むなしく畳をひっ掻いた。はッと思った。月かげなのだ。その魔窟の部屋のカアテンのすきまから、月光がしのびこんで、私の枕もとに真四角の月かげを落していたのだ。凝然《ぎょうぜん》とした。私は、月から手紙をもらった。言いしれぬ恐怖であった。

いたたまらず、がばと跳ね起き、カアテンひらいて窓を押し開け、月を見たのである。月は、他人の顔をしていた。何か言いかけようとして、私は、はっと息をのんでしまった。月は、それでも、知らんふりである。酷冷、厳徹、どだい、人間なんて問題にしていない。けたがちがう。私は醜く立ちつくし、苦笑でもなかった、含羞《がんしゅう》でもなかった、そんな生《なま》やさしいものではなかった。唸った。そのまま小さい、きりぎりすに成りたかった。

甘ったれていやがる。自然の中に、小さく生きて行くことの、孤独、峻厳を知りました。かみなりに家を焼かれて瓜《うり》の花。その、はきだめの瓜の花一輪を、強く、大事に、育てて行こうと思いました。

ほ、蛍の光、窓の雪。

清窓浄机、われこそ秀才と、書物ひらいて端座しても、ああ、その窓のそと、号外の鈴の音が通るよ。それでも私たちは、勉強していなければいけないのだ。聞けよ、金魚もただ飼い放ちあるだけでは月余の命たもたず、と。

へ、兵を送りてかなしかり。

戦地へ行く兵隊さんを見送って、泣いては、いけないかしら。どうしても、涙が出て出て、だめなんだ。おゆるし下さい。

と、とてもこの世は、みな地獄。

不忍《しのばず》の池、と或る夜ふと口をついて出て、それから、おや？　可笑しな名詞だな、と気附いた。これには、きっとこんな由来があったのだ。それにちがいない。

たしかな年代は、わからぬ。江戸の旗本の家に、冠《かんむり》若太郎という十七歳の少年がいた。さくらの花びらのように美しい少年であった。竹馬の友に、由良《ゆら》小次郎という、十八歳の少年武士があった。これは、三日月のように美しい少年であった。冬の曇日、愛馬の手綱の握りかたに就いて、その作法に就いて、二人のあいだに意見の相違が生じ、争論の末、一方の少年の、にやりという片頬の薄笑いが、もう一方の少年を激怒させた。

「切る。」

「よろしい。ゆるさぬ。」決闘の約束をしてしまった。

その約束の日、由良氏は家を出ようとして、冷雨《ひさめ》びしょびしょ、内へひきかえして、傘さして出かけた。申し合せたところは、上野の山である。途中、傘なくしてまちの家の軒下に雨宿りしている冠氏の姿を認めた。冠氏は、薄紅の山茶花《さざんか》の如く寒しげに、肩を小さく窄《すぼ》め、困惑の有様であった。

「おい。」と由良氏は声を掛けた。

冠氏は、きょろとして由良氏を見つけ、にっと笑った。由良氏も、すこし頬を染めた。

「行こう。」

「うむ。」冷雨の中を、ふたり並んで歩いた。

一つの傘に、ふたり、頭を寄せて、歩いていた。そうして、さだめの地点に行きついた。

「用意は？」

「できている。」

すなわち刀を抜いて、向き合って、ふたり同時にぷっと噴き出した。切り結んで、冠氏が負けた。由良氏は、冠氏の息の根を止めたのである。

刀の血を、上野の池で洗って清めた。

「遺恨は遺恨だ。武士の意地。約束は曲げられぬ。」

その日より、人呼んで、不忍の池。味気ない世の中である。

ち、畜生のかなしさ。

むかしの築城の大家は、城の設計にあたって、その城の廃墟になったときの姿を、最も顧慮して図をひいた。廃墟になってから、ぐんと姿がよくなるように設計して置くのである。むかしの花火つくりの名人は、打ちあげられて、玉が空中でぽんと割れる、あの音に最も苦心を払った。花火は聞くもの。陶器は、掌に載せたときの重さが、一ばん大事である。古来、名工と言われるほどの人は、皆この重さについて、最も苦慮した。

などと、もっともらしい顔して家の者たちに教えてやると、家の者たちは、感心して聞いている。なに、みな、でたらめなのだ。そんなばからしいこと、なんの本にだって書かれてはいない。

また言う。

こいしくば、たずね来て見よいずみなる、しのだの森のうらみくずの葉。これは、誰でも知っている。牝の狐の作った歌である。うらみくずの葉というところ、やっぱり畜生の、あさましい恋情がこもっていて、はかなく、悲しいのである。底の底に、何か凄い、この世のものでない恐ろしさが感じられるのである。むかし、江戸深川の旗本の妻女が、若くして死んだ。女児ひとりをのこしていった。一夜、夫の枕もとに現われて、歌を詠んだ。闇の夜の、におい山路《やまみち》たどりゆき、かな哭《な》く声に消えまよいけり。におい山路は、冥土《めいど》に在る山の名前かも知れない。かなは、女児の名であろう。消えまよいけりは、いかにも若い女の幽霊らしく、あわれではないか。

いまひとつ、これも妖怪の作った歌であるが、事情は、つまびらかでない。意味も、はっきりしないのだが、やはり、この世のものでない凄惨さが、感じられるのである。それは、こんな歌である。わぎもこを、いとおし見れば青鷺《あおさぎ》や、言《こと》の葉なきをうらみざらまし。

そうして白状すれば、みんな私のフィクションである。フィクションの動機は、それは作者の愛情である。私は、そう信じている。サタニズムではない。

り、竜宮さまは海の底。

老軈《ろうはい》の肉体を抱き、見果てぬ夢を追い、荒涼の磯をさまようもの、白髪の浦島太郎は、やはりこの世にうようよ居る。かなぶんぶんを、バットの箱にいれて、その虫のあがく足音、かさかさというのを聞きながら目を細めて、これは私のオルゴオルだ、なんて、ずいぶん悲惨なことである。古くは、ドイツ廃帝。または、エチオピア皇帝。きのうの夕刊に依ると、スペイン大統領、アサーニア氏も、とうとう辞職してしまった。もっとも、これらの人たちは、案外のんきに、自適しているのかも知れない。桜の園を売り払っても、なあに山野には、桜の名所がたくさん在る、そいつを皆わがものと思って眺めてたのしむのさ、と、そこは豪傑たち、さっぱりしているかも知れない。けれども私は、ときどき思うことがある。宋美齢《そうびれい》は、いったい、どうするだろう。

ぬ、沼の狐火。

北国の夏の夜は、ゆかた一枚では、肌寒い感じである。当時、私は十八歳、高等学校の一年生であった。暑中休暇に、ふるさとの邑《むら》へかえって、邑のはずれのお稲荷の沼に、毎夜、毎夜、五つ六つの狐火が燃えるという噂を聞いた。

月の無い夜、私は自転車に提燈《ちょうちん》をつけて、狐火を見に出かけた。幅一尺か、五寸くらいの心細い野道を、夏草の露を避けながら、ゆらゆら自転車に乗っていった。みちみち、きりぎりすの声うるさく、ほたるも、ばら撒かれたようにたくさん光っていた。お稲荷の鳥居をくぐり、うるしの並木路を走り抜け、私は無意味やたらに自転車の鈴を鳴らした。

沼の岸に行きついて、自転車の前輪が、ずぶずぶぬかった。私は、自転車から降りて、ほっと小さい溜息。狐火を見た。

沼の対岸、一つ、二つ、三つの赤いまるい火が、ゆらゆら並んでうかんでいた。私は自転車をひきずりながら、沼の岸づたいに歩いていった。周囲十丁くらいの小さい沼である。近寄ってみると、五人の老爺《ろうや》が、むしろをひいて酒盛をしていた。狐火は、沼の岸の柳の枝にぶらさげた三個の燈籠であった。運動会の日の丸の燈籠である。老爺たちは、私の顔を覚えていて、みんな手を拍《う》って笑って、私を歓迎した。私は、その五人のうちの二人の老爺を知っていた。ひとりは米屋で破産、ひとりは汚い女をおめかけに持って痴呆になり、ともにふるさとの、笑いものであった。沼の水を渡って来る風は、とても臭い。

五人のもの、毎夜ここに集い、句会をひらいているというのである。私の自転車の提燈の火を見て、さては、狐火、と魂《たましい》消しましたぞ、などと相かえり見て言って、またひとしきり笑いさざめくのである。私は、冷いにごり酒を二、三杯のまされ、そうして、かれらの句というものを、いくつか見せつけられたのである。いずれも、ひどく下手くそであった。すすきのかげの、されこうべ、などという句もあった。私はそのまま、自転車に乗って家へかえった。

「明月や、座に美しき顔もなし。」芭蕉も、ひどいことを言ったものだ。

る、流転輪廻《りんね》。

ここには、或る帝大教授の身の上を書こうと思ったのであるが、それが、なかなかむずかしい。その教授は、つい二、三日まえに、起訴された。左傾思想、ということになっている。けれども、この教授は、五六年まえ、私たち学生のころ、自ら学生の左傾思想の善導者を以て任じていた筈である。そうして、そのころの教授の、善導の言論も、やはり起訴の理由の一つとして挙げられている。そのへんが、なかなかむずかしいのである。

もう四、五日余裕があれば、私も、いろいろと思案し、工夫をこらして、これを、なんとか一つの物語にまとめあげて、お目にかけるのだが、きょうは、すでに三月二日である。この雑誌は、三月十日前後に発売されるらしいのだから、きょうあたりは、それこそぎりぎりの〆切日なのであろう。私は、きょうは、どんなことがあっても、この原稿を印刷所へ、とどけなければいけない。そう約束したのである。こんな、苦しい思いをするのも、つまりは日常の怠惰の故である。こんなことでは、たしかにいけない。覚悟ばかりは、たいへんでも、今までみたいに怠けていたんじゃ、ろくな小説家になれない。

を、姥捨山のみねの松風。

もって自戒とすべし。もういちど、こんな醜態を繰りかえしたら、それこそは、もう姥捨山だ。懶惰の歌留多。文字どおり、これは懶惰の歌留多になってしまった。はじめから、そのつもりでは、なかったのか？　いいえ、もう、そんな嘘は吐きません。

わ、われ山にむかいて眼を挙ぐ。

か、下民しいたげ易く、上天あざむき難し。

よ、夜の次には、朝が来る。

容貌

私の顔は、このごろまた、ひとまわり大きくなったようである。もとから、小さい顔ではなかったが、このごろまた、ひとまわり大きくなった。美男子というものは、顔が小さくきちんとまとまっているものである。顔の非常に大きい美男子というのは、あまり実例が無いように思われる。想像する事も、むずかしい。顔の大きい人は、すべてを素直にあきらめて、「立派」あるいは「荘厳」あるいは「盛観」という事を心掛けるより他に仕様がないようである。浜口雄幸氏は、非常に顔の大きい人であった。やはり美男子ではなかった。けれども、盛観であった。荘厳でさえあった。容貌に就《つ》いては、ひそかに修養した事もあったであろうと思われる。私も、こうなれば、浜口氏になるように修養するより他は無いと思っている。

顔が大きくなると、よっぽど気をつけなければ、人に傲慢と誤解される。大きいつらをしやがって、いったい、なんだと思っているんだ等と、不慮の攻撃を受ける事もあるものである。先日、私は新宿の或《あ》る店へはいって、ひとりでビイルを飲んでいたら、女の子が呼びもしないのに傍へ寄って来て、「あんたは、屋根裏の哲人みたいだね。ばかに偉そうにしているが、女には、もてませんね。きざに、芸術家気取りをしたって、だめだよ。夢を捨てる事だね。歌わざる詩人かね。よう！　ようだ！　あんたは偉いよ。こんなところへ来るにはね、まず歯医者にひとつき通ってから、おいでなさいだ。」と、ひどい事を言った。私の歯は、ぼろぼろに欠けているのである。私は返事に窮して、お勘定をたのんだ。さすがに、それから五、六日、外出したくなかった。静かに家で読書した。

鼻が赤くならなければいいが、とも思っている。

一つの約束

難破して、わが身は怒濤に巻き込まれ、海岸にたたきつけられ、必死にしがみついた所は、燈台の窓縁である。やれ、嬉しや、たすけを求めて叫ぼうとして、窓の内を見ると、今しも燈台守の夫婦とその幼き女児とが、つつましくも仕合せな夕食の最中である。ああ、いけねえ、と思った。おれの凄惨な一声で、この団欒《だんらん》が滅茶々々になるのだ、と思ったら喉まで出かかった「助けて！」の声がほんの一瞬戸惑った。ほんの一瞬である。たちまち、ざぶりと大波が押し寄せ、その内気な遭難者のからだを一呑みにして、沖遠く拉《らっ》し去った。

もはや、たすかる道理は無い。

この遭難者の美しい行為を、一体、誰が見ていたのだろう。誰も見てやしない。燈台守は何も知らずに一家団欒の食事を続けていたに違いないし、遭難者は怒濤にもまれて（或《あ》るいは吹雪の夜であったかも知れぬ）ひとりで死んでいったのだ。月も星も、それを見ていなかった。しかも、その美しい行為は厳然たる事実として、語られている。

言いかえれば、これは作者の一夜の幻想に端を発しているのである。

けれども、その美談は決して嘘ではない。たしかに、そのような事実が、この世に在ったのである。ここに作者の幻想の不思議が存在する。事実は、小説よりも奇なり、と言う。しかし誰も見ていない事実だって世の中には、あるのだ。そうして、そのような事実にこそ、高貴な宝玉が光っている場合が多いのだ。それをこそ書きたいというのが、作者の生甲斐になっている。

第一線に於いて、戦って居られる諸君。意を安んじ給え。誰にも知られぬ或《あ》る日、或る一隅に於ける諸君の美しい行為は、かならず一群の作者たちに依って、あやまたず、のこりくまなく、子々孫々に語り伝えられるであろう。日本の文学の歴史は、三千年来それを行い、今後もまた、変る事なく、その伝統を継承する。

デカダン抗議

一人の遊蕩《ゆうとう》の子を描写して在るゆえを以《もっ》て、その小説を、デカダン小説と呼ぶのは、当るまい。私は何時でも、謂《い》わば、理想小説を書いて来たつもりなのである。

大まじめである。私は一種の理想主義者かも知れない。理想主義者は、悲しい哉《かな》、現世に於いてその言動、やや不審、滑稽の感をさえ隣人たちに与えている場合が、多いようである。謂わば、かのドン・キホオテである。彼は、いまでは、全然、馬鹿の代名詞である。けれども彼が果して馬鹿であるか、どうかは、それに就《つ》いては、理想主義者のみぞよく知るところである。高邁《こうまい》の理想のために、おのれの財も、おのれの地位も、塵芥《ちりあくた》の如く投げ打って、自ら駒を陣頭にすすめた経験の無い人には、ドン・キホオテの血を吐くほどの悲哀が絶対にわからない。耳の痛い仁《じん》も、その辺にいるようである。

私の理想は、ドン・キホオテのそれに較べて、実に高邁で無い。私は破邪の剣を振って悪者と格闘するよりは、頬の赤い村娘を欺《あざむ》いて一夜寝ることの方を好むのである。理想にも、たくさんの種類があるものである。私はこの好色の理想のために、財を投げ打ち、衣服を投げ打ち、靴を投げ打ち、全くの清貧になってしまった。そうして、私は、この好色の理想を、仮りに名付けて、「ロマンチシズム」と呼んでいる。

すでに幼時より、このロマンチシズムは、芽生えていた。私の故郷は、奥州の山の中である。家に何か祝いごとがあると、父は、十里はなれたAという小都会から、四、五人の芸者を呼ぶ。芸者たちは、それぞれ馬の背に乗ってやって来る。他に、交通機関が無いからである。時々、芸者が落馬することもあった。物語は、私が十二歳の冬のことであった。たしか、父の勲章祝いのときであった。芸者が五人、やって来た。婆さんが一人、ねえさんが二人、半玉さんが二人である。半玉の一人は、藤娘を踊った。すこし酒を呑まされたか、眼もとが赤かった。私は、その人を美しいと思った。踊って、すらと形のきまる度毎に、観客たちの間から、まあ、という嘆声が起り、四、五人の溜息さえ聞えた。美しいと思ったのは私だけでは無かったのである。

私はその女の子の名前を知りたいと思った。まさか、人に聞くわけにいかない。私は十二の子供であるから、そんな、芸者などには全然、関心の無いふりをしていなければ、ならぬのである。私は、こっそり帳場へ行って、このたびの祝宴の出費について、一切を記して在る筈《はず》の帳簿をしらべた。帳場の叔父さんの真面目くさった文字で、歌舞の部、誰、誰、と五人の芸者の名前が書き並べられて、謝礼いくら、いくらと、にこりともせず計算されていた。私は五人の名前を見て、一ばんおしまいから数えて二人めの、浪、というのが、それだと思った。それにちがいないと思った。少年特有の、不思議な直感で、私は、その女の子の名前を、浪、と定めてしまって、落ちついた。

いまに大きくなったら、あの芸者を買ってやると、頑固な覚悟きめてしまった。二年、三年、私は浪を忘れることが無かった。五年、六年、私は、もう高等学校の生徒である。すでにもう大人になった気持である。芸者買いしたって、学校から罰せられることもなかったし、私は、今こそと思った。高等学校の所在するその城下まちから、浪のいる筈のAという小都会までは、汽車で一時間くらいで行ける。私は出掛けることにした。

二日つづきの休みのときに出掛けた。私は、高等学校の制服、制帽のままだった。謂わば、弊衣破帽《へいいはぼう》である。けれども私は、それを恥じなかった。自分で、ひそかに、「貫一さん」みたいだと思っていた。幾春秋、忘れず胸にひめていた典雅な少女と、いまこそ晴れて逢いに行くのに、最もふさわしいロマンチックな姿であると思っていた。私は上衣のボタンをわざと一つ毟《むし》り取った。恋に窶《やつ》れて、少し荒んだ陰影を、おのが姿に与えたかった。

Aという、その海のある小都会に到着したのは、ひるすこしまえで、私はそのまま行き当りばったり、駅の近くの大きい割烹《かっぽう》店へ、どんどんはいってしまった。私にも、その頃はまだ、自意識だのなんだの、そんなけがらわしいものは持ち合せ無く、思うことそのまま行い得る美しい勇気があった。後で知ったが、その割烹店は、県知事はじめ地方名士をのみ顧客としている土地一流の店の由。なるほど、玄関も、ものものしく、庭園には大きい滝があった。玄関からまっすぐに長い廊下が通じていて、廊下の板は、お寺の床板みたいに黒く冷え冷えと光って、その廊下の尽きるところ、トンネルの向う側のように青いスポット・ライトを受けて、ぱっと庭園のその大滝が見えるのだ。葉桜のころで、光り輝く青葉の陰で、どうどうと落ちている滝は、十八歳の私には夢のようであった。ふと、われに帰り、

「ごはんを食べに来たのだ。」

いままで拭き掃除していたものらしく、箒持って、手拭いを、あねさん被りにしたままで女中が、

「どうぞ。」と、なぜか笑いながら答え、私にスリッパをそろえてくれた。

金屏風立てて在る奥の二階の部屋に案内された。割烹店は、お寺のように、シンとしていた。滝の音ばかり、いやに大きく響いていた。

「ごはんを食べるのだ。」私は座蒲団に大きく、あぐらかいて坐って、怒ったようにして、また言った。ばかにされまいとして、懸命であったのである。「さしみと、オムレツと、牛鍋と、おしんこを下さい。」知っている料理を皆言ったつもりであった。

女中は、四十ちかい叔母さんで、顔が黒く、痩せていて、それでも優しそうな感じのいい人であった。私は、その女中さんにお給仕されて、ひとりで、めしを大いに食べながら、「浪、という芸者がいないかね。」少しも、恥じずに、そう言った。美しい勇気を持っていたのである。むしろ、得意でさえあった。「僕は、知っているんだ。」

女中は、いないと答えた。私は箸を取り落すほど、がっかりした。

「そんなことは、ない。」ひどく不気嫌だった。

女中は、うしろへ両手を廻して、ちょっと帯を直してから、答えた。浪という芸者が、いましたけれど、いつも男の言うこと聞きすぎて、温泉芸者している筈です、という答えであった。いまはＡＳという温泉場で、温泉芸者している筈です、という答えであった。

「そうか。浪は、昔から、そういう子だったんだ。」なぞと、知ったかぶりして、けれども私は暗い気持であった。そのまま帰ったのであるが、なんのことはない、私はA市まで、滝を見に行って来たようなものであった。

けれども私は、浪を忘れなかった。忘れるどころか、いよいよ好きになった、旅役者にだまされるとは、なんというロマンチック。偉いと思った。凡俗でないと思った。必ず、必ず、ＡＳという、その温泉場へ行って、浪を、ほめてあげようと思った。

それから三年経って、私は東京の大学へはいり、喫茶店や、バアの女とも識る機会を持ったが、やはり浪を忘れ得なかった。そのとしの暑中休暇に、故郷へ帰る途中、汽車がそのＡＳという温泉場へも停車したので、私は、とっさの中に覚悟をきめ、飛鳥の如く身を躍らせて下車してしまった。

その夜、私は浪と逢った。浪は、太って、ずんぐりして、ちっとも美しくなかった。私は、やたらに酒を呑んだ。酔って来たら、多少ロマンチックな気持も蘇って来て、

「あなたは十年まえに、馬に乗って、Kという村に来たこと、なかったかね？」

「あったわ。」女は、なんでも無さそうにして答えた。

私は膝を大いにすすめて、そのとき、あなたの踊った藤娘を、僕は見ていた。十二のときだった。それから、あなたを忘れられない。苦心して、あなたの居所さがし廻って、私は、いま十年ぶりで、やっと、あなたと逢うことができたのだ。と言っているうちに、やはり胸が一ぱいになって来て、私は泣きたくなって来た。

「あなたは、それじゃ、」温泉芸者は、更に興を覚えぬ様子で、「Tさんのお坊ちゃんなの？」と、ぶっきらぼうな尋ねかたをした。

私は、そうだと答えたかったのだけれど、そうすると、なんだかお金持の子供を鼻にかけるようで私のロマンチックな趣味に合わなかったから、いやちがう、僕はあの家の遠縁に当る苦学生であるが、そんなことは、どうでもいい、十年ぶりで、やっと思いが叶って逢えたのだ、今夜は、この宿へ泊って行きなさい、ゆっくり話しましょう、と私ひとりは、何かと興奮しているのだが、女は一向に、このロマンチシズムを解しない。あたしは、よごれているから、と女は、泊ることを断った。私は、勘ちがいした。強い感動を受けたのである。思わず、さらに大いに膝をすすめ、

「何を言うのだ。僕だって昔の僕じゃない。全身、傷だらけだ。あなたも、苦労したろうね。お互いだ。僕だって、よごれているのだ。君は、君の暗い過去のことで負《ひ》けめを感ずることは、少しもないんだ。」

涙声にさえなっていた。

女は、やはり、その夜、泊らずに帰った。つまらない女であった。私は女の帰った真意を、解することが、できなかった。おのれの淪落《りんらく》の身の上を恥じて、帰ってしまったものとばかり思っていたのである。いまは、すべてに思い当り、年少のその早合点が、いろいろ複雑に悲しく、けれども、私は、これを、けがらわしい思い出であるとは決して思わない。なんにも知らず、ただ一図《いちず》に、僕もよごれていると、大声で叫んだその夜の私を、いつくしみたい気持さえあるのだ。私は、たしかにかの理想主義者にちがいない。嘲うことのできる者は、嘲うがよい。

新郎

一日一日を、たっぷりと生きて行くより他は無い。明日のことを思い煩うな。明日は明日みずから思い煩わん。きょう一日を、よろこび、努め、人には優しくして暮したい。青空もこのごろは、ばかに綺麗だ。舟を浮べたいくらい綺麗だ。山茶花《さざんか》の花びらは、桜貝。音たてて散っている。こんなに見事な花びらだったかと、ことしはじめて驚いている。何もかも、なつかしいのだ。煙草一本吸うのにも、泣いてみたいくらいの感謝の念で吸っている。まさか、本当には泣かない。思わず微笑しているという程の意味である。

家の者達にも、めっきり優しくなっている。隣室で子供が泣いていても、知らぬ振りをしていたものだが、このごろは、立って隣室へ行き不器用に抱き上げて軽くゆすぶったりなどする事がある。子供の寝顔を、忘れないように、こっそり見つめている夜もある。見納め、まさか、でも、それに似た気持もあるようだ。この子供は、かならず、丈夫に育つ。私は、それを信じている。なぜだか、そんな気がして、私には心残りが無い。外へ出ても、なるべく早く帰って、晩ごはんは家でたべる事にしている。食卓の上には、何も無い。私には、それが楽しみだ。何も無いのが、楽しみなのだ。しみじみするのだ。家の者は、面目ないような顔をしている。すみません、とおわびを言う。けれども私は、矢鱈《やたら》におかずを褒めるのだ。おいしい、と言うのだ。家の者は、淋しそうに笑っている。

「つくだ煮。わるくないね。海老のつくだ煮じゃないか。よく手にはいったね。」

「しなびてしまって。」家の者には自信が無い。

「しなびてしまっても海老は海老だ。僕の大好物なんだ。海老の髭《ひげ》には、カルシウムが含まれているんだ。」出鱈目である。

食卓には、つくだ煮と、白菜のおしんこと、烏賊《いか》の煮附《につけ》と、それだけである。私はただ矢鱈に褒めるのだ。

「おしんこ、おいしいねえ。ちょうど食べ頃だ。僕は小さい時から、白菜のおしんこが一ばん好きだった。白菜のおしんこさえあれば、他におかずは欲しくなかった。サクサクして、この歯ざわりが、こたえられねえや。」

「お塩もこのごろお店に無いので、」家の者には、やっぱり自信が無い。浮かぬ顔をしている。「おしんこを作るのにも思いきり塩を使う事が出来なくなりました。もっと塩をきかせると、おいしくなるんでしょうけど。」

「いや、これくらいが、ちょうどいい。塩からいのは、僕は、いやなんだ。」頑固に言い張るのだ。まずしいものを褒めるのは、いい気持だ。

けれども時々、失敗する事がある。

「今夜は？　そうか、何も無いか。こういう夜もまた一興だ。工夫しよう。そうだ、海苔茶漬にしよう。粋なものなんだ。海苔を出してくれ。」最も簡略のおかずのつもりで海苔を所望したのだが、しくじった。

「無いのよ。」家の者は、間の悪そうな顔をしている。「このごろ海苔は、どこの店にも無いのです。へんですねえ。私は買物は、下手なほうではなかったのですけど、このごろは、肉もおさかなも、なんにも買えませんので、市場で買物籠さげて立ったまま泣きべそを掻く事があります。」したたかに、しょげている。

私は自分の頓馬《とんま》を恥じた。海苔が無いとは知らなかった。おそるおそる、

「梅干があるかい？」

「ございます。」

二人とも、ほっとした。

「我慢するんだ。なんでもないじゃないか。米と野菜さえあれば、人間は結構生きていけるものだ。日本は、これからよくなるんだ。どんどんよくなるんだ。いま、僕たちがじっと我慢して居りさえすれば、日本は必ず成功するのだ。僕は信じているのだ。新聞に出ている大臣たちの言葉を、そのまま全部、そっくり信じているのだ。思う存分にやってもらおうじゃないか。いまが大事な時なんだそうだ。我慢するんだ。」梅干を頬張りながら、まじめにそんなわかり切った事を言い聞かせていると、なぜだか、ひどく痛快なのである。

或《あ》る夜、よそで晩ごはんを食べて、山海の珍味がたくさんあったので驚いた。不思議な気がした。恥をしのんで、女中さんにこっそりたのんで、ビフテキを一つ包んでもらった。ここでおあがりになるのなら、かまわないのですが、お持ちになるのは違法なんですよ、と女中さんは当惑そうな顔をしていた。ビフテキの、ほの温い包みを持って家へ帰る。この楽しさも、ことしはじめて知らされた。私はいままで、家に手土産をぶらさげて帰るなど、絶無であった。実に不潔な、だらしない事だと思っていた。

「女中さんに三べんもお辞儀をした。苦心さんたんして持って来たんだぜ。久し振りだろう。牛の肉だ。」

私は無邪気に誇った。

「くすりか何かのような気がして、」家の者は、おずおずと箸をつけた。「ちっとも食欲が起らないわ。」

「まあ、食べてみなさい。おいしいだろう？　みんな食べなさい。僕は、たくさん食べて来たのだ。」「お顔にかかわりますよ。」家の者は、意外な事を小声で言った。「私はそんなに食べたくもないのですから、女中さんに頭をさげたりなど、これからは、なさらないで下さい。」

そう言われて私は、ちょっと具合がわるかったけれど、でも、安心の思いのほうが大きかった。たいへん安心したのである。大丈夫だ。もう家《うち》の食べものなど、全く心配しない事にしよう。「牛の肉だぞ」なんて、卑猥じゃないか。食べものに限らず、家の者の将来に就《つ》いても、全く安心していよう。これは、子供と一緒にかならず丈夫に育つ。ありがたいと思った。

家の者達に就いては、いまは少しも心配していないので、毎日、私は気軽である。青空を眺めて楽しみ、煙草を吸い、それから努めて世の中の人たちにも優しくしている。

三鷹の私の家には、大学生がたくさん遊びに来る。頭のいいのもあれば、頭のわるいのもある。けれども一様に正義派である。いまだかつて私に、金を貸せ、などと云った学生は一人も無い。かえって私に、金を貸そうとする素振りさえ見せる学生もある。一つの打算も無く、ただ私と談じ合いたいばかりに、遊びに来るのだ。私は未《ま》だいちども、此《こ》の年少の友人たちに対して、面会を拒絶した事が無い。どんなに仕事のいそがしい時でも、あがりたまえ、と言う。けれども、いままでの「あがりたまえ」は、多分に消極的な「あがりたまえ」であったという事も、否定できない。つまり、気の弱さから、仕方なく「あがりたまえ。僕の仕事なんか、どうだっていいさ。」と淋しく笑って言っていた事も、たしかにあったのである。私の仕事は、訪問客を断乎《だんこ》として追い返し得るほどの立派なものではない。その訪問客の苦悩と、私の苦悩と、どっちが深いか、それはわからぬ。私のほうが、まだしも楽なのかも知れない。「なんだい、あれは。趣味でキリストごっこなんかに、ふけっていやがって、鼻持ちならない深刻ぶった臭い言葉ばかり並べて、そうして本当は、ただちょっと気取ったエゴイストじゃないか。」などと言われる事の恥ずかしさに、私は、どんなに切迫した自分の仕事があっても、立って学生たちを迎えるような傾向が無いわけでもなかったらしい。そんなに誠意のあるウェルカムではなかったようだ。卑劣な自己防衛である。なんの責任感も無かった。学生たちを怒らせなければ、それでよかった。私は学生たちの話を聞きながら、他の事ばかり考えていた。あたりさわりの無い短い返辞をして、あいまいに笑っていた。私の立場ばかりを計算していたのである。学生たちは私を、はにかみの深い、おひとよしだと思っていたかも知れない。けれども、このごろは、めっきり私も優しくなって、思う事をそのままきびしく言うようになってしまった。普通の優しさとは少し違うのである。私の優しさは、私の全貌を加減せずに学生たちに見せてやる事なのだ。私は、いまは責任を感じている。私のところへ来る人を、ひとりでも堕落させてはならぬと念じている。私が最後の審判の台に立たされた時、たった一つ、「けれども私は、私と附き合った人をひとりも堕落させませんでした。」と言い切る事が出来たら、どんなに嬉しいだろう。私はこのごろ学生たちには、思い切り苦言を呈する事にしている。呶鳴《どな》る事もある。それが私の優しさなのだ。そんな時には私は、この学生に殺されたっていいと思っている。殺す学生は永遠の馬鹿である。

——はなはだ、僕は、失礼なのだが、用談は、三十分くらいにして、くれないか。今月、すこし、まじめな仕事があるのだ。ゆるせ。太宰治。——

玄関の障子に、そんな貼紙をした事もある。いい加減なごまかしの親切で逢ってやるのは悪い事だと思ったからだ。自分の仕事も、だいじにしたいと思いはじめて来たからだ。自分のために。学生たちのために。一日の生活は、大事だ。

学生たちは、だんだん私の家へ来なくなった。そのほうがよいと思っている。学生たちは、私から離れて、まじめに努力しているだろう。

一日一日の時間が惜しい。私はきょう一日を、出来るだけたっぷり生きたい。私は学生たちばかりでなく、世の中の人たち皆に、精一ぱいの正直さで附き合いはじめた。

往復葉書で、こんな便りが来た。

——女の決闘、駈込み訴え。結局、先生の作品は変った小説だとしか私には消化出来ない。何か先生より啓示を得たいと思う。一つ御説明を願いたい。端的に。ダダイズムとは結局、何を意味するか。お願いします。草田舎の国民学校訓導より。——

私は返事を出した。

——拝復。貴翰《きかん》拝読いたしました。ひとにものを尋ねる時には、も少していねいな文章を書く事に致しましょう。小国民の教育をなさっている人が、これでは、いけないと思いました。

御質問に、まじめにお答え致します。私はいままで、ダダイズムを自称した事は一度もありませんでした。私は自分を、下手な作家だと思っています。なんとかして自分の胸の思いをわかってもらいたくて、さまざまのスタイルを試みているのですが、成功しているとも思えません。不器用な努力です。私は、ふざけていません。不一。——

その国民学校の先生が、私の家へ呶鳴り込んで来てもいいと覚悟して書いたのであるが、四五日経ってから、次のような、やや長い手紙が来た。

――十一月二十八日。昨夜の疲労で今朝は七時の時報を聞いても仲々起きられなかった。範画教材として描いた笹の墨絵を見ながら、入営（×月×日）のこと、文学のこと、花籠のこと等、漠然と考えはじめた。××県地図と笹の絵が、白い宿直室の壁に、何かさむざむとへばりついているのが、自分を暗示しているような気がしてならない。こんな気分の時には、きまって何か失敗が起るのだ。師範の寄宿舎で焚火をして叱られた時の事が、ふいと思い出されて、顔をしかめてスリッパをはいて、背戸の井戸端に出た。だるい。頭が重い。私は首筋を平手で叩いてみた。屋外は、凄いどしゃ降りだ。菅笠《すげがさ》をかぶって洗面器をとりに風呂場へ行った。

「先生お早うす。」

学校に近い部落の児が二人、井戸端で足を洗っていた。

二時間目の授業を終えて、職員室で湯を呑んで、ふと窓の外を見たら、ひどいあらしの中を黒合羽着た郵便配達が自転車でよろよろ難儀しながらやって来るのが見えた。私は、すぐに受け取りに出た。私の受け取ったものは、思いがけない人からの返書でした。先生、その時、私は、随分月並な言葉だけれど、（中略）

本当に、ありがとうございました。私は常に後悔しています。理由なき不遜の態度。私はいつでもこれあるが為に、第一印象が悪いのです。いけないことだ。知りつつも、ついうっかりして再び繰返します。

校長にも、お葉書を見せました。校長は言いました。「ほんとうにこれは、君の三思三省すべきところだ。」私も、そう思いました。

（中略）

私は先生にお願いします。

私が慚愧《ざんき》している事を信じて下さい。私は悪い男ではありません。

（中略）

私はいまペンを置いて「その火絶やすな」という歌を、この学校に一つしかない小さいオルガンで歌いたいと思います。敬具――

ところどころ私が勝手に省略したけれど、以上が、その国民学校訓導の手紙の内容である。うれしかった。こんどは私のほうから、お礼状を書いた。入営なさるも、せぬも、一日一日の義務に努力していて下さい、とも書き添えた。

本当にもう、このごろは、一日の義務は、そのまま生涯の義務だと思って厳粛に努めなければならぬ。ごまかしては、いけないのだ。好きな人には、一刻も早くいつわらぬ思いを飾らず打ちあけて置くがよい。きたない打算は、やめるがよい。率直な行動には、悔いが無い。あとは天意におまかせするばかりなのだ。

つい先日も私は、叔母から長い手紙をもらって、それに対して、次のような返事を出した。その文面は、そのまんま或る新聞の文芸欄に発表せられた。

――叔母さん。けさほどは、長いお手紙をいただきました。私の健康状態やら、また、将来の暮しに就いて、いろいろ御心配して下さってありがとうございます。けれども、私はこのごろ、私の将来の生活に就いて、少しも計画しなくなりました。虚無ではありません。あきらめでも、ありません。へたな見透しなどをつけて、右すべきか左すべきか、秤にかけて慎重に調べていたんでは、かえって悲惨な躓《つまず》きをするでしょう。

明日の事を思うな、とあの人も言って居られます。朝めざめて、きょう一日を、十分に生きる事、それだけを私はこのごろ心掛けて居ります。私は、嘘を言わなくなりました。虚栄や打算で無い勉強が、少しずつ出来るようになりました。明日をたのんで、その場をごまかして置くような事も今は、なくなりました。一日一日だけが、とても大切になりました。

決して虚無では、ありません。いまの私にとって、一日一日の努力が、全生涯の努力であります。戦地の人々も、おそらくは同じ気持ちだと思います。叔母さんも、これからは買い溜めなどは、およしなさい。疑って失敗する事ほど醜い生きかたは、ありません。私たちは、信じているのです。一寸の虫にも五分の赤心がありました。苦笑なさっては、いけません。無邪気に信じている者だけが、のんきであります。私は文学を、やめません。私は信じて成功するのです。御安心下さい。——

このごろ私は、毎朝かならず鬚《ひげ》を剃る。歯も綺麗に磨く。足の爪も、手の爪も、ちゃんと切っている。毎日、風呂へはいって、髪を洗い、耳の中も、よく掃除して置く。鼻毛なんかは、一分《いちぶ》も伸ばさぬ。眼の少し疲れた時には、眼薬を一滴、眼の中に落して、潤いを持たせる。

純白のさらし木綿を一反、腹から胸にかけてきりりと巻いている。いつでも、純白である。パンツも純白のキャラコである。之《これ》も、いつでも純白である。そうして夜は、ひとり、純白のシイツに眠る。

書斎には、いつでも季節の花が、活き活きと咲いている。けさは水仙を床の間の壺に投げ入れた。ああ、日本は、佳い国だ。パンが無くなっても、酒が足りなくなっても、花だけは、花だけは、どこの花屋さんの店頭を見ても、いっぱい、いっぱい、紅、黄、白、紫の色を競い咲き驕《おご》っているではないか。この美事さを、日本よ、世界に誇れ！

私はこのごろ、破れたドテラなんか着ていない。朝起きた時から、よごれの無い、縞目のあざやかな着物を着て、きっちり角帯をしめている。ちょっと近所の友人の家を訪れる時にも、かならず第一の正装をするのだ。ふところには、洗ったばかりのハンケチが、きちんと四つに畳まれてはいっている。

私は、このごろ、どうしてだか、紋服を着て歩きたくて仕様がない。

けさ、花を買って帰る途中、三鷹駅前の広場に、古風な馬車が客を待っているのを見た。明治、鹿鳴館《ろくめいかん》のにおいがあった。私は、あまりの懐しさに、馭者《ぎょしゃ》に尋ねた。

「この馬車は、どこへ行くのですか。」

「さあ、どこへでも。」老いた馭者は、あいそよく答えた。「タキシイだよ。」

「銀座へ行ってくれますか。」

「銀座は遠いよ。」笑い出した。「電車で行けよ。」

私は此の馬車に乗って銀座八丁を練りあるいてみたかったのだ。鶴の丸（私の家の紋は、鶴の丸だ）の紋服を着て、仙台平《せんだいひら》の袴をはいて、白足袋、そんな姿でこの馬車にゆったり乗って銀座八丁を練りあるきたい。ああ、このごろ私は毎日、新郎《はなむこ》の心で生きている。

（昭和十六年十二月八日之を記せり。
この朝、英米と戦端ひらくの報を聞けり。）

待つ

省線のその小さい駅に、私は毎日、人をお迎えにまいります。誰とも、わからぬ人を迎えに。

市場で買い物をして、その帰りには、かならず駅に立ち寄って駅の冷たいベンチに腰をおろし、買い物籠を膝に乗せ、ぼんやり改札口を見ているのです。上り下りの電車がホームに到着する毎に、たくさんの人が電車の戸口から吐き出され、どやどや改札口にやって来て、一様に怒っているような顔をして、パスを出したり、切符を手渡したり、それから、そそくさと脇目も振らず歩いて、私の坐っているベンチの前を通り駅前の広場に出て、そうして思い思いの方向に散って行く。私は、ぼんやり坐っています。誰か、ひとり、笑って私に声を掛ける。おお、こわい。ああ、困る。胸が、どきどきする。考えただけでも、背中に冷水をかけられたように、ぞっとして、息がつまる。けれども私は、やっぱり誰かを待っているのです。いったい私は、毎日ここに坐って、誰を待っているのでしょう。どんな人を？　いいえ、私の待っているものは、人間でないかも知れない。私は、人間をきらいです。いいえ、こわいのです。人と顔を合せて、お変りありませんか、寒くなりました、などと言いたくもない挨拶を、いい加減に言っていると、なんだか、自分ほどの嘘つきが世界中にいないような苦しい気持になって、死にたくなります。そうしてまた、相手の人も、むやみに私を警戒して、当らずさわらずのお世辞やら、もったいぶった嘘の感想などを述べて、私はそれを聞いて、相手の人のけちな用心深さが悲しく、いよいよ世の中がいやでいやでたまらなくなります。世の中の人というものは、お互い、こわばった挨拶をして、用心して、そうしてお互いに疲れて、一生を送るものなのでしょうか。私は、人に逢うのが、いやなのです。だから私は、よほどの事でもない限り、私のほうからお友達の所へ遊びに行く事などは致しませんでした。家にいて、母と二人きりで黙って縫物をしていると、一ばん楽な気持でした。けれども、いよいよ大戦争がはじまって、周囲がひどく緊張してまいりましてからは、私だけが家で毎日ぼんやりしているのが大変わるい事のような気がして来て、何だか不安で、ちっとも落ちつかなくなりました。身を粉にして働いて、直接に、お役に立ちたい気持なのです。私は、私の今までの生活に、自信を失ってしまったのです。

家に黙って坐って居られない思いで、けれども、外に出てみたところで、私には行くところが、どこにもありません。買い物をして、その帰りには、駅に立ち寄って、ぼんやり駅の冷いベンチに腰かけているのです。どなたか、ひょいと現れたら！　という期待と、ああ、現われたら困る、どうしようという恐怖と、でも現われた時には仕方が無い、その人に私のいのちを差し上げよう、私の運がその時きまってしまうのだというような、あきらめに似た覚悟と、その他さまざまのけしからぬ空想などが、異様にからみ合って、胸が一ぱいになり窒息する程くるしくなります。生きているのか、死んでいるのか、わからぬような、白昼の夢を見ているような、なんだか頼りない気持になって、駅前の、人の往来の有様も、望遠鏡を逆に覗いたみたいに、小さく遠く思われて、世界がシンとなってしまうのです。ああ、私はいったい、何を待っているのでしょう。ひょっとしたら、私は大変みだらな女なのかも知れない。大戦争がはじまって、何だか不安で、身を粉にして働いて、お役に立ちたいというのは嘘で、本当は、そんな立派そうな口実を設けて、自身の軽はずみな空想を実現しようと、何かしら、よい機会をねらっているのかも知れない。ここに、こうして坐って、ぼんやりした顔をしているけれども、胸の中では、不埒な計画がちろちろ燃えているような気もする。

一体、私は、誰を待っているのだろう。はっきりした形のものは何もない。ただ、もやもやしている。

けれども、私は待っている。大戦争がはじまってからは、毎日、毎日、お買い物の帰りには駅に立ち寄り、この冷いベンチに腰をかけて、待っている。誰か、ひとり、笑って私に声を掛ける。おお、こわい。ああ、困る。私の待っているのは、あなたでない。それでは一体、私は誰を待っているのだろう。旦那さま。ちがう。恋人。ちがいます。お友達。いやだ。お金。まさか。亡霊。おお、いやだ。

もっとなごやかな、ぱっと明るい、素晴らしいもの。なんだか、わからない。たとえば、春のようなもの。いや、ちがう。青葉。五月。麦畑を流れる清水。やっぱり、ちがう。ああ、けれども私は待っているのです。胸を躍らせて待っているのだ。眼の前を、ぞろぞろ人が通って行く。あれでもない、これでもない。私は買い物籠をかかえて、こまかく震えながら一心に一心に待っているのだ。私を忘れないで下さいませ。毎日、毎日、駅へお迎えに行っては、むなしく家へ帰って来る二十《はたち》の娘を笑わずに、どうか覚えて置いて下さいませ。その小さい駅の名は、わざとお教え申しません。お教えせずとも、あなたは、いつか私を見掛ける。

（十七年一月）

散華

玉砕という題にするつもりで原稿用紙に、玉砕と書いてみたが、それはあまりに美しい言葉で、私の下手な書き物の題などには、もったいない気がして来て、玉砕の文字を消し、題を散華《さんげ》と改めた。

昨年、私は、二人の友人と別れた。早春に、三井君が死んだ。それから五月に、三田君が、北方の孤島で玉砕した。三井君も、三田君も、まだ二十六、七歳くらいであった筈《はず》である。

三井君は、小説を書いていた。一つ書き上げる度毎《たびごと》に、それを持って、勢い込んで私のところへやって来る。がらがらがらっと、玄関の戸をひどく音高くあけてはいって来る。作品を持って来た時に限って、がらがらがらっと音高くあけてはいって来る。作品を携帯していない時には、玄関をそっとあけてはいって来る。だから、三井君が私の家の玄関の戸を、がらがらがらっと、音高くあけてはいって来た時には、ああ三井が、また一つ小説を書き上げたな、とすぐにわかるのである。三井君の小説は、ところどころ澄んで美しかったけれども、全体がよろよろして、どうもいけなかった。背骨を忘れている小説だった。それでも、だんだんよくなって来ていたが、いつも私に悪口を言われ、死ぬまで一度もほめられなかった。肺がわるかったようである。けれども自分のその病気に就《つ》いては、あまり私に語らなかった。

「においませんか」と或《あ》る日、ふいと言った事がある。「僕のからだ、くさいでしょう？」

その日、三井君が私の部屋にはいって来た時から、くさかった。

「いや、なんともない」

「そうですか。においませんか」

「いや」お前はくさい。とは言えない。

「二、三日前から、にんにくを食べているんです。あんまり、くさいようだったら、帰ります」

「いや、なんともない」相当からだが弱って来ているのだな、とその時私に判った。

三井は、からだに気をつけなけりゃ、いかんな、いますぐ、いいものなんか書けやしないのだし、からだを丈夫にして、それから小説でも何でも、好きな事を始めるように、君から強く言ってやったらどうだろう、と私は、三井君の親友にたのんだ事がある。そうして、三井君の親友は、私のその言葉を三井君に伝えたらしく、それ以来、三井君は、私のところへ来なくなった。

私のところへ来なくなって、三箇月か四箇月目に三井君は、死んだ。私は、三井君の親友から葉書で、その逝去の知らせを受けたのである。このような時代に、からだが悪くて兵隊にもなれず、病床で息を引きとる若いひとは、あわれである。あとで三井君の親友から聞いたが、三井君には、疾患をなおす気がなかったようだ。御母堂と三井君と二人きりのわびしい御家庭のようであるが、病勢がよほどすすんでからでも、三井君は、御母堂の眼をぬすんで、病床から抜け出し、巷《ちまた》を歩き、おしるこなど食べて、夜おそく帰宅することがしばしばあったようである。御母堂は、はらはらしながらも、また心の片隅では、そんなに平然と外出する三井君の元気に頼って、まだまだ大丈夫と思っていらっしゃったようでもある。三井君は、死ぬる二、三日前まで、そのように気軽な散歩を試みていたらしい。

三井君の臨終の美しさは比類が無い。美しさ、などという無責任なお座なりめいた巧言は、あまり使いたくないのだが、でも、それは、実際、美しいのだから仕様が無い。三井君は寝ながら、枕元のお針仕事をしていらっしゃる御母堂を相手に、静かに世間話をしていた。ふと口を噤《つぐ》んだ。それきりだったのである。うらうらと晴れて、まったく少しも風の無い春の日に、それでも、桜の花が花自身の重さに堪えかねるのか、おのずから、ざっとこぼれるように散って、小さい花吹雪を現出させる事がある。机上のコップに投入れて置いた薔薇の大輪が、深夜、くだけるように、ばらりと落ち散る事がある。風のせいではない。おのずから、散るのである。天地の溜息と共に散るのである。空を飛ぶ神の白絹の御衣のお裾《すそ》に触れて散るのである。私は三井君を、神のよほどの寵児《ちょうじ》だったのではなかろうかと思った。私のような者には、とても理解できぬくらいに貴い品性を持っていた人ではなかったろうかと思った。人間の最高の栄冠は、美しい臨終以外のものではないと思った。小説の上手、下手など、まるで問題にも何もなるものではないと思った。

もうひとり、やはり私の年少の友人、三田循司君は昨年の五月、ずば抜けて美しく玉砕した。三田君の場合は散華という言葉も尚《なお》色あせて感ぜられる。北方の一孤島に於いて見事に玉砕し護国の神となられた。

三田君が、はじめて私のところへやって来たのは、昭和十五年の晩秋では、なかったろうか。夜、戸石君と二人で、三鷹の陋屋《ろうおく》に訪ねて来たのが、最初であったような気がする。戸石君に聞き合せると、更にはっきりするのであるが、戸石君も既に立派な兵隊さんになっていて、こないだも、

「三田さんの事は野営地で知り、何とも言えない気持でした、桔梗《ききょう》と女郎花《おみなえし》の一面に咲いている原で、一しお淋しく思いました。あまり三田さんらしい死に方なので。自分も、いま暫くで、三田さんの親友として恥かしからぬ働きをしてお目にかける事が出来るつもりでありますが」

というようなお便りを私に寄こしている状態なので、いますぐ問い合せるわけにもゆかない。

私のところへ、はじめてやって来た頃は、ふたり共、東京帝大の国文科の学生であった。三田君は岩

手県花巻町の生れで、戸石君は仙台、そうして共に第二高等学校の出身者であった。四年も昔の事であるから、記憶は、はっきりしないのだが、晩秋の（ひょっとしたら、初冬であったかも知れぬ）一夜、ふたり揃って三鷹の陋屋に訪ねて来て、戸石君は絣《かすり》の着物にセルの袴《はかま》、三田君は学生服で、そうして私たちは卓をかこんで、戸石君は床の間をうしろにして坐り、三田君は私の左側に坐ったように覚えている。

その夜の話題は何であったか。ロマンチシズム、新体制、そんな事を戸石君は無邪気に質問したのではなかったかしら。その夜は、おもに私と戸石君と二人で話し合ったような形になって、三田君は傍で、微笑《ほほえ》んで聞いていたが、時々かすかに首肯《うなず》き、その首肯き方が、私の話のたいへん大事な個所だけを敏感にとらえているようだったので、私は戸石君の方を向いて話をしながら、左側の三田君によけい注意を払っていた。どちらが、いいというわけではない。人間には、そのような二つの型があるようだ。二人づれで私のところにやって来ると、ひとりは、もっぱら華やかに愚問を連発して私にからかわれても恐悦の態《てい》で、そうして私の答弁は上の空で聞き流し、ただひたすら一座を気まずくしないように努力して、それから、もうひとりは、少し暗いところに坐って黙って私の言葉に耳を澄ましている。愚問を連発する、とは言っても、その人が愚かしい人だから愚問を連発するというわけではない。その人だって、自分の問いが、たいへん月並みで、ぶざまだという事は百も承知である。質問というものは、たいてい愚問にきまっているものだし、また、先輩の家へ押しかけて行って、先輩を狼狽《ろうばい》赤面させるような賢明な鋭い質問をしてやろうと意気込んでいる奴は、それこそ本当の馬鹿か、気違いである。気障《きざ》ったらしくて、見て居られないものである。

愚問を発する人は、その一座の犠牲になるのを覚悟して、ぶざまの愚問を発し、恐悦がったりして見せているのである。尊い犠牲心の発露なのである。二人づれで来ると、たいていひとりは、みずからすんで一座の犠牲になるようだ。そうしてその犠牲者は、妙なもので、必ず上座に坐っている。それから、これもきまったように、美男子である。そうして、きっと、おしゃれである。扇子を袴のうしろに差して来る人もある。まさか、戸石君は、扇子を袴のうしろに差して来たりなんかはしなかったけれども、陽気な美男子だった事は、やはり例に洩《も》れなかった。戸石君はいつか、しみじみ私に向って、述懐した事がある。

「顔が綺麗だって事は、一つの不幸ですね」

私は噴き出した。とんでもない人だと思った。戸石君は剣道三段で、そうして身の丈六尺に近い人である。私は、戸石君の大きすぎる図体に、ひそかに同情していたのである。兵隊へ行っても、合う服が無かったり、いろいろ目立って、からかわれ、人一倍の苦労をするのではあるまいかと心配していたのであったが、戸石君からのお便りによると、

「隊には小生よりも背の大きな兵隊が二三人居ります。しかしながら、スマートというものは八寸五分迄《まで》に限るという事を発見いたしました」

ということで、ご自分が、その八寸五分のスマートに他ならぬと固く信じて疑わぬ有様で、まことに春風駘蕩《たいとう》とでも申すべきであって、

「僕の顔にだって、欠点はあるんですよ。誰も気がついていないかも知れませんけど」とさえ言った事などもあり、とに角《かく》一座を賑やかに笑わせてくれたものである。

戸石君は、果して心の底から自惚《うぬぼ》れているのかどうか、それはわからない。少しも自惚れてはいないのだけれども、一座を華やかにする為に、犠牲心を発揮して、道化役を演じてくれたのかも知れない。東北人のユウモアは、とかくトンチンカンである。

そのように、快活で愛嬌のよい戸石君に較べると、三田君は地味であった。その頃の文科の学生は、たいてい頭髪を長くしていたものだが、三田君は、はじめから丸坊主であった。眼鏡をかけていたが、鉄縁の眼鏡であったような気がする。頭が大きく、額が出張って、眼の光りも強くて、俗にいう「哲学者のような」風貌であった。自分からすすんで、あまり、ものを言わなかったけれども、人の言ったことを理解するのは素早かった。戸石君と二人でやって来る事もあったし、また、雨にびっしょり濡れてひとりでやって来た事もあった。また、他の二高出身の帝大生と一緒にやって来た事もあった。三鷹駅前のおでん屋、すし屋などで、実にしばしば酒を飲んだ。三田君は、酒を飲んでもおとなしかった。酒の席でも、戸石君が一ばん派手に騒いでいた。

けれども、戸石君にとっては、三田君は少々苦手であったらしい。三田君は、戸石君と二人きりになると、吶々《とつとつ》たる口調で、戸石君の精神の弛緩を指摘し、も少し真剣にやろうじゃないか、と攻めるのだそうで、剣道三段の戸石君も大いに閉口して、私にその事を訴えた。

「三田さんは、あんなに真面目な人ですからね、僕は、かなわないんですよ。三田さんの言う事は、いちいちもっともだと思うし、僕は、どうしたらいいのか、わからなくなってしまうのですよ」

六尺ちかい偉丈夫も、ほとんど泣かんばかりである。理由はどうあろうとも、旗色の悪いほうに味方せずんばやまぬ性癖を私は持っている。私は或る日、三田君に向ってこう言った。

「人間は真面目でなければいけないが、然《しか》し、にやにや笑っているからといってその人を不真面目ときめてしまうのも間違いだ」

敏感な三田君は、すべてを察したようであった。それから、あまり、私のところへ来なくなった。

そのうちに三田君は、からだ工合《ぐあ》いを悪くして入院したようである。

「とても、苦しい。何か激励の言葉を送ってよこして下さい」というような意味の葉書を、再三、私は受け取った。

けれども私は、「激励の言葉を」などと真正面から要求せられると、てれて、しどろもどろになるたちなので、その時にも、「立派な言葉」を一つも送る事が出来ず、頗《すこ》ぶる微温的な返辞ばかり書いて出していた。

からだが丈夫になってから、三田君は、三田君の下宿のちかくの、山岸さんのお宅へ行って、熱心に詩の勉強をはじめた様子であった。山岸さんは、私たちの先輩の篤実《とくじつ》な文学者であり、三田君だけでなく、他の四、五人の学生の小説や詩の勉強を、誠意を以《もっ》て指導して居られたようである。山岸さんに教えられてやがて立派な詩集を出し、世の達識の士の推頌《すいしょう》を得ている若い詩人が既に二、三人あるようだ。

「三田君は、どうです」とその頃、私は山岸さんに尋ねた事がある。

山岸さんは、ちょっと考えてから、こう言った。

「いいほうだ。いちばんいいかも知れない」

私は、へえ？　と思った。そうして、赤面した。私には、三田君を見る眼が無かったのだと思った。私は俗人だから、詩の世界がよくわからんのだ、と間のわるい思いをした。三田君が、私から離れて山岸さんのところへ行ったのは、三田君のためにも、とてもいい事だったと思った。

三田君は、私のところに来ていた時分にも、その作品を私に二つ三つ見せてくれた事があったのだけれども、私はそんなに感心しなかったのだ。戸石君は大いに感激して、

「こんどの三田さんの詩は、傑作ですよ。どうか、一つ、ゆっくり読んでみて下さい」

と、まるで自分が傑作を書いたみたいに騒ぐのであるが、私には、それほどの傑作とも思えなかった。決して下品な詩ではなかった。いやしい匂いは、少しも無かった。けれども私には、不満だった。

私は、ほめなかった。

しかし、私には、詩というものがわからないのかも知れない。山岸さんの「いいほうだ」という判定を聞いて、私は、三田君のその後の詩を一度読んでみたいと思った。三田君も山岸さんに教えられて、或《ある》いはぐんぐん上達したのかも知れないと思った。

けれども、私がまだ三田君のその新しい作品に接しないうちに、三田君は大学を卒業してすぐに出征してしまったのである。

いま私の手許に、出征後の三田君からのお便りが、四通ある。もう、二、三通もらったような気がするのだけれども、私は、ひとからもらった手紙を保存して置かない習慣なので、この四通が机の引き出しの中から出て来たのさえ不思議なくらいで、あとの二、三通は永遠に失われたものと、あきらめなければなるまい。


太宰さん、御元気ですか。

何も考え浮びません。
無心に流れて、
そうして、
軍人第一年生。
当分、
「詩」は、
頭の中に、
うごきませんようです。
東京の空は？

というのが、四通の中の、最初のお便りのようである、このころ、三田君はまだ、原隊に在って訓練を受けていた様子である。これは、たどたどしい、甘えているようなお便りである。正直無類のやわらかな心情が、あんまり、あらわに出ているので、私は、はらはらした。山岸さんから「いちばんいい」という折紙をつけられている人ではないか。も少しどうにかならんかなあ、と不満であった。私は、年少の友に対して、年齢の事などちっとも斟酌《しんしゃく》せずに交際して来た。年少の故に、その友人を、いたわるとか、可愛がるとかいう事は私には出来なかった。可愛がる余裕など、私には無かった。私は、年少、年長の区別なく、ことごとくの友人を尊敬したかった。尊敬の念を以て交際したかった。だから私は、年少の友人に対しても、手加減せずに何かと不満を言ったものだ。野暮な田舎者の狭量かも知れない。

私は三田君の、そのような、うぶなお便りを愛する事が出来なかった。それから、しばらくしてまた一通。これも原隊からのお便りである。

拝啓。
随分ながい間ごぶさた致しました。
御からだいかがですか。
全くといっていいほど、
何も持っていません。
泣きたくなるようでもあるし、
しかし、
信じて頑張っています。

前便にくらべると、苦しみが沈潜して、何か充実している感じである。私は、三田君に声援を送った。けれども、まだまだ三田君を第一等の日本男児だとは思っていなかった。まもなく、函館から一通、お便りをいただいた。

太宰さん、御元気ですか。
私は元気です。

もっともっと、
頑張らなければなりません。
御身体、大切に、
御奮闘祈ります。
あとは、ブランク。

こうして書き写していると、さすがに、おのずから溜息が出て来る。可憐なお便りである。もっともっと、頑張らなければなりません、という言葉が、三田君ご自身に就いて言っているのであろうが、また、私の事を言っているようにも感ぜられて、こそばゆい。あとはブランク、とご自身で書いているのである。御元気ですか、私は元気です、という事のほかには、なんにも言いたい事が無かったのであろう。純粋な衝動が無ければ、一行の文章も書けない所謂《いわゆる》「詩人気質」が、はっきり出ている。

けれども、私は以上の三通のお便りを紹介したくて、この「散華」という小説に取りかかったのでは決してない。はじめから、私の意図は、たった一つしか無かった。私は、最後の一通を受け取った時の感動を書きたかったのである。

それは、北海派遣××部隊から発せられたお便りであって、受け取った時には、私はその××部隊こそ、アッツ島守備の尊い部隊だという事などは知る由も無いし、また、たといアッツ島とは知っていても、その後の玉砕を予感できるわけは無いのであるから、私は、その××部隊の名に接しても格別、おどろきはしなかった。私は、三田君の葉書の文章に感動したのだ。

御元気ですか。
遠い空から御伺いします。
無事、任地に着きました。
大いなる文学のために、
死んで下さい。
自分も死にます、
この戦争のために。

死んで下さい、というその三田君の一言が、私には、なんとも尊く、ありがたく、うれしくて、たまらなかったのだ。これこそは、日本一の男児でなければ言えない言葉だと思った。

「三田君は、やっぱりいいやつだねえ。実に、いいところがある」と私は、その頃、山岸さんにからりとした気持で言った事がある。いまは心の底から、山岸さんに私の不明を謝したい気持であった。思いを新たにして、山岸さんと握手したい気持だった。

私には詩がわからぬ、とは言っても、私だって真実の文章を捜して朝夕を送っている男である。まるっきりの文盲とは、わけが違う。少しは、わかるつもりでいるのだ。山岸さんに「いいほうだ。いちばんいいかも知れない」と言われた時にも、私は自分の不明を恥かしく思う一方、なお胸の奥底で、「そうかなあ」と頑固に渋って、首をひねっていたところも無いわけではなかったのである。私には、どうも田吾作の剛情な一面があるらしく、目前に明白の証拠を展開してくれぬうちは、人を信用しない傾向がある。キリストの復活を最後まで信じなかったトマスみたいなところがある。いけないことだ。「我はその手に釘の痕《あと》を見、わが指を釘の痕にさし入れ、わが手をその腋《わき》に差入るるにあらずば信ぜじ」などという剛情は、まったく、手がつけられない。

私にも、人のよい、たわいない一面があって、まさか、トマスほどの徹底した頑固者でもないようだけれども、でも、うっかりすると、としとってから妙な因業爺《いんごうじじい》になりかねない素質は少しあるらしいのである。私は、山岸さんの判定を素直に全部信じる事が出来なかったのである。「どうかなあ」という疑懼《ぎく》が、心の隅に残っていた。

けれども、あの「死んで下さい」というお便りに接して、胸の障子が一斉にからりと取り払われ、一陣の涼風が颯《さ》っと吹き抜ける感じがした。

うれしかった。よく言ってくれたと思った。大出来の言葉だと思った。戦地へ行っているたくさんの友人たちから、いろいろと、もったいないお便りをいただくが、私に「死んで下さい」とためらわず自然に言ってくれたのは、三田君ひとりである。なかなか言えない言葉である。こんなに自然な調子で、それを言えるとは、三田君もついに一流の詩人の資格を得たと思った。私は、詩人というものを尊敬している。純粋の詩人とは、人間以上のもので、たしかに天使であると信じている。だから私は、世の中の詩人たちに対して期待も大きく、そうして、たいてい失望している。天使でもないのに、詩人と自称して気取っているへんな人物が多いのである。けれども、三田君は、そうではない。たしかに、山岸さんの言うように「いちばんいい」詩人のひとりであると私は信じた。三田君に、このような美しい便りを書かせたものは、なんであったか。それを、はっきり知ったのは、よほど後の事である。とにかく私は、山岸さんの説に、心から承服出来たという事が、うれしくて、たまらなかった。
「三田君は、いい。たしかに、いい」と私は山岸さんに言い、それは私ひとりだけが知っている、ささやかな和解の申込みであったのだが。けれども、この世に於いて、和解にまさるよろこびは、そんなにたくさんは無い筈だ。私は、山岸さんと同様に、三田君を「いちばんよい」と信じ、今後の三田君の詩業に大いなる期待を抱いたのであるが、三田君の作品は、まったく別の形で、立派に完成せられた。アッツ島に於ける玉砕である。

御元気ですか。
遠い空からお伺いします。
無事、任地に着きました。
大いなる文学のために、
死んで下さい。
自分も死にます、
この戦争のために。

ふたたび、ここに三田君のお便りを書き写してみる。任地に第一歩を印した時から、すでに死ぬる覚悟をして居られたらしい。自己のために死ぬのではない。崇高な献身の覚悟である。そのような厳粛な決意を持っている人は、ややこしい理窟《りくつ》などは言わぬものだ。激した言い方などはしないものだ。つねに、このように明るく、単純な言い方をするものだ。そうして底に、ただならぬ厳正の決意を感じさせる文章を書くものだ。繰り返し繰り返し読んでいるうちに、私にはこの三田君の短いお便りが、実に最高の詩のような気さえして来たのである。アッツ玉砕の報を聞かずとも、私はこのお便りだけで、この年少の友人を心から尊敬する事が出来たのである。純粋の献身を、人の世の最も美しいものとしてあこがれ努力している事に於いては、兵士も、また詩人も、あるいは私のような巷の作家も、違ったところは無いのである。

昨年の五月の末に、私はアッツ島の玉砕をラジオで聞いたが、まさか、三田君が、その玉砕の神の一柱であろうなどとは思い設けなかった。三田君が、どこで戦っているのか、それさえ私たちには、わかっていなかったのである。

あれは、八月の末であったか、アッツ玉砕の二千有余柱の神々のお名が新聞に出ていて、私はその列記せられてあるお名前を順々に、ひどくていねいに見て行って、やがて、三田循司という姓名を見つけた。決して、三田君の名前を捜していたわけではなかった。なぜだか、ただ、私は新聞のその面を、ひどくていねいに見ていたのである。そうして、三田循司という名前を見つけて、はっと思ったが、同時にまた、非常に自然の事のようにも思われた。はじめから、この姓名を捜していたのだというような気さえして来た。家の者に知らせたら、家の者は顔色を変えて驚愕していたが、私には、「やっぱり、そうか」という首肯の気持のほうが強かった。

けれども、さすがにその日は、落ちつかなかった。私は山岸さんに葉書を出した。「三田君がアッツ玉砕の神の一柱であった事を、ただいま新聞で知りました。三田君を偲《しの》ぶ為に何かよい御計画でもありましたならば、お知らせ下さい」というような意味の事を書いて出したように記憶している。

二、三日して、山岸さんから御返事が来た。山岸さんも、三田君のアッツ玉砕は、あの日の新聞ではじめて知った様子で、自分は三田君の遺稿を整理して出版する計画を持っているが、それに就いて後日いろいろ相談したい、という意味の御返事であった。遺稿集の題は、「北極星」としたい気持です、小生は三田と或る夜語り合った北極星の事に就いて何か書きたい気持です、ともそのお葉書にしたためられてあった。

それから間もなく、山岸さんは、眼の大きな背の高い青年を連れて、三鷹の陋屋にやって来た。「三田の弟さんだ」山岸さんに紹介せられて、私たちは挨拶を交した。

やはり似ている。気弱そうな微笑が、兄さんにそっくりだと思った。

私は弟さんからお土産をいただいた。桐の駒下駄《こまげた》と、林檎を一籠いただいた。山岸さんは註釈を加えて、

「僕のうちでも、林檎と駒下駄をもらった。林檎はまだ少しすっぱいようだから、二、三日置いてたべるといいかも知れない。駒下駄は、僕と君とお揃いのを、一足ずつ。気持のいいお土産だろう?」

弟さんは遺稿集に就いての相談もあり、また、兄さんの事を一夜、私たちと共に語り合いたい気持もあって、その前日、花巻から上京して来たのだという。

私の家で、三人、遺稿集の事に就いて相談した。

「詩を全部、載せますか」と私は山岸さんに尋ねた。

「まあ、そんな事になるだろうな」

「初期のは、あんまりよくなかったようですが」と私は、まだ少し、こだわっていた。例の田吾作の剛情である。因業爺の卵である。

「そんな事を言ったって」と、山岸さんは苦笑して、それから、すぐに賢明に察したらしく、「こりゃどうも、太宰のさきには死なれないね。どんな事を言われるか、わかりゃしない」

私は、開巻第一頁に、三田君のあのお便りを、大きい活字で組んで載せてもらいたかったのである。あとの詩は、小さい活字だって、かまわない。それほど私は、あのお便りの言々句々が好きなのである。

御元気ですか。
遠い空から御伺いします。
無事、任地に着きました。
大いなる文学のために、
死んで下さい。
自分も死にます、
この戦争のために。

東京だより

東京は、いま、働く少女で一ぱいです。朝夕、工場の行き帰り、少女たちは二列縦隊に並んで産業戦士の歌を合唱しながら東京の街を行進します。ほとんどもう、男の子と同じ服装をしています。でも、下駄の鼻緒《はなお》が赤くて、その一点にだけ、女の子の匂いを残しています。どの子もみんな、同じ様な顔をしています。年の頃さえ、はっきり見当がつきません。全部をおかみに捧げ切ると、人間は、顔の特徴も年恰好《としかっこう》も綺麗に失ってしまうものかも知れません。東京の街を行進している時だけでなく、この女の子たちの作業中あるいは執務中の姿を見ると、なお一層、ひとりひとりの特徴を失い、所謂《いわゆる》「個人事情」も何も忘れて、お国のために精出しているのが、よくわかるような気がします。

つい先日、私の友人の画かきさんが、徴用されて或《あ》る工場に勤める事になり、私はその画かきさんに用事があったので、最近三度ばかり、その工場にたずねて行きました。用事というのは、こんど出版される筈《はず》の私の小説集の表紙の画をかいてもらう事でしたが、実は、私はこの画かきさんの画を、常々とても馬鹿にしていて、その前にも、この画かきさんが、私の小説集の表紙の画をかいてみたいと幾度も私に申出た事があったのに、私は、お前なんかに表紙の画をかかせたら、それでなくても評判の悪い私の本は、一層評判が悪くなって、ちっとも売れなくなるにきまっているから、まあ、ごめんだ、と言って、はっきりお断りして来ていたのでした。実際、そのひとの画は、下手くそでした。けれども、こんど工場へはいり、いまこそ小説集の表紙の画を、あらたな思いで書いてみたい、というひどく神妙な申出に接して、私は、すぐに彼の勤めている工場へ画をかいてくれ、と頼みに出かけたのです。画が下手だってかまわない。私の小説集の評判が悪くなったってかまわない。そんな事はどうだっていい。私なんかのつまらぬ小説集の表紙の画をかく事に依って、彼の徴用工としての意気が更にあがるというならば、こんなに有難い事は無い。私は彼の可憐なお便りを受取って、すぐに彼の勤め先の工場に出かけた。彼は大喜びで私を迎えてくれて、表紙の画に就《つ》いての彼の腹案をさまざま私に語って聞かせた。どれも、これも結構でなかった。実に、陳腐な、甘ったるいもので、私はあっけにとられたが、しかし、いまの此《こ》の場合、画のうまいまずいは問題でない。私のこんどの小説集は、彼の画のために、だめになってしまうかも知れないが、でも、そんな事なんか、全くどうだっていいのだ。男子意気に感ぜざればとかいう言葉があったではないか。彼は、そのつまらぬ腹案を私に情熱を以《もっ》て語って聞かせ、またその次には、さらにつまらぬ下書の画を私に見せ、そのために私は彼からしばしば呼出しを受けて、彼の工場に行かなければならなくなったのです。

工場の門をくぐって、守衛に、彼から来た葉書を示し、事務所へはいると、そこに十人ばかりの女の子が、ひっそり事務を執っています。私は、その女の子のひとりに、来意を告げ、彼の宿直の部屋に電話をかけてもらいます。彼は工場の中の一室に寝起きしているのであって、彼の休憩の時間は彼の葉書に依ってちゃんと知らされていますから、私はその彼の休み時間に、ちょっと訪問するというわけなのであります。彼が事務所にやってくるまで、私は事務所の片隅の小さい椅子に腰かけて、ぼんやり待っているのですが、実はそんなにぼんやりしているのでもなかったのです。私は、目の前で執務している十人ばかりの女の子を、ひそかに観察していたのです。みんなもう、見事なくらい、平然と私を黙殺しています。女の子から黙殺されるのは、私も幼少の頃から馴れていますので、かくべつ驚きもしませんが、でもこの黙殺の仕方は、少しも高慢の影は無く、ひとりひとり違った心の表情も認められず、一様にうつむいてせっせと事務を執っているだけで、来客の出入にもその静かな雰囲気は何の変化も示さず、ただ算盤《そろばん》の音と帳簿を繰る音が爽やかに聞こえて、たいへん気持のいい眺めなのでした。どの子の顔にも、これという異なった印象は無く、羽根の色の同じな蝶々がひっそり並んで花の枝にとまっているような感じなのですが、でも、ひとり、どういうわけか、忘れられない印象の子がいたのです。これは、働く少女たちの間では、実に稀な現象です。働く少女たちには、ひとりひとりの特徴なんか少しも無い、と前にも申し上げましたが、その工場の事務所にひとり、どうしても他の少女と全く違う感じのひとがいたのです。顔も別に変っていません。やや面長の、浅黒い顔です。服装も変っていません。みんなと同じ黒い事務服です。髪の形も変っていません。どこも、何も、変っていません。それでいて、その人は、たとえば黒いあげは蝶の中に緑の蝶がまじっているみたいに、あざやかに他の人と違って美しいのです。そうです。美しいのです。何のお化粧もしていません。それでも、ひとり、まるで違って美しいのです。私は、不思議でなりませんでした。白状すると、私は、事務所であの画かきさんを待っているあいだ、その不思議な少女の顔ばかり見ていました。これは、先祖の血だ、と私はもっともらしく断定を下して、落ちつく事にしました。その父か母に昔から幾代か続いた高貴の血があって、それゆえ、この人の何の特徴もない姿からでもこんな不思議な匂いが発するのだ。実に父祖の血は人間にとって重大なものだ、などと溜息をついて、ひとりで興奮していたのですが、それは、違いました。私のそんな独り合点《がてん》は、見事にはずれていました。そのひとの際立《きわだ》った不思議な美しさの原因は、もっと厳粛な、崇高といっていいほどのせっぱつまった現実の中にあったのです。或る夕方、私は、三度目の工場訪問を終えて工場の正門から出た時、ふと背後に少女たちの合唱を聞き、振りむいて見ると、きょうの作業を終えた少女たちが二列縦隊を作って、産業戦士の歌を高く合唱しながら、工場の中庭から出て来るところでした。私は立ちどまって、その元気な一隊を見送りました。そうして私は、愕然としました。あの事務所の少女が、みなからひとりおくれて、松葉杖をついて歩いて来るのです。見ているうちに、私の眼が熱くなって来ました。美しい筈だ、その少女は生れた時から足が悪い様子でした。右足の足首のところが、いや、私はさすがに言うに忍びない。松葉杖をついて、黙って私の前をとおって行きました。

海

東京の三鷹の家にいた頃は、毎日のように近所に爆弾が落ちて、私は死んだってかまわないが、しかしこの子の頭上に爆弾が落ちたら、この子はとうとう、海というものを一度も見ずに死んでしまうのだと思うと、つらい気がした。私は津軽平野のまんなかに生れたので、海を見ることがおそく、十歳くらいの時に、はじめて海を見たのである。そうして、その時の大興奮は、いまでも、私の最も貴重な思い出の一つになっているのである。この子にも、いちど海を見せてやりたい。

子供は女の子で五歳である。やがて、三鷹の家は爆弾でこわされたが、家の者は誰も傷を負わなかった。私たちは妻の里の甲府市へ移った。しかし、まもなく甲府市も敵機に襲われ、私たちのいる家は全焼した。しかも、戦いは尚《なお》つづく。いよいよ、私の生れた土地へ妻子を連れて行くより他は無い。そこが最後の死場所である。私たちは甲府から、津軽の生家に向って出発した。三昼夜かかって、やっと秋田県の東能代《ひがしのしろ》までたどりつき、そこから五能線に乗り換えて、少しほっとした。

「海は、海の見えるのは、どちら側です。」

私はまず車掌に尋ねる。この線は海岸のすぐ近くを通っているのである。私たちは、海の見える側に坐った。

「海が見えるよ。もうすぐ見えるよ。浦島太郎さんの海が見えるよ。」

私ひとり、何かと騒いでいる。

「ほら！　海だ。ごらん、海だよ、ああ、海だ。ね、大きいだろう、ね、海だよ。」

とうとうこの子にも、海を見せてやる事が出来たのである。

「川だわねえ、お母さん。」と子供は平気である。

「川？」私は愕然とした。

「ああ、川。」妻は半分眠りながら答える。

「川じゃないよ。海だよ。てんで、まるで、違うじゃないか！　川だなんて、ひどいじゃないか。」

実につまらない思いで、私ひとり、黄昏《たそがれ》の海を眺める。

トカトントン

拝啓。

一つだけ教えて下さい。困っているのです。

私はことし二十六歳です。生れたところは、青森市の寺町です。たぶんご存じないでしょうが、寺町の清華寺の隣りに、トモヤという小さい花屋がありました。わたしはそのトモヤの次男として生れたのです。青森の中学校を出て、それから横浜の或《あ》る軍需工場の事務員になって、三年勤め、それから軍隊で四年間暮し、無条件降伏と同時に、生れた土地へ帰って来ましたが、既に家は焼かれ、父と兄と嫂《あによめ》と三人、その焼跡にあわれな小屋を建てて暮していました。母は、私の中学四年の時に死んだのです。

さすがに私は、その焼跡の小さい住宅にもぐり込むのは、父にも兄夫婦にも気の毒で、父や兄とも相談の上、このAという青森市から二里ほど離れた海岸の部落の三等郵便局に勤める事になったのです。この郵便局は、死んだ母の実家で、局長さんは母の兄に当っているのです。ここに勤めてから、もうかれこれ一箇年以上になりますが、日ましに自分がくだらないものになって行くような気がして、実に困っているのです。

私があなたの小説を読みはじめたのは、横浜の軍需工場で事務員をしていた時でした。「文体」という雑誌に載っていたあなたの短い小説を読んでから、それから、あなたの作品を捜して読む癖がついて、いろいろ読んでいるうちに、あなたが私の中学校の先輩であり、またあなたは中学時代に青森の寺町の豊田さんのお宅にいらしたのだという事を知り、胸のつぶれる思いをしました。呉服屋の豊田さんなら、私の家と同じ町内でしたから、私はよく知っているのです。先代の太左衛門さんは、ふとっていらっしゃいましたから、太左衛門というお名前もよく似合っていましたが、当代の太左衛門さんは、痩やせてそうしてイキでいらっしゃるから、羽左衛門さんとでもお呼びしたいようでした。でも、皆さんがいいお方のようですね。こんどの空襲で豊田さんも全焼し、それに土蔵まで焼け落ちたようで、お気の毒です。私はあなたが、あの豊田さんのお家にいらした事があるのだという事を知り、よっぽど当代の太左衛門さんにお願いして紹介状を書いていただき、あなたをおたずねしようかと思いましたが、小心者ですから、ただそれを空想してみるばかりで、実行の勇気はありませんでした。

そのうちに私は兵隊になって、千葉県の海岸の防備にまわされ、終戦までただもう毎日々々、穴掘りばかりやらされていましたが、それでもたまに半日でも休暇があると町へ出て、あなたの作品を捜して読みました。そうして、あなたに手紙を差上げたくて、ペンを執ってみた事が何度あったか知れません。けれども、拝啓、と書いて、それから、何と書いていいのやら、別段用事は無いのだし、それに私はあなたにとってはまるで赤の他人なのだし、ペンを持ったままひとりで当惑するばかりなのです。やがて、日本は無条件降伏という事になり、私も故郷にかえり、Aの郵便局に勤めましたが、こないだ青森へ行ったついでに、青森の本屋をのぞき、あなたの作品を捜して、そうしてあなたも罹災《りさい》して生れた土地の金木町に来ているという事を、あなたの作品に依って知り、再び胸のつぶれる思いが致しました。それでも私は、あなたの御生家に突然たずねて行く勇気は無く、いろいろ考えた末、とにかく手紙を、書きしたためる事にしたのです。こんどは私も、拝啓、と書いただけで途方にくれるような事はないのです。なぜなら、これは用事の手紙ですから。しかも火急の用事です。

教えていただきたい事があるのです。本当に、困っているのです。しかもこれは、私ひとりの問題でなく、他にもこれと似たような思いで悩んでいるひとがあるような気がしますから、私たちのために教えて下さい。横浜の工場にいた時も、また軍隊にいた時も、あなたに手紙を出したいと思い続け、いまやっとあなたに手紙を差上げる、その最初の手紙が、このようなよろこびの少い内容のものになろうとは、まったく、思いも寄らない事でありました。

昭和二十年八月十五日正午に、私たちは兵舎の前の広場に整列させられて、そうして陛下みずからの御放送だという、ほとんど雑音に消されて何一つ聞きとれなかったラジオを聞かされ、そうして、それから、若い中尉がつかつかと壇上に駈けあがって、

「聞いたか。わかったか。日本はポツダム宣言を受諾し、降参をしたのだ。解散。」

そう言って、その若い中尉は壇から降りて眼鏡をはずし、歩きながらぽたぽた涙を落しました。私はつっ立ったまま、あたりがもやもやと暗くなり、どこからともなく、つめたい風が吹いて来て、そうして私のからだが自然に地の底へ沈んで行くように感じました。

死のうと思いました。死ぬのが本当だ、と思いました。前方の森がいやにひっそりして、漆黒に見えて、そのてっぺんから一むれの小鳥が一つまみの胡麻粒《ごまつぶ》を空中に投げたように、音もなく飛び立ちました。

ああ、その時です。背後の兵舎のほうから、誰やら金槌で釘を打つ音が、幽《かす》かに、トカトントンと聞えました。それを聞いたとたんに眼から鱗が落ちるとはあんな時の感じを言うのでしょうか、悲壮も厳粛も一瞬のうちに消え、私は憑《つ》きものから離れたように、きょろりとなり、なんともどうにも白々しい気持で、夏の真昼の砂原を眺め見渡し、私には如何なる感慨も、何も一つも有りませんでした。

そうして私は、リュックサックにたくさんのものをつめ込んで、ぼんやり故郷に帰還しました。

あの、遠くから聞えて来た幽かな、金槌の音が、不思議なくらい綺麗に私からミリタリズムの幻影を

剥ぎとってくれて、もう再び、あの悲壮らしい厳粛らしい悪夢に酔わされるなんて事は絶対に無くなったようですが、しかしその小さい音は、私の脳髄の金的《きんてき》を射貫いてしまったものか、それ以後げんざいまで続いて、私は実に異様な、いまわしい癲癇《てんかん》持ちみたいな男になりました。

と言っても決して、兇暴《きょうぼう》な発作などを起すというわけではありません。その反対です。何か物事に感激し、奮い立とうとすると、どこからとも無く、幽かに、トカトントンとあの金槌の音が聞えて来て、とたんに私はきょろりとなり、眼前の風景がまるでもう一変してしまって、映写がふっと中絶してあとにはただ純白のスクリンだけが残り、それをまじまじと眺めているような、何ともはかない、ばからしい気持になるのです。

さいしょ、私は、この郵便局に来て、さあこれからは、何でも自由に好きな勉強ができるのだ、まず一つ小説でも書いて、そうしてあなたのところへ送って読んでいただこうと思い、郵便局の仕事のひまひまに、軍隊生活の追憶を書いてみたのですが、大いに努力して百枚ちかく書きすすめて、いよいよ今明日のうちに完成だという秋の夕暮、局の仕事もすんで、銭湯へ行き、お湯にあたたまりながら、今夜これから最後の章を書くにあたり、オネーギンの終章のような、あんなふうの華やかな悲しみの結び方にしようか、それともゴーゴリの「喧嘩噺《けんかばなし》」式の絶望の終局にしようか、などひどい興奮でわくわくしながら、銭湯の高い天井からぶらさがっている裸電球の光を見上げた時、トカトントン、と遠くからあの金槌の音が聞えたのです。とたんに、さっと浪がひいて、私はただ薄暗い湯槽《ゆぶね》の隅で、じゃぼじゃぼお湯を掻きまわして動いている一個の裸形の男に過ぎなくなりました。

まことにつまらない思いで、湯槽から這い上って、足の裏の垢など、落して銭湯の他の客たちの配給の話などに耳を傾けていました。プウシキンもゴーゴリも、それはまるで外国製の歯ブラシの名前みたいな、味気ないものに思われました。銭湯を出て、橋を渡り、家へ帰って黙々とめしを食い、それから自分の部屋に引き上げて、机の上の百枚ちかくの原稿をぱらぱらとめくって見て、あまりのばかばかしさに呆《あき》れ、うんざりして、破る気力も無く、それ以後の毎日の鼻紙に致しました。それ以来、私はきょうまで、小説らしいものは一行も書きません。伯父のところに、わずかながら蔵書がありますので、時たま明治大正の傑作小説集など借りて読み、感心したり、感心しなかったり、甚だふまじめな態度で吹雪の夜は早寝という事になり、まったく「精神的」でない生活をして、そのうちに、世界美術全集などを見て、以前あんなに好きだったフランスの印象派の画には、さほど感心せず、このたびは日本の元禄時代の尾形光琳《こうりん》と尾形乾山《けんざん》と二人の仕事に一ばん眼をみはりました。光琳の躑躅《つつじ》などは、セザンヌ、モネー、ゴーギャン、誰の画よりも、すぐれていると思われました。こうしてまた、だんだん私の所謂《いわゆる》精神生活が、息を吹きかえして来たようで、けれどもさすがに自分が光琳、乾山のような名家になろうなどという大それた野心を起す事はなく、まあ片田舎のディレッタント、そうして自分に出来る精一ぱいの仕事は、朝から晩まで郵便局の窓口に坐って、他人の紙幣をかぞえている事、せいぜいそれくらいのところだが、私のような無能無学の人間には、そんな生活だって、あながち堕落の生活ではあるまい。謙譲の王冠というものも、有るかも知れぬ。平凡な日々の業務に精励するという事こそ最も高尚な精神生活かも知れない、などと少しずつ自分の日々の暮しにプライドを持ちはじめて、その頃ちょうど円貨の切り換えがあり、こんな片田舎の三等郵便局でも、いやいや、小さい郵便局ほど人手不足でかえって、てんてこ舞いのいそがしさだったようで、あの頃は私たちは毎日早朝から預金の申告受附けだの、旧円の証紙張りだの、へとへとになっても休む事が出来ず、殊にも私は、伯父の居候の身分ですから御恩返しはこの時とばかりに、両手がまるで鉄の手袋でもはめているように重くて、少しも自分の手の感じがしなくなったほどに働きました。

そんなに働いて、死んだように眠って、そうして翌《あく》る朝は枕元の眼ざまし時計の鳴ると同時にはね起き、すぐ局へ出て大掃除をはじめます。掃除などは、女の局員がする事になっていたのですが、その円貨切り換えの大騒ぎがはじまって以来、私の働き振りに異様なハズミがついて、何でもかでも滅茶苦茶に働きたくなって、きのうよりは今日、きょうよりは明日と物凄い加速度を以《もっ》て、ほとんど半狂乱みたいな獅子奮迅《ししふんじん》をつづけ、いよいよ切り換えの騒ぎも、きょうでおしまいという日に、私はやはり薄暗いうちから起きて局の掃除を大車輪でやって、全部きちんとすましてから私の受持の窓口のところに腰かけて、ちょうど朝日が私の顔にまっすぐにさして来て、私は寝不足の眼を細くして、それでも何だかひどく得意な満足の気持で、労働は神聖なり、という言葉などを思い出し、ほっと溜息をついた時に、トカトントンとあの音が遠くから幽かに聞えたような気がして、もうそれっきり、何もかも一瞬のうちに馬鹿らしくなり、私は立って自分の部屋に行き、蒲団《ふとん》をかぶって寝てしまいました。ごはんの知らせが来ても、私は、からだ具合いが悪いから、きょうは起きない、とぶっきらぼうに言い、その日は局でも一ばんいそがしかったようで、最も優秀な働き手の私に寝込まれて実にみんな困った様子でしたが、私は終日うつらうつら眠っていました。伯父への御恩返しも、こんな私の我儘のために、かえってマイナスになったようでしたが、もはや、私には精魂こめて働く気などは少しもなく、その翌る日には、ひどく朝寝坊をして、そうしてぼんやり私の受持の窓口に坐り、あくびばかりして、たいていの仕事は、隣りの女の局員にまかせきりにしていました。そうしてその翌日も、翌々日も、私は甚だ気力の無いのろのろしていて不機嫌な、つまり普通の、あの窓口局員になりました。

「まだお前は、どこか、からだ具合いがわるいのか。」

と伯父の局長に聞かれても薄笑いして、

「どこも悪くない。神経衰弱かも知れん。」

と答えます。

「そうだ、そうだ。」と伯父は得意そうに、「俺もそうにらんでいた。お前は頭が悪いくせに、むずかしい本を読むからそうなる。俺やお前のように、頭の悪い男は、むずかしい事を考えないようにするのがいいのだ。」と言って笑い、私も苦笑しました。

この伯父は専門学校を出た筈《はず》の男ですが、さっぱりどこにもインテリらしい面影が無いんです。そうしてそれから、（私の文章には、ずいぶん、そうしてそれからが多いでしょう？　これもやはり頭の悪い男の文章の特色でしょうかしら。自分でも大いに気になるのですが、でも、つい自然に出てしまうので、泣寝入りです）そうしてそれから、私は、コイをはじめたのです。お笑いになってはいけません。いや、笑われたって、どう仕様も無いんです。金魚鉢のメダカが、鉢の底から二寸くらいの個所にうかんで、じっと静止して、そうしておのずから身ごもっているように、私も、ぼんやり暮しながら、いつとはなしに、どうやら、羞《は》ずかしい恋をはじめていたのでした。

恋をはじめると、とても音楽が身にしみて来ますね。あれがコイのヤマイの一ばんたしかな兆候だと思います。

　片恋なんです。でも私は、その女のひとを好きで好きで仕方が無いんです。そのひとは、この海岸の部落にたった一軒しかない小さい旅館の、女中さんなのです。まだ、はたち前のようです。伯父の局長は酒飲みですから、何か部落の宴会が、その旅館の奥座敷でひらかれたりするたびごとに、きっと欠かさず出かけますので、伯父とその女中さんとはお互い心易い様子で、女中さんが貯金だの保険だのの用事で郵便局の窓口の向う側にあらわれると、伯父はかならず、可笑《おか》しくもない陳腐な冗談を言ってその女中さんをからかうのです。

「このごろはお前も景気がいいと見えて、なかなか貯金にも精が出るのう。感心かんしん。いい旦那でも、ついたかな？」

「つまらない。」

　と言います。そうして、じっさい、つまらなそうな顔をして言います。ヴァン・ダイクの画の、女の顔でなく、貴公子の顔に似た顔をしています。時田花江という名前です。貯金帳にそう書いてあるんです。以前は、宮城県にいたようで、貯金帳の住所欄には、以前のその宮城県の住所も書かれていて、そうして赤線で消されて、その傍にここの新しい住所が書き込まれています。女の局員たちの噂では、なんでも、宮城県のほうで戦災に遭って、無条件降伏直前に、この部落へひょっこりやって来た女で、あの旅館のおかみさんの遠い血筋のものだとか、そうして身持ちがよろしくないようで、まだ子供のくせに、なかなかの凄腕だとかいう事でしたが、疎開して来たひとで、その土地の者たちの評判のいいひとなんて、ひとりもありません。私はそんな、凄腕などという事は少しも信じませんでしたが、しかし、花江さんの貯金も決して乏しいものではありませんでした。郵便局の局員が、こんな事を公表してはいけない事になっているのですけど、とにかく花江さんは、局長にからかわれながらも、一週間にいちどくらいは二百円か三百円の新円を貯金しに来て、総額がぐんぐん殖えているんです。まさか、いい旦那がついたから、とも思いませんが、私は花江さんの通帳に弐百円とか参百円とかのハンコを押すたんびに、なんだか胸がどきどきして顔があからむのです。

そうして次第に私は苦しくなりました。花江さんは決して凄腕なんかじゃないんだけれども、しかし、この部落の人たちはみんな花江さんをねらって、お金なんかをやって、そうして、花江さんをダメにしてしまうのではなかろうか。きっとそうだ、と思うと、ぎょっとして夜中に床からむっくり起き上った事さえありました。

けれども花江さんは、やっぱり一週間にいちどくらいの割で、平気でお金を持って来ます。いまはもう、胸がどきどきして顔が赤らむどころか、あんまり苦しくて顔が蒼くなり額に油汗のにじみ出るような気持で、花江さんの取り澄まして差出す証紙を貼った汚い十円紙幣を一枚二枚と数えながら、矢庭に全部ひき裂いてしまいたい発作に襲われた事が何度あったか知れません。そうして私は、花江さんに一こと言ってやりたかった。あの、れいの鏡花の小説に出て来る有名な、せりふ、「死んでも、ひとのおもちゃになるな！」と、キザもキザ、それに私のような野暮な田舎者には、とても言い出し得ない台詞ですが、でも私は大まじめに、その一言を言ってやりたくて仕方が無かったんです。死んでも、ひとのおもちゃになるな、物質がなんだ、金銭がなんだ、と。

思えば思われるという事は、やっぱり有るものでしょうか。あれは五月の、なかば過ぎの頃でした。花江さんは、れいの如く、澄まして局の窓口の向う側にあらわれ、どうぞと言ってお金と通帳を私に差出します。私は溜息をついてそれを受取り、悲しい気持で汚い紙幣を一枚二枚とかぞえます。そうして通帳に金額を記入して、黙って花江さんに返してやります。

「五時頃、おひまですか？」

私は、自分の耳を疑いました。春の風にたぶらかされているのではないかと思いました。それほど低く素早い言葉でした。

「おひまでしたら、橋にいらして。」

そう言って、かすかに笑い、すぐにまた澄まして花江さんは立ち去りました。

私は時計を見ました。二時すこし過ぎでした。それから五時まで、だらしない話ですが、私は何をしていたか、いまどうしても思い出す事が出来ないのです。きっと、何やら深刻な顔をして、うろうろして、突然となりの女の局員に、きょうはいいお天気だ、なんて曇っている日なのに、大声で言って、相手がおどろくと、ぎょろりと睨《にら》んでやって、立ち上って便所へ行ったり、まるで阿呆みたいになっていたのでしょう。五時、七、八分まえに私は、家を出ました。途中、自分の両手の指の爪がのびているのを発見して、それがなぜだか、実に泣きたいくらい気になったのを、いまでも覚えています。

橋のたもとに、花江さんが立っていました。スカートが短かすぎるように思われました。長いはだかの脚をちらと見て、私は眼を伏せました。

「海のほうへ行きましょう。」

花江さんは、落ちついてそう言いました。

花江さんがさきに、それから五、六歩はなれて私が、ゆっくり海のほうへ歩いて行きました。そうして、それくらい離れて歩いているのに、二人の歩調が、いつのまにか、ぴったり合ってしまって、困りました。曇天で、風が少しあって、海岸には砂ほこりが立っていました。

「ここが、いいわ。」

岸にあがっている大きい漁船と漁船のあいだに花江さんは、はいって行って、そうして砂地に腰をおろしました。

「いらっしゃい。坐ると風が当らなくて、あたたかいわ。」

私は花江さんが両脚を前に投げ出して坐っている個所から、二メートルくらい離れたところに腰をおろしました。

「呼び出したりして、ごめんなさいね。でも、あたし、あなたに一こと言わずには居られないのよ。あたしの貯金の事、ね、へんに思っていらっしゃるんでしょう？」

私も、ここだと思い、しゃがれた声で答えました。

「へんに、思っています。」

「そう思うのが当然ね。」と言って花江さんは、うつむき、はだかの脚に砂を掬《すく》って振りかけながら、「あれはね、あたしのお金じゃないのよ。あたしのお金だったら、貯金なんかしやしないわ。いちいち貯金なんて、めんどうくさい。」

成る程と思い、私は黙ってうなずきました。

「そうでしょう？　あの通帳はね、おかみさんのものなのよ。でも、それは絶対に秘密よ。あなた、誰にも言っちゃだめよ。おかみさんが、なぜそんな事をするのか、あたしには、ぼんやりわかっているんだけど、でも、それはとても複雑している事なんですから、言いたくないわ。つらいのよ、あたしは。信じて下さる?」

すこし笑って花江さんの眼が妙に光って来たと思ったら、それは涙でした。花江さんとなら、どんな苦労をしてもいいと思いました。

私は花江さんにキスしてやりたくて、仕様がありませんでした。花江さんとなら、どんな苦労をしてもいいと思いました。

「この辺のひとたちは、みんな駄目ねえ。あたし、あなたに、誤解されてやしないかと思って、あなたに一こと言いたくって、それできょうね、思い切って。」

その時、実際ちかくの小屋から、トカトントンという釘打つ音が聞えたのです。この時の音は、私の幻聴ではなかったのです。海岸の佐々木さんの納屋で、事実、音高く釘を打ちはじめたのです。トカトントン、トントントカトン、とさかんに打ちます。私は、身ぶるいして立ち上りました。

「わかりました。誰にも言いません。」花江さんのすぐうしろに、かなり多量の犬の糞《ふん》があるのをそのとき見つけて、よっぽどそれを花江さんに注意してやろうかと思いました。

波は、だるそうにうねって、きたない帆をかけた船が、岸のすぐ近くをよろよろと、とおって行きます。

「それじゃ、失敬。」

空々漠々たるものでした。貯金がどうだって、俺の知った事か。もともと他人なんだ。ひとのおもちゃになったって、どうなったって、ちっともそれは俺に関係した事じゃない。ばかばかしい。腹がへった。

それからも、花江さんは相変らず、一週間か十日目くらいに、お金を持って来て貯金して、もういまでは何千円かの額になっていますが、私には少しも興味がありません。花江さんの言ったように、それはおかみさんのお金なのか、またはやっぱり花江さんのお金なのか、どっちにしたって、それは全く私には関係の無い事ですもの。

　そうして、いったいこれは、どちらが失恋したという事になるかと言えば、私には、どうしても、失恋したのは私のほうだというような気がしているのですけれども、しかし、失恋して別段かなしい気も致しませんから、これはよっぽど変った失恋の仕方だと思っています。そうして私は、またもや、ぼんやりした普通の局員になったのです。

　六月にはいってから、私は用事があって青森へ行き、偶然、労働者のデモを見ました。それまでの私は社会運動または政治運動というようなものには、あまり興味が無い、というよりは、絶望に似たものを感じていたのです。誰がやったって、同じ様なものなんだ。また自分が、どのような運動に参加したって、所詮はその指導者たちの、名誉欲か権勢欲の乗りかかった船の、犠牲になるだけの事だ。何の疑うところも無く堂々と所信を述べ、わが言に従えば必ずや汝《なんじ》自身ならびに汝の家庭、汝の村、汝の国、否全世界が救われるであろうと、大見得を切って、救われないのは汝等がわが言に従わないからだとうそぶき、そうして一人のおいらんに、振られて振られて振られとおして、やけになって公娼廃止を叫び、憤然として美男の同志を殴り、あばれて、うるさがられて、たまたま勲章をもらい、沖天《ちゅうてん》の意気を以てわが家に駈け込み、かあちゃんこれだ、と得意満面、その勲章の小箱をそっとあけて女房に見せると、女房は冷たく、あら、勲五等じゃないの、せめて勲二等くらいでなくちゃねえ、と言い、亭主がっかり、などという何が何やらまるで半気違いのような男が、その政治運動だの社会運動だのに没頭しているものとばかり思い込んでいたのです。それですから、ことしの四月の総選挙も、民主々義とか何とか言って騒ぎ立てても、私には一向にその人たちを信用する気が起らず、自由党、進歩党は、相変らずの古くさい人たちばかりのようでまるで問題にならず、また社会党、共産党は、いやに調子づいてはしゃいでいるけれどもこれはまた敗戦便乗とでもいうのでしょうか、無条件降伏の屍《しかばね》にわいた蛆虫《うじむし》のような不潔な印象を消す事が出来ず、四月十日の投票日にも私は、伯父の局長から自由党の加藤さんに入れるようにと言われていたのですが、はいはいと言って家を出て海岸を散歩して、それだけで帰宅しました。社会問題や政治問題に就《つ》いてどれだけ言い立てても、私たちの日々の暮しの憂鬱は解決されるものではないと思っていたのですが、しかし、私はあの日、青森で偶然、労働者のデモを見て、私の今までの考えは全部間違っていた事に気がつきました。

生々潑剌《せいせいはつらつ》、とでも言ったらいいのでしょうか。なんとまあ、楽しそうな行進なのでしょう。憂鬱の影も卑屈の皺《しわ》も、私は一つも見出す事が出来ませんでした。伸びて行く活力だけです。若い女のひとたちも、手に旗を持って労働歌を歌い、私は胸が一ぱいになり、涙が出ました。ああ、日本が戦争に負けて、よかったのだと思いました。生れてはじめて、真の自由というものの姿を見た、と思いました。もしこれが、政治運動や社会運動から生れた子だとしたなら、人間はまず政治思想、社会思想をこそ第一に学ぶべきだと思いました。

なおも行進を見ているうちに、自分の行くべき一条の光りの路がいよいよ間違い無しに触知せられたような大歓喜の気分になり、涙が気持よく頬を流れて、そうして水にもぐって眼をひらいてみた時のように、あたりの風景がぼんやり緑色に烟《けむ》って、そうしてその薄明の漾々《ようよう》と動いている中を、真紅の旗が燃えている有様を、ああその色を、私はめそめそ泣きながら、死んでも忘れまいと思ったら、トカトントンと遠く幽かに聞えて、もうそれっきりになりました。

いったい、あの音はなんでしょう。虚無《ニヒル》などと簡単に片づけられそうもないんです。あのトカトントンの幻聴は、虚無《ニヒル》をさえ打ちこわしてしまうのです。

夏になると、この地方の青年たちの間で、にわかにスポーツ熱がさかんになりました。私には多少、年寄りくさい実利主義的な傾向もあるのでしょうか、何の意味も無くまっぱだかになって角力《すもう》をとり、投げられて大怪我をしたり、顔つきをかえて走って誰よりも誰が早いとか、どうせ百メートル二十秒の組でどんぐりの背ならべなのに、ばかばかしい、というような気がして、青年たちのそんなスポーツに参加しようと思った事はいちども無かったのです。けれども、ことしの八月に、この海岸線の各部落を縫って走破する駅伝競走というものがあって、この郡の青年たちが大勢参加し、このAの郵便局も、その競走の中継所という事になり、青森を出発した選手が、ここで次の選手と交代になるのだそうで、午前十時少し過ぎ、そろそろ青森を出発した選手たちがここへ到着する頃だというので、局の者たちは皆、外へ見物に出て、私と局長だけ局に残って簡易保険の整理をしていましたが、やがて、来た、来た、というどよめきが聞え、私は立って窓から見ていましたら、それがすなわちラストヘビーというもののつもりなのでしょう、両手の指の股を蛙の手のようにひろげ、空気を掻き分けて進むというような奇妙な腕の振り具合いで、そうしてまっぱだかにパンツ一つ、もちろん裸足で、大きい胸を高く突き上げ、苦悶の表情よろしく首をそらして左右にうごかし、よたよたよたと走って局の前まで来て、ううんと一声唸って倒れ、

「ようし！　頑張ったぞ！」と附添の者が叫んで、それを抱き上げ、私の見ている窓の下に連れて来て、

用意の手桶の水を、ざぶりとその選手にぶっかけ、選手はほとんど半死半生の危険な状態のようにも見え、顔は真蒼《まっさお》でぐたりとなって寝ている、その姿を眺めて私は、実に異様な感激に襲われたのです。可憐、などと二十六歳の私が言うのも思い上っているようですが、いじらしさ、と言えばいいか、とにかく、力の浪費もここまで来ると、見事なものだと思いました。このひとたちが、一等をとったって二等をとったって、世間はそれにほとんど興味を感じないのに、それでも生命《いのち》懸けで、ラストヘビーなんかやっているのです。別に、この駅伝競走に依って、所謂文化国家を建設しようという理想を持っているわけでもないでしょうし、また、理想も何も無いのに、それでも、おていさいから、そんな理想を口にして走って、以て世間の人たちにほめられようなどとも思っていないでしょう。また、将来大マラソン家になろうという野心も無く、どうせ田舎の駈けっくらで、タイムも何も問題にならん事は、よく知っているでしょうし、家へ帰っても、その家族の者たちに手柄話などする気もなく、かえってお父さんに叱られはせぬかと心配して、けれども、それでも走りたいのです。いのちがけで、やってみたいのです。誰にほめられなくてもいいんです。ただ、走ってみたいのです。無報酬の行為です。幼児の危い木登りには、まだ柿の実を取って食おうという欲がありましたが、このいのちがけのマラソンには、それさえありません。ほとんど虚無の情熱だと思いました。それが、その時の私の空虚な気分にぴったり合ってしまったのです。

私は局員たちを相手にキャッチボールをはじめました。へとへとになるまで続けると、何か脱皮に似た爽やかさが感ぜられ、これだと思ったとたんに、やはりあのトカトントンが聞えるのです。あのトカトントンの音は、虚無の情熱をさえ打ち倒します。

もう、この頃では、あのトカトントンが、いよいよ頻繁に聞え、新聞をひろげて、新憲法を一条々々熟読しようとすると、トカトントン、局の人事に就いて伯父から相談を掛けられ、名案がふっと胸に浮んでも、トカトントン、あなたの小説を読もうとしても、トカトントン、こないだこの部落に火事があって起きて火事場に駈けつけようとして、トカトントン、伯父のお相手で、晩ごはんの時お酒を飲んで、も少し飲んでみようかと思って、トカトントン、もう気が狂ってしまっているのではなかろうかと思って、これもトカトントン、自殺を考え、トカトントン。

「人生というのは、一口に言ったら、なんですか。」

と私は昨夜、伯父の晩酌の相手をしながら、ふざけた口調で尋ねてみました。

「人生、それはわからん。しかし、世の中は、色と欲さ。」

案外の名答だと思いました。そうして、ふっと私は、闇屋になろうかしらと思いました。しかし、闇屋になって一万円もうけた時の事を考えたら、すぐトカトントンが聞えて来ました。

教えて下さい。この音は、なんでしょう。そうして、この音からのがれるには、どうしたらいいのでしょう。私はいま、実際、この音のために身動きが出来なくなっています。どうか、ご返事を下さい。

なお最後にもう一言つけ加えさせていただくなら、私はこの手紙を半分も書かぬうちに、もう、トカトントンが、さかんに聞えて来ていたのです。こんな手紙を書く、つまらなさ。それでも、我慢してとにかく、これだけ書きました。そうして、あんまりつまらないから、やけになって、ウソばっかり書いたような気がします。花江さんなんて女もいないし、デモも見たのじゃないんです。その他の事も、たいがいウソのようです。

しかし、トカトントンだけは、ウソでないようです。読みかえさず、このままお送り致します。敬具。

この奇異なる手紙を受け取った某作家は、むざんにも無学無思想の男であったが、次の如き返答を与えた。

拝復。気取った苦悩ですね。僕は、あまり同情していないんですよ。十指の指差すところ、十目の見るところの、いかなる弁明も成立しない醜態を、君はまだ避けているようですね。真の思想は、叡智よりも勇気を必要とするものです。マタイ伝十章、二八、「身を殺して霊魂《たましい》をころし得ぬ者どもを懼《おそ》るな、身と霊魂《たましい》とをゲヘナにて滅し得る者をおそれよ。」この場合の「懼る」は、「畏敬」の意にちかいようです。このイエスの言に、霹靂《へきれき》を感ずる事が出来たら、君の幻聴は止む筈です。不尽《ふじん》。

苦悩の年鑑

時代は少しも変らないと思う。一種の、あほらしい感じである。こんなのを、馬の背中に狐が乗ってるみたいと言うのではなかろうか。

いまは私の処女作という事になっている「思い出」という百枚ほどの小説の冒頭は、次のようになっている。

「黄昏《たそがれ》のころ私は叔母と並んで門口に立っていた。叔母は誰かをおんぶしているらしく、ねんねこを着ていた。その時のほのぐらい街路の静けさを私は忘れずにいる。叔母は、てんしさまがお隠れになったのだ、と私に教えて、いきがみさま、と言い添えた。いきがみさま、と私も興深げに呟やいたような気がする。それから、私は何か不敬なことを言ったらしい。叔母は、そんなことを言うものでない、お隠れになったと言え、と私をたしなめた。どこへお隠れになったのだろう、と私は知っていながら、わざとそう尋ねて叔母を笑わせたのを思い出す。」

これは明治天皇崩御の時の思い出である。私は明治四十二年の夏の生れであるから、この時は、かぞえどしの四歳であった筈《はず》である。

またその「思い出」という小説の中には、こんなのもある。

「もし戦争が起ったなら。という題を与えられて、地震雷火事親爺《おやじ》、それ以上に怖い戦争が起ったなら先《ま》ず山の中へでも逃げ込もう、逃げるついでに先生をも誘おう、先生も人間、僕も人間、いくさの怖いのは同じであろう、と書いた。此《こ》の時には校長と次席訓導とが二人がかりで私を調べた。どういう気持で之《これ》を書いたか、と聞かれたので、私はただ面白半分に書きました、といい加減なごまかしを言った。次席訓導は手帖へ、『好奇心』と書き込んだ。それから私と次席訓導とが少し議論を始めた。先生も人間、僕も人間、と書いてあるが、人間というものは皆おなじものか、と彼は尋ねた。そう思う、と私はもじもじしながら答えた。私はいったいに口が重い方であった。それでは僕と此の校長先生とは同じ人間でありながら、どうして給料が違うのだ、と彼に問われて私は暫く考えた。そして、それは仕事がちがうからでないか、と答えた。鉄縁の眼鏡をかけ、顔の細い次席訓導は、私のその言葉をすぐ手帖に書きとった。私はかねてから此の先生に好意を持っていた。それから彼は私にこんな質問をした。君のお父さんと僕たちとは同じ人間か。私は困って何とも答えなかった。」

これは私の十歳か十一歳の頃の事であるから、大正七、八年である。いまから三十年ちかく前の話である。

それからまた、こんなところもある。

「小学校四五年のころ、末の兄からデモクラシイという思想を聞き、母まで、デモクラシイのため税金がめっきり高くなって作米の殆《ほとん》どみんなを税金に取られる、と客たちにこぼしているのを耳にして、私はその思想に心弱くうろたえた。そして、夏は下男たちの庭の草刈に手つだいしたり、冬は屋根の雪おろしに手を貸したりなどしながら、下男たちにデモクラシイの思想を教えた。そうして、下男たちは私の手助けを余りよろこばなかったのをやがて知った。私の刈った草などは後からまた彼等が刈り直さなければいけなかったらしいのである。」

これも同時代、大正七、八年の頃の事である。

してみると、いまから三十年ちかく前に、日本の本州の北端の寒村の一童児にまで浸潤《しんじゅん》していた思想と、いまのこの昭和二十一年の新聞雑誌に於いて称えられている「新思想」と、あまり違っていないのではないかと思われる。一種のあほらしい感じ、とはこれを言うのである。

その大正七、八年の社会状勢はどうであったか、そうしてその後のデモクラシイの思潮は日本に於いてどうなったか、それはいずれ然《しか》るべき文献を調べたらわかるであろうが、しかし、いまそれを報告するのは、私のこの手記の目的ではない。私は市井《しせい》の作家である。私の物語るところのものは、いつも私という小さな個人の歴史の範囲内にとどまる。之をもどかしがり、或《あ》るいは怠惰と罵《のの》しり、或いは卑俗と嘲笑するひともあるかも知れないが、しかし、後世に於いて、私たちのこの時代の思潮を探るに当り、所謂《いわゆる》「歴史家」の書よりも、私たちのいつも書いているような一個人の片々たる生活描写のほうが、たよりになる場合があるかも知れない。馬鹿にならないものである。それゆえ私は、色さまざまの社会思想家たちの、追究や断案にこだわらず、私一個人の思想の歴史を、ここに書いて置きたいと考える。

所謂「思想家」たちの書く「私はなぜ何々主義者になったか」などという思想発展の回想録或いは宣言書を読んでも、私には空々しくてかなわない。彼等がその何々主義者になったのには、何やら必ず一つの転機というものがある。そうしてその転機は、たいていドラマチックである。感激的である。

私にはそれが嘘のような気がしてならないのである。信じたいとあがいても、私の感覚が承知しないのである。実際、あのドラマチックな転機には閉口するのである。鳥肌立つ思いなのである。

下手なこじつけに過ぎないような気がするのである。それで私は、自分の思想の歴史をこれから書くに当って、そんな見えすいたこじつけだけはよそうと思っている。

私は「思想」という言葉にさえ反撥《はんぱつ》を感じる。まして「思想の発展」などという事になると、さらにいらいらする。猿芝居みたいな気がして来るのである。

いっそこう言ってやりたい。

「私には思想なんてものはありませんよ。すき、きらいだけですよ。」

私は左に、私の忘れ得ぬ事実だけを、断片的に記そうと思う。断片と断片の間をつなごうとして、あの思想家たちは、嘘の白々しい説明に憂身《うきみ》をやつしているが、俗物どもには、あの間隙《かんげき》を埋めている悪質の虚偽の説明がまた、こたえられずうれしいらしく、俗物の讃歎と喝采は、たいていあの辺で起るようだ。全くこちらは、いらいらせざるを得ない。

「ところで、」と俗物は尋ねる。「あなたのその幼時のデモクラシイは、その後、どんな形で発展しましたか。」

私は間の抜けた顔で答える。

「さあ、どうなりましたか、わかりません。」

×

私の生れた家には、誇るべき系図も何も無い。どこからか流れて来て、この津軽の北端に土着した百姓が、私たちの祖先なのに違いない。

私は、無智の、食うや食わずの貧農の子孫である。私の家が多少でも青森県下に、名を知られはじめたのは、曾祖父惣助《そうすけ》の時代からであった。その頃、れいの多額納税の貴族院議員有資格者は、一県に四五人くらいのものであったらしい。曾祖父は、そのひとりであった。昨年、私は甲府市のお城の傍の古本屋で明治初年の紳士録をひらいて見たら、その曾祖父の実に田舎くさいまさしく百姓姿の写真が掲載せられていた。この曾祖父は養子であった。祖父も養子であった。父も養子であった。女が勢いのある家系であった。曾祖母も祖母も母も、みなそれぞれの夫よりも長命である。曾祖母は、私の十になる頃まで生きていた。祖母は、九十歳で未だに達者である。母は七十歳まで生きて、先年なくなった。女たちは、みなたいへんにお寺が好きであった。殊《こと》にも祖母の信仰は異常といっていいくらいで、家族の笑い話の種にさえなっている。お寺は、浄土真宗である。親鸞上人のひらいた宗派である。私たちも幼時から、イヤになるくらいお寺まいりをさせられた。お経も覚えさせられた。

×

私の家系には、ひとりの思想家もいない。ひとりの学者もいない。ひとりの芸術家もいない。役人、将軍さえいない。実に凡俗の、ただの田舎の大地主というだけのものであった。父は代議士にいちど、それから貴族院にも出たが、べつだん中央の政界に於いて活躍したという話も聞かない。この父は、ひどく大きい家を建てた。風情も何も無い、ただ大きいのである。間数《まかず》が三十ちかくもあるであろう。それも十畳二十畳という部屋が多い。おそろしく頑丈なつくりの家ではあるが、しかし、何の趣きも無い。

書画骨董で、重要美術級のものは、一つも無かった。

この父は、芝居が好きなようであったが、しかし、小説は何も読まなかった。「死線を越えて」という長編を読み、とんだ時間つぶしをしたと愚痴を言っていたのを、私は幼い時に聞いて覚えている。

しかし、その家系には、複雑な暗いところは一つも無かった。財産争いなどという事は無かった。要するに誰も、醜態を演じなかった。津軽地方で最も上品な家の一つに数えられていたようである。この家系で、人からうしろ指を差されるような愚行を演じたのは私ひとりであった。

×

余の幼少の折、（というような書出しは、れいの思想家たちの回想録にしばしば見受けられるものであって、私が以下に書き記そうとしている事も、下手をすると、思想家の回想録めいた、へんに思わせぶりのものになりはせぬかと心配のあまり、えい、いっそ、そのような気取った書出しを用いてやれ、とつまり毒を以《もっ》て毒を制する形にしてしまったのであるが、しかし、以下に書き記す事は、決して虚飾の記事ではない。本当に、それは、事実なのである）朝、眼がさめてから、夜、眠るまで、私の傍に本の無かった事は無いと言っても、少しも誇張でないような気がする。手当り次第、実によく読んだ。そうして私は、二度繰り返して読むという事はめったに無かった。一日に四冊も五冊も、次々と読みっ放しである。日本のお伽噺《とぎばなし》よりも、外国の童話が好きであった。「三つの予言」というのであったか、「四つの予言」というのであったかいまは忘れたが、お前は何歳で獅子に救われ、何歳で強敵に逢い、何歳で乞食になり、などという予言を受けて、ちっともそれを信じなかったけれども、果してその予言のとおりになって行く男の生涯を描写した童話は、たいへん気にいって二、三度読みかえしたのを記憶している。それからもう一つ、私の幼時の読書のうちで、最も奇妙に心にしみた物語は、金の船というのであったか、赤い星というのであったか、とにかくそんな名前の童話雑誌に出ていた、何の面白味も無いお話で、或《あ》る少女が病気で入院していて深夜、やたらに喉がかわいて、枕もとのコップに少し残っていた砂糖水を飲もうとしたら、同室のおじいさんの患者が、みず、みず、と呻《うめ》いている。少女は、ベッドから降りて、自分の砂糖水を、そのおじいさんに全部飲ませてやる、というだけのものであったが、私はその挿画さえ、いまでもぼんやり覚えている。実にそれは心にしみた。そうして、その物語の題の傍に、こう書かれていた。汝等おのれを愛するが如く、汝の隣人を愛せ。

しかし私は、このような回想を以て私の思想にこじつけようとは思わぬ。私のこんな思い出話を以て、私の家の宗派の親鸞の教えにこじつけ、そうしてまた後の、れいのデモクラシイにこじつけようとしたら、それはまるで何某先生の「余は如何にして何々主義者になりしか」と同様の白々しいものになってしまうであろう。この私の読書の回想は、あくまでも断片である。どこにこじつけようとしても、無理がある。嘘が出る。

×

さて、それでは、いよいよ、私のれいのデモクラシイは、それからどうなったか。どうもこうもなりゃしない。あれは、あのまま立消えになったようである。まえにも言って置いたように、私はいまここで当時の社会状勢を報告しようとしているのではない。私の肉体感覚の断片を書きならべて見ようと思っているだけである。

×

博愛主義。雪の四つ辻に、ひとりは提燈《ちょうちん》を持ってうずくまり、ひとりは胸を張って、おお神様、を連発する。提燈持ちは、アアメンと呻く。私は噴き出した。

救世軍。あの音楽隊のやかましさ。慈善鍋。なぜ、鍋でなければいけないのだろう。鍋にきたない紙幣や銅貨をいれて、不潔じゃないか。あの女たちの図々しさ。服装がどうにかならぬものだろうか。趣味が悪いよ。

人道主義。ルパシカというものが流行して、カチュウシャ可愛いや、という歌がはやって、ひどく、きざになってしまった。

私はこれらの風潮を、ただ見送った。

×

プロレタリヤ独裁。

それには、たしかに、新しい感覚があった。協調ではないのである。独裁である。相手を例外なくたきつけるのである。金持は皆わるい。貴族は皆わるい。金の無い一賤民《せんみん》だけが正しい。私は武装蜂起に賛成した。ギロチンの無い革命は意味が無い。

しかし、私は賤民でなかった。ギロチンにかかる役のほうであった。私は十九歳の、高等学校の生徒であった。クラスでは私ひとり、目立って華美な服装をしていた。いよいよこれは死ぬより他は無いと思った。

私はカルモチンをたくさん嚥下《えんか》したが、死ななかった。

「死ぬには、及ばない。君は、同志だ。」と或る学友は、私を「見込みのある男」としてあちこちに引っぱり廻した。

私は金を出す役目になった。東京の大学へ来てからも、私は金を出し、そうして、同志の宿や食事の世話を引受けさせられた。

所謂「大物」と言われていた人たちは、たいていまともな人間だった。しかし、小物には閉口であった。ほらばかり吹いて、そうして、やたらに人を攻撃して凄がっていた。

人をだまして、そうしてそれを「戦略」と称していた。

プロレタリヤ文学というものがあった。私はそれを読むと、鳥肌立って、眼がしらが熱くなった。無理な、ひどい文章に接すると、私はどういうわけか、鳥肌立って、そうして眼がしらが熱くなるのである。君には文才があるようだから、プロレタリヤ文学をやって、原稿料を取り党の資金にするようにしてみないか、と同志に言われて、匿名で書いてみた事もあったが、書きながら眼がしらが熱くなって来て、ものにならなかった。（この頃、ジャズ文学というのがあって、これと対抗していたが、これはまた眼がしらが熱くなるどころか、チンプンカンプンであった。可笑《おか》しくもなかった。私はとうとう、レヴュウというものを理解できずに終った。モダン精神が、わからなかったのである。してみると、当時の日本の風潮は、アメリカ風とソヴィエト風との交錯であった。大正末期から昭和初年にかけての頃である。いまから二十年前である。ダンスホールとストライキ。煙突男などという派手な事件もあった。）

結局私は、生家をあざむき、つまり「戦略」を用いて、お金やら着物やらいろいろのものを送らせて、之《これ》を同志とわけ合うだけの能しか無い男であった。

×

満洲事変が起った。爆弾三勇士。私はその美談に少しも感心しなかった。

私はたびたび留置場にいれられ、取調べの刑事が、私のおとなしすぎる態度に呆《あき》れて、「おめえみたいなブルジョアの坊ちゃんに革命なんて出来るものか。本当の革命は、おれたちがやるんだ。」と言った。

その言葉には妙な現実感があった。

のちに到り、所謂青年将校と組んで、イヤな、無教養の、不吉な、変態革命を兇暴《きょうぼう》に遂行した人の中に、あのひとも混っていたような気がしてならぬ。

同志たちは次々と投獄せられた。ほとんど全部、投獄せられた。

中国を相手の戦争は継続している。

×

私は、純粋というものにあこがれた。無報酬の行為。まったく利己の心の無い生活。けれども、それは、至難の業であった。私はただ、やけ酒を飲むばかりであった。

私の最も憎悪したものは、偽善であった。

×

キリスト。私はそのひとの苦悩だけを思った。

×

関東地方一帯に珍らしい大雪が降った。その日に、二・二六事件というものが起った。私は、ムッとした。どうしようと言うんだ。何をしようと言うんだ。

実に不愉快であった。馬鹿野郎だと思った。激怒に似た気持であった。

プランがあるのか。組織があるのか。何も無かった。

狂人の発作に近かった。

組織の無いテロリズムは、最も悪質の犯罪である。馬鹿とも何とも言いようがない。

このいい気な愚行のにおいが、所謂大東亜戦争の終りまでただよっていた。

東条の背後に、何かあるのかと思ったら、格別のものもなかった。からっぽであった。怪談に似ている。

その二・二六事件の反面に於いて、日本では、同じ頃に、オサダ事件というものがあった。オサダは眼帯をして変装した。更衣の季節で、オサダは逃げながら袷《あわせ》をセルに着換えた。

×

どうなるのだ。私はそれまで既に、四度も自殺未遂を行っていた。そうしてやはり、三日に一度は死ぬ事を考えた。

×

中国との戦争はいつまでも長びく。たいていの人は、この戦争は無意味だと考えるようになった。転換。敵は米英という事になった。

×

ジリ貧《ヒン》という言葉を、大本営の将軍たちは、大まじめで教えていた。ユウモアのつもりでもないらしい。しかし私はその言葉を、笑いを伴わずに言う事は出来なかった。この一戦なにがなんでもやり抜くぞ、という歌を将軍たちは奨励したが、少しもはやらなかった。さすがに民衆も、はずかしくて歌えなかったようである。将軍たちはまた、鉄桶という言葉を発明して新聞人たちに使用させた。それは棺桶を連想させた。転進という、何かころころ転げ廻るボールを連想させるような言葉も発明された。敵わが腹中にはいる、と言ってにやりと薄気味わるく笑う将軍も出て来た。私たちなら蜂一匹だって、ふところへはいったら、七転八倒の大騒ぎを演ぜざるを得ないのに、この将軍は、敵の大部隊を全部ふところにいれて、これでよし、と言っている。もみつぶしてしまうつもりであったろうか。天王山は諸所方々に移転した。何だってまた天王山を持ち出したのだろう。関ヶ原だってよさそうなものだ。天王山を間違えたのかどうだか、天目山などと言う将軍も出て来た。天目山なら話にならない。実にそれは不可解な譬《たと》えであった。或る参謀将校は、この度のわが作戦は、敵の意表の外に出ず、と語った。それがそのまま新聞に出た。参謀も新聞社も、ユウモアのつもりではなかったようだ。大まじめであった。意表の外に出たなら、ころげ落ちるより他はあるまい。あまりの飛躍である。

指導者は全部、無学であった。常識のレベルにさえ達していなかった。

×

しかし彼等は脅迫した。天皇の名を騙《かた》って脅迫した。私は天皇を好きである。大好きである。しかし、一夜ひそかにその天皇を、おうらみ申した事さえあった。

×

日本は無条件降伏をした。私はただ、恥ずかしかった。ものも言えないくらいに恥ずかしかった。

×

天皇の悪口を言うものが激増して来た。しかし、そうなって見ると私は、これまでどんなに深く天皇を愛して来たのかを知った。私は、保守派を友人たちに宣言した。

×

十歳の民主派、二十歳の共産派、三十歳の純粋派、四十歳の保守派。そうして、やはり歴史は繰り返すのであろうか。私は、歴史は繰り返してはならぬものだと思っている。

×

まったく新しい思潮の擡頭《たいとう》を待望する。それを言い出すには、何よりもまず、「勇気」を要する。私のいま夢想する境涯は、フランスのモラリストたちの感覚を基調とし、その倫理の儀表を天皇に置き、我等の生活は自給自足のアナキズム風の桃源である。（一月二十九日）

女神

れいの、璽光尊《じこうそん》とかいうひとの騒ぎの、すこし前に、あれとやや似た事件が、私の身辺に於いても起った。

私は故郷の津軽で、約一年三箇月間、所謂《いわゆる》疎開生活をして、そうして昨年の十一月に、また東京へ舞い戻って来て、久し振りで東京のさまざまの知人たちと旧交をあたためる事を得たわけであるが、細田氏の突然の来訪は、その中でも最も印象の深いものであった。

細田氏は、大戦の前は、愛国悲詩、とでもいったような、おそろしくあまい詩を書いて売ったり、またドイツ語も、すこし出来るらしく、ハイネの詩など訳して売ったり、また女学校の臨時雇いの教師になったりして、甚だ漠然たる生活をしていた人物であった。としは私より二つ三つ多い筈《はず》だが、額がせまく漆黒の美髪には、いつもポマードがこってりと塗られ、新しい形の縁無し眼鏡をかけ、おまけに頬は桜色と来ているので、かえって私より四つ五つ年下のようにも見えた。痩型で、小柄な人であったが、その服装には、それこそいちぶのスキも無いと言っても過言では無いくらいのもので、雨の日には必ずオーバーシュウズというものを靴の上にかぶせてはいて歩いていた。

なかなか笑わないひとで、その点はちょっと私には気づまりであったが、新宿のスタンドバアで知り合いになり、それから時々、彼はお酒を持参で私の家へ遊びに来て、だんだん互いにいい飲み相手を見つけたという形になってしまったのである。

大戦がはじまって、日一日と私たちの生活が苦しくなって来た頃、彼は、この戦争は永くつづきます、軍の方針としては、内地から全部兵を引き上げさせて満洲に移し、満洲に於いて決戦を行うという事になっているらしいです、だから私は女房を連れて満洲に疎開します、満洲は当分最も安全らしいです、勤め口はいくらでもあるようですし、それにお酒もずいぶんたくさんあるという事です、いかがです、あなたも、と私に言った。私は、それに答えて、あなたはそりゃ、お子さんも無いし、奥さんと二人で身軽にどこへでも行けるでしょうが、私はどうも子持ちですからね、ままになりません、と言った。すると彼は、私に同情するような眼つきをして、私の顔をしげしげと見て、黙した。

やがて彼は奥さんと一緒に満洲へ行き、満洲の或《あ》る出版会社に夫婦共に勤めたようで、そのような事をしたためた葉書を私は一枚いただいて、それっきり私たちの附合いは絶えた。

その細田氏が、去年の暮に突然、私の三鷹の家へ訪れて来たのである。

「細田です。」

そう名乗られて、はじめて、あ、と気附いたくらい、それほど細田氏の様子は変っていた。あのおしゃれな人が軍服のようなカーキ色の詰襟の服を着て、頭は丸坊主で眼鏡も野暮な形のロイド眼鏡で、そうして顔色は悪く、不精鬚《ぶしょうひげ》を生《は》やし、ほとんど別人の感じであった。

部屋へあがって、座ぶとんに膝を折って正坐し、

「私は、正気ですよ。正気ですよ。いいですか？　信じますか？」

とにこりともせず、そう言った。

はてなとも思ったが、私は笑って、

「なんですか？　どうしたのです。あぐらになさいませんか、あぐらに。」

と言ったら、彼は立ち上り、

「ちょっと、手を洗わせて下さい。それから、あなたも、手を洗って下さい。」

と言う。

こりゃもうてっきり、と私は即断を下した。

「井戸は、玄関わきでしたね。一緒に洗いましょう。」

と私を誘う。

私はいまいましい気持で、彼のうしろについて外へ出て井戸端に行き、かわるがわる無言でポンプを押して手を洗い合った。

「うがいして下さい。」

彼にならって、私も意味のわからぬうがいをする。

「握手！」

私はその命令にも従った。

「接吻《せっぷん》！」

「かんべんしてくれ。」

私はその命令にだけは従わなかった。

彼は薄く笑って、

「いまに事情がわかれば、あなたのほうから私に接吻を求めるようになるでしょう。」

と言った。

部屋に帰って、卓をへだてて再び対坐し、

「おどろいてはいけませんよ。いいですか？　実は、あなたと私とは、兄弟なのです。同じ母から生れた子です。そう言われてみると、あなたも、何か思い当るところがあるでしょう。もちろん私は、あなたより年上ですから、兄で、そうしてあなたは弟です。それから、これは、当分は秘密にして置いたほうがいいかも知れませんが、私たちには、もうひとりの兄があるのです。その兄は、」いかに言論の自由とは言っても、それは少しここに書くのがはばかりのあるくらいの、大偉人の名を彼は平然と誇らしげに述べて、「いいですか？　これは確実な事ですが、しかし、当分は秘密にして置いたほうがいいでしょう。民衆の誤解を招いてもつまりませんからね。この我々三人の兄弟が、これから力を合せて、文化日本の建設に努めなければならぬのです。これを私に教えてくれたのは、私たちの母です。おどろいてはいけませんよ。私たち三人の生みの母は、実は私のうちの女房であったのです。うちの女房は、戸籍のほうでは、三十四歳という事になっていますが、それはこの世のかりの年齢で、実は、何百歳だかわからぬのです。ずっとずっと昔から、同じ若さを保って、この日本の移り変りを、黙って眺めていたというわけです。それがこの終戦後の、日本はじまって以来の大混乱の姿を見て、もはや黙すべからずと、かれの本性を私に打ち明け、また私の兄と弟とを指摘して兄弟三人、力を合せて日本を救え、他の男は皆だめだと言ったのです。私たちの母の説に依れば、百年ほど前から既に世界は、男性衰微《すいび》の時代にはいっているのだそうでして、肉体的にも精神的にも、男性の疲労がはじまり、もう何をやっても、ろくな仕事が出来ない劣等の種族になりつつあるのだそうで、これからはすべて男性の仕事は、女性がかわってやるべき時なのだそうです。女房が、いや、母が、私にその事を打ち明けてくれたのは、満洲から引揚げの船の中に於いてでありましたが、私はその時には肉体的にも精神的にも、疲労こんぱいの極に達していまして、いやもう本当に、満洲では苦労しまして、あまりひもじくて馬の骨をかじってみた事さえありまして、そうして日一日と目立って痩せて行きますのに、女房は、いや、母は、まことに粗食で、おいしいものを一つも食べず、何かおいしいものでも手にはいるとみんな私に食べさせ、それでいて、いつも白く丸々と太り、力も私の倍くらいあるらしく、とても私には背負い切れない重い荷物を、らくらくと背負って、その上にまた両手に風呂敷包などさげて歩けるという有様ですので、つくづく私も不思議に感じ、引揚げの船の中で、どうしてお前はそんなにいつも元気なのかね、お前ばかりでなく、この引揚げの船の中に乗っている女のひと全部が、男のひとは例外なく痩せて半病人のようになっているのに、自信満々の勢いを示している、何かそこに大きな理由が無くてはかなわぬ、その理由は何だ、とたずねますと、女房はにこにこ笑いまして、実は、と言い、男性衰微時代が百年前からはじまっている事、これからはすべて女性の力にすがらなければ世の中が自滅するだろうという事、その女性のかしらは私自身で、私は実は女神だという事、男の子が三人あって、この三人の子だけは女神のおかげで衰弱せず、これからも女性に隷属する事なく、男性と女性の融和を図り以《もっ》て文化日本の建設を立派に成功せしむる大人物の筈である事、だからあなたも、元気を出して、日本に帰ったら、二人の兄弟と力を合せて、女神の子たる真価を発揮するように心掛けるべきです、とここにはじめて、いっさいの秘密が語り明かされたというわけなのです。それを聞いて私は、にわかに元気が出て、いまはもう二日ものを食わなくても平気になりました。私たちは、女神の子ですから、いかに貧乏をしても絶対に衰弱する事は無いんです。あなたもどうか、奮起して下さい。私は正気です。落ちついています。私の言う事は、信じなければいけません。」

まぎれもない狂人である。満洲で苦労の結果の発狂であろう。或《ある》いは外地の悪質の性病に犯されたせいかも知れない。気の毒とも可哀想とも悲惨とも、何とも言いようのないつらい気持で、彼の痴語を聞きながら、私は何度も眼蓋《まぶた》の熱くなるのを意識した。

「わかりました。」

私は、ただそう言った。

彼は、はじめて莞爾《かんじ》と笑って、

「ああ、あなたは、やっぱり、わかって下さる。あなたなら、私の言う事を必ず全部、信じてくれるだろうとは思っていたのですが、やっぱり、血をわけた兄弟だけあって、わかりが早いですね。接吻しましょう。」

「いや、その必要は無いでしょう。」

「そうでしょうか。それじゃ、そろそろ出掛ける事にしましょうか。」

「どこへです？」

三人兄弟の長兄に、これから逢いに行くのだという。

「インフレーションがね、このままでは駄目なのです。母がそう言っているんです。とにかく、一ばん上の兄さんに逢って、よく相談しなくちゃいけないんです。母の意見に依りますと、日本の紙幣には、必ずグロテスクな顔の鬚をはやした男の写真が載っているけれども、あれがインフレーションの原因だというのです。紙幣には、女の全裸の姿か、あるいは女の大笑いの顔を印刷すべきなんだそうです。そう言われてみると、ドイツ語でもフランス語でも、貨幣はちゃんと女性名詞という事になっていますからね。鬚だらけのお爺さんのおそろしい顔などを印刷するのは、たしかに政府の失策ですよ。日本の全部の紙幣に、私たちの母の女神の大笑いをしている顔でも印刷して発行したなら、日本のインフレーションは、ただちにおさまるというわけです。日本のインフレーションは、もう一日も放置すべからざる、どたん場に来ているんですからね。手当が一日でもおくれたらもう、それっきりです。一刻の猶予もならんのです。すぐまいりましょう。」

と言って、立ち上る。

私は一緒に行くべきかどうか迷った。いま彼をひとりで、外に出すのも気がかりであった。この勢いだと、彼は本当にその一ばん上の兄さんの居所に押しかけて行って大騒ぎを起さぬとも限らぬ。そうして、その門前に於いて、彼の肉親の弟だという私（太宰）の名前をも口走り、私が彼の一味のように誤解せられる事などあっては、たまらぬ。彼をこのまま、ひとりで外へ出すのは危険である。

「だいたいわかりましたけれども、私は、その一ばん上の兄さんに逢う前に、私たちのお母さんに逢って、直接またいろいろとお話を伺ってみたいと思います。まず、さいしょに、私をお母さんのところに連れて行って下さい。」

細君の許《もと》に送りとどけるのが、最も無難だと思ったのである。私は彼の細君とは、まだいちども逢った事が無い。彼は北海道の産であるが、細君は東京人で、そうして新劇の女優などもした事があり、互いに好き合って一緒になったとか、彼から聞いた事がある。なかなかの美人だという事を、他のひとから知らされたりしたが、しかし、私はいちどもお目にかかった事が無かったのである。

いずれにしても、その日、私は彼の悲惨な痴語を聞いて、その女を、非常に不愉快に感じたのである。いやしくも知識人の彼に、このようなあさましい不潔なたわごとをわめかせるに到らしめた責任の大半は彼女に在るのは明らかである。彼女もまた発狂しているのかどうか、それは逢ってみなければ、ただ彼の話だけではわからぬけれども、彼にとって彼の細君は、まさしく悪魔の役を演じているのは、たしかである。これから、彼の家へ行って細君に逢い、場合に依っては、その女神とやらの面皮《めんぴ》をひんむいてやろうと考え、普段着の和服に二重廻しをひっかけ、

「それでは、おともしましょう。」

と言った。

外へ出ても、彼の興奮は、いっこうに鎮まらず、まるでもう踊りながら歩いているというような情ない有様で、

「きょうは実に、よい日ですね。奇蹟の日です。昭和十二年十二月十二日でしょう？　しかも、十二時に私たち兄弟はそろって母に逢いに出発した。まさに神のお導きですね。十二という数は、六でも割れる、三でも割れる、四でも割れる、二でも割れる、実に神聖な数ですからね。」

と言ったが、その日は、もちろん昭和十二年の十二月の十二日なんかではなかった。時刻も既に午後三時近かった。そのときの実際の年月日時刻のうちで、六で割れる数は十二月だけだった。

彼のいま住んでいるところは、立川市だというので、私たちは三鷹駅から省線に乗った。省線はかなり混んでいたが、彼は乗客を乱暴に掻きわけて、入口から吊皮《つりかわ》を、ひいふうみいと大声で数えて十二番目の吊皮につかまり、私にもその吊皮に一緒につかまるように命じ、

「立川というのを英語でいうなら、スタンデングリバーでしょう？　スタンデングリバー。いくつの英字から成り立っているか、指を折って勘定してごらんなさい。そうれ、十二でしょう？　十二です。」

しかし、私の勘定では、十三であった。

「たしかに、立川は神聖な土地なのです。三鷹、立川。うむ、この二つの土地に何か神聖なつながりが、あるようですね。ええっと、三鷹を英語で言うなら、スリー、……スリー、スリー、ええっと、英語で鷹を何と言いましたかね、ドイツ語なら、デルファルケだけれども、英語は、イーグル、いやあれは違うか、とにかく十二になる筈です。」

私はさすがに、うんざりして、矢庭に彼をぶん殴ってやりたい衝動さえ感じた。

立川で降りて、彼のアパートに到る途中に於いても、彼のそのような愚劣極まる御託宣をさんざん聞かされ、

「ここです、どうぞ。」

と、竹藪にかこまれ、荒廃した病院のような感じの彼のアパートに導かれた時には、すでにあたりが薄暗くなり、寒気も一段ときびしさを加えて来たように思われた。

彼の部屋は、二階に在った。

「お母さん、ただいま。」

彼は部屋へ入るなり、正坐してぴたりと畳に両手をついてお辞儀をした。

「おかえりなさい。寒かったでしょう?」

細君は、お勝手のカーテンから顔を出して笑った。健康そうな、普通の女性である。しかも、思わず瞠若《どうじゃく》してしまうくらいの美しいひとであった。

「きょうは、弟を連れて来ました。」

と彼は私を、細君に引き合した。

「あら。」

と小さく叫んで、素早くエプロンをはずし、私の斜め前に膝をついた。

私は、私の名前を言ってお辞儀した。

「まあ、それは、それは。いつも、もう細田がお世話になりまして、いちどわたくしもご挨拶に伺いたいと存じながら、しつれいしておりまして、本当にまあ、きょうは、ようこそ、……」

云々と、普通の女の挨拶を述べるばかりで、すこしも狂信者らしい影が無い。

「うむ、これで母と子の対面もすんだ。それでは、いよいよインフレーションの救助に乗り出す事にしましょう。まず、新鮮な水を飲まなければいけない。お母さん、薬缶《やかん》を貸して下さい。私が井戸から汲んでまいります。」

細田氏ひとりは、昂然たるものである。

「はい、はい。」

何気ないような快活な返事をして、細君は彼に薬缶を手渡す。

彼が部屋を出てから、すぐに私は細君にたずねた。

「いつから、あんなになったのですか？」

「え？」

と、私の質問の意味がわからないような目つきで、無心らしく反問する。

私のほうで少しあわてて気味になり、

「あの、細田さん、すこし興奮していらっしゃるようですけど。」

「はあ、そうでしょうかしら。」

と言って笑った。

「大丈夫なんですか？」

「いつも、おどけた事ばかり言って、……」

平然たるものである。

この女は、夫の発狂に気附いていないのだろうか。私は頗《すこぶ》る戸惑った。

「お酒でもあるといいんですけど、」と言って立ち上り、電燈のスイッチをひねって、「このごろ細田は禁酒いたしましたもので、配給のお酒もよそへ廻してしまいまして、何もございませんで、失礼ですけど、こんなものでも、いかがでございますか。」

と落ちついて言って私に蜜柑などをすすめる。電気をつけてみると、部屋が小綺麗に整頓せられているのがわかり、とても狂人の住んでいる部屋とは思えない。幸福な家庭の匂いさえするのである。

「いやもう何も、おかまいなく。私はこれで失礼しましょう。細田さんが何だか興奮していらっしゃるようでしたから、心配して、お宅まで送ってまいりましたのです。では、どうか、細田さんによろしく。」

引きとめられるのを振り切って、私はアパートを辞し、はなはだ浮かぬ気持で師走《しわす》の霧の中を歩いて、立川駅前の屋台で大酒を飲んで帰宅した。

わからない。

少しもわからない。

私は、おそい夕ごはんを食べながら、きょうの事件をこまかに家の者に告げた。

「いろいろな事があるのね。」

家の者は、たいして驚いた顔もせず、ただそう呟いただけである。

「しかし、あの細君は、どういう気持でいるんだろうね。まるで、おれには、わからない。」

「狂ったって、狂わなくたって、同じ様なものですからね。あなたもそうだし、あなたのお仲間も、たいていそうらしいじゃありませんか。禁酒なさったんで、奥さんはかえって喜んでいらっしゃるでしょう。あなたみたいに、ほうぼうの酒場にたいへんな借金までこさえて飲んで廻るよりは、罪が無くっていいじゃないの。お母さんだの、女神だのと言われて、大事にされて。」

私は眉間を割られた気持で、

「お前も女神になりたいのか?」

とたずねた。

家の者は、笑って、

「わるくないわ。」

と言った。

美男子と煙草

私は、独りで、きょうまでたたかって来たつもりですが、何だかどうにも負けそうで、心細くてたまらなくなりました。けれども、まさか、いままで軽蔑しつづけて来た者たちに、どうか仲間にいれて下さい、私が悪うございました、と今さら頼む事も出来ません。私は、やっぱり独りで、下等な酒など飲みながら、私のたたかいを、たたかい続けるよりほか無いんです。

私のたたかい。それは、一言で言えば、古いものとのたたかいでした。ありきたりの気取りに対するたたかいです。見えすいたお体裁に対するたたかいです。ケチくさい事、ケチくさい者へのたたかいです。

私は、エホバにだって誓って言えます。私は、そのたたかいの為に、自分の持ち物全部を失いました。そうして、やはり私は独りで、いつも酒を飲まずには居られない気持で、そうして、どうやら、負けそうになって来ました。

古い者は、意地が悪い。何のかのと、陳腐きわまる文学論だか、芸術論だか、恥かしげも無く並べやがって、以《もっ》て新しい必死の発芽を踏みにじり、しかも、その自分の罪悪に一向お気づきになっておらない様子なんだから、恐れいります。押せども、ひけども、動きやしません。ただもう、命が惜しくて、金が惜しくて、そうして、出世して妻子をよろこばせたくて、そのために徒党を組んで、やたらと仲間ぼめして、所謂《いわゆる》一致団結して孤影の者をいじめます。

私は、負けそうになりました。

先日、或《あ》るところで、下等な酒を飲んでいたら、そこへ年寄りの文学者が三人はいって来て、私がそのひとたちとは知合いでも何でも無いのに、いきなり私を取りかこみ、ひどくだらしない酔い方をして、私の小説に就《つ》いて全く見当ちがいの悪口を言うのでした。私は、いくら酒を飲んでも、乱れるのは大きらいのたちですから、その悪口も笑って聞き流していましたが、家へ帰って、おそい夕ごはんを食べながら、あまり口惜《くや》しくて、ぐしゃと嗚咽が出て、とまらなくなり、お茶碗も箸も、手放して、おいおい男泣きに泣いてしまって、お給仕していた女房に向い、

「ひとが、ひとが、こんな、いのちがけで必死で書いているのに、みんなが、軽いなぶりものにして、……あのひとたちは、先輩なんだ、僕より十も二十も上なんだ、それでいて、みんな力を合せて、僕を否定しようとしていて、……卑怯だよ、ずるいよ、……もう、いい、僕だってもう遠慮しない、先輩の悪口を公然と言う、たたかう、……あんまり、ひどいよ。」

などと、とりとめの無い事をつぶやきながら、いよいよ烈しく泣いて、女房は呆《あき》れた顔をして、

「おやすみなさい、ね。」

と言い、私を寝床に連れて行きましたが、寝てからも、そのくやし泣きの嗚咽が、なかなか、とまりませんでした。

ああ、生きて行くという事は、いやな事だ。殊にも、男は、つらくて、哀しいものだ。とにかく、何でもたたかって、そうして、勝たなければならぬのですから。

その、くやし泣きに泣いた日から、数日後、或る雑誌社の、若い記者が来て、私に向い、妙な事を言いました。

「上野の浮浪者を見に行きませんか?」

「浮浪者?」

「ええ、一緒の写真をとりたいのです。」

「僕が、浮浪者と一緒の？」

「そうです。」

と答えて、落ちついています。

なぜ、特に私を選んだのでしょう。太宰といえば、浮浪者。浮浪者といえば、太宰。何かそのような因果関係でもあるのでしょうか。

「参ります。」

私は、泣きべその気持の時に、かえって反射的に相手に立向う性癖を持っているようです。

私はすぐ立って背広に着換え、私の方から、その若い記者をせき立てるようにして家を出ました。

冬の寒い朝でした。私はハンカチで水洟《みずばな》を押えながら、無言で歩いて、さすがに浮かぬ心地でした。

三鷹駅から省線で東京駅迄《まで》行き、それから市電に乗換え、その若い記者に案内されて、先《ま》ず本社に立寄り、応接間に通されて、そうして早速ウイスキイの饗応にあずかりました。

思うに、太宰はあれは小心者だから、ウイスキイでも飲ませて少し元気をつけさせなければ、浮浪者とろくに対談も出来ないに違いないという本社編集部の好意ある取計らいであったのかも知れませんが、率直に言いますと、そのウイスキイは甚だ奇怪なしろものでありました。私も、これまでさまざまの怪しい酒を飲んで来た男で、何も決して上品ぶるわけではありませんが、しかし、ウイスキイの濁り酒というのは初めてでした。ハイカラなレッテルなど貼られ、ちゃんとした瓶でしたが、内容が濁っているのです。ウイスキイのドブロクとでも言いましょうか。

けれども私はそれを飲みました。グイグイ飲みました。そうして、応接間に集って来ていた記者たちにも、飲みませんか、と言ってすすめました。しかし、皆うす笑いして飲まないのです。そこに集って来ていた記者たちは、たいていひどいお酒飲みなのを私は噂で聞いて知っているのでした。けれども、飲まないのです。さすがの酒豪たちも、ウイスキイのドブロクは敬遠の様子でした。

私だけが酔っぱらい、

「なんだい、君たちは失敬じゃあないか。てめえたちが飲めない程の珍妙なウイスキイを、客にすすめるとは、ひどいじゃないか。」

と笑いながら言って、記者たちは、もうそろそろ太宰も酔って来た、この勢いの消えないうちに、浮浪者と対面させなければならぬと、いわばチャンスを逃さず、私を自動車に乗せ、上野駅に連れて行き、浮浪者の巣と言われる地下道へ導くのでした。

けれども、記者たちのこの用意周到の計画も、あまり成功とは言えないようでした。私は、地下道へ降りて何も見ずに、ただ真直《まっすぐ》に歩いて、そうして地下道の出口近くなって、焼鳥屋の前で、四人の少年が煙草を吸っているのを見掛け、ひどく嫌な気がして近寄り、

「煙草は、よし給たまえ。煙草を吸うとかえっておなかが空くものだ。よし給え。焼鳥が喰いたいなら、買ってやる。」

少年たちは、吸い掛けの煙草を素直に捨てました。すべて十歳前後の、ほんの子供なのです。私は焼鳥屋のおかみに向い、

「おい、この子たちに一本ずつ。」

と言い、実に、へんな情なさを感じました。

これでも、善行という事になるのだろうか、たまらねえ。私は唐突にヴァレリイの或る言葉を思い出し、さらに、たまらなくなりました。

もし、私のその時の行いが俗物どもから、多少でも優しい仕草と見られたとしたら、私はヴァレリイにどんなに軽蔑されても致し方なかったんです。

ヴァレリイの言葉、――善をなす場合には、いつも詫びながらしなければいけない。善ほど他人を傷つけるものはないのだから。

私は風邪をひいたような気持になり、背中を丸め、大股で地下道の外に出てしまいました。

四五人の記者たちが、私の後を追いかけて来て、

「どうでした。まるで地獄でしょう。」

別の一人が、

「とにかく、別世界だからな。」

また別の一人が、

「驚いたでしょう？　御感想は？」

私は声を出して笑いました。

「地獄？　まさか。僕は少しも驚きませんでした。」

そう言って上野公園の方に歩いて行き、私は少しずつおしゃべりになって行きました。

「実は、僕なんにも見て来なかったんです。自分自身の苦しさばかり考えて、ただ真直を見て、地下道

を急いで通り抜けただけなんです。でも、君たちが特に僕を選んで地下道を見せた理由は、判《わか》った。それはね、僕が美男子であるという理由からに違いない。」

みんな大笑いしました。

「いや、冗談じゃない。君たちには気がつかなかったかね。僕は、真直を見て歩いていても、あの薄暗い隅に寝そべっている浮浪者の殆《ほとん》ど全部が、端正な顔立をした美男子ばかりだということを発見したんだ。つまり、美男子は地下道生活におちる可能性を多分に持っているということになる。君なんか色が白くて美男子だから、危いぞ、気をつけ給え。僕も、気をつけるがね。」

また、みんながどっと笑いました。

自惚《うぬぼ》れて、自惚れて、人がなんと言っても自惚れて、ふと気がついたらわが身は、地下道の隅に横たわり、もはや人間でなくなっているのです。私は、地下道を素通りしただけで、そのような戦慄を、本気に感じたのでした。

「美男子の件はとに角、そのほかに何か発見出来ましたか。」

と問われて私は、

「煙草です。あの美男子たちは、酒に酔っているようにも見えなかったが、煙草だけはたいてい吸っていましたね。煙草だって、安かないんだろう。煙草を買うお金があったら、莚《むしろ》一枚でも、下駄一足でも買えるんじゃないかしら。コンクリイトの上にじかに寝て、はだしで、そうして煙草をふかしている。人間は、いや、いまの人間は、どん底に落ちても、丸裸になっても、煙草を吸わなければならぬように出来ているのだろうね。ひとごとじゃない。どうも、僕にもそんな気持が思い当らぬこともない。いよいよこれは、僕の地下道行きは実現性の色を増して来たようだわい。」

　上野公園前の広場に出ました。さっきの四名の少年が冬の真昼の陽射を浴びて、それこそ嬉々として遊びたわむれていました。私は自然に、その少年たちの方にふらふら近寄ってしまいました。

「そのまま、そのまま。」

　ひとりの記者がカメラを私たちの方に向けて叫び、パチリと写真をうつしました。

「こんどは、笑って！」

　その記者が、レンズを覗きながら、またそう叫び、少年のひとりは、私の顔を見て、

「顔を見合せると、つい笑ってしまうものだなあ。」

と言って笑い、私もつられて笑いました。

　天使が空を舞い、神の思召《おぼしめし》により、翼が消え失せ、落下傘のように世界中の処々方々に舞い降りるのです。私は北国の雪の上に舞い降り、君は南国の蜜柑畑に舞い降り、そうして、この少年たちは上野公園に舞い降りた、ただそれだけの違いなのだ、これからどんどん生長しても、少年たちよ、容貌には必ず無関心に、煙草を吸わず、お酒もおまつり以外には飲まず、そうして、内気でちょっとおしゃれな娘さんに気永《きなが》に惚れなさい。

附記
　この時うつした写真を、あとで記者が持って来てくれた。笑い合っている写真と、それからもう一

枚は、私が浮浪児たちの前にしゃがんで、ひとりの浮浪児の足をつかんでいる甚だ妙なポーズの写真であった。もしこれが後日、何か雑誌にでも掲載された場合、太宰はキザな奴だ、キリスト気取りで、あのヨハネ伝の弟子の足を洗ってやる仕草を真似していやがる、げえっ、というような誤解を招くおそれなしとしないので一言弁明するが、私はただはだしで歩いている子供の足の裏がどんなになっているのだろうという好奇心だけであんな恰好をしただけだ。

さらに一つ、笑い話を附け加えよう。その二枚の写真が届けられた時、私は女房を呼び、

「これが、上野の浮浪者だ。」

と教えてやったら、女房は真面目に、

「はあ、これが浮浪者ですか。」

と言い、つくづく写真を見ていたが、ふと私はその女房の見詰めている個所を見て驚き、

「お前は、何を感違いして見ているのだ。それは、おれだよ。お前の亭主じゃないか。浮浪者は、そっちの方だ。」

女房は生真面目過ぎる程の性格の所有者で、冗談など言える女ではないのである。本気に私の姿を浮浪者のそれと見誤ったらしい。

メリイクリスマス

東京は、哀しい活気を呈していた、とさいしょの書き出しの一行に書きしるすというような事になるのではあるまいか、と思って東京に舞い戻って来たのに、私の眼には、何の事も無い相変らずの「東京生活」のごとくに映った。

私はそれまで一年二箇月間、津軽の生家で暮し、ことしの十一月の中旬に妻子を引き連れてまた東京に移住して来たのであるが、来て見ると、ほとんどまるで二三週間の小旅行から帰って来たみたいの気持がした。

「久し振りの東京は、よくも無いし、悪くも無いし、この都会の性格は何も変って居りません。もちろん形而下《けいじか》の変化はありますけれども、形而上の気質において、この都会は相変らずです。馬鹿は死ななきゃ、なおらないというような感じです。もう少し、変ってくれてもよい、いや、変るべきだとさえ思われました。」

と私は田舎の或《あ》るひとに書いて送り、そうして、私もやっぱり何の変るところも無く、久留米絣《くるめがすり》の着流しに二重まわしをひっかけて、ぼんやり東京の街々を歩き廻っていた。

十二月のはじめ、私は東京郊外の或る映画館、（というよりは、活動小屋といったほうがぴったりするくらいの可愛らしくお粗末な小屋なのであるが）その映画館にはいって、アメリカの写真を見て、そこから出たのは、もう午後の六時頃で、東京の街には夕霧《ゆうぎり》が烟《けむり》のように白く充満して、その霧の中を黒衣の人々がいそがしそうに往来し、もう既にまったく師走《しわす》の巷《ちまた》の気分であった。東京の生活は、やっぱり少しも変っていない。

私は本屋にはいって、ある有名なユダヤ人の戯曲集を一冊買い、それをふところに入れて、ふと入口のほうを見ると、若い女のひとが、鳥の飛び立つ一瞬前のような感じで立って私を見ていた。口を小さくあけているが、まだ言葉を発しない。

吉か凶か。

昔、追いまわした事があるが、今では少しもそのひとを好きでない、そんな女のひとと逢うのは最大の凶である。そうして私には、そんな女がたくさんあるのだ。いや、そんな女ばかりといってよい。

新宿の、あれ、……あれは困る、しかし、あれかな？

「笠井さん。」女のひとは呟くように私の名をいい、踵《かかと》をおろして幽《かす》かなお辞儀をした。

緑色の帽子をかぶり、帽子の紐を顎で結び、真赤なレンコオトを着ている。見る見るそのひとは若くなって、まるで十二、三の少女になり、私の思い出の中の或る影像とぴったり重って来た。

「シズエ子ちゃん。」

吉だ。

「出よう、出よう。それとも何か、買いたい雑誌でもあるの？」

「いいえ。アリエルというご本を買いに来たのだけれども、もう、いいわ。」

私たちは、師走ちかい東京の街に出た。

「大きくなったね。わからなかった。」

やっぱり東京だ。こんな事もある。

私は露店から一袋十円の南京豆を二袋買い、財布をしまって、少し考え、また財布を出して、もう一袋買った。むかし私はこの子のために、いつも何やらお土産を買って、そうして、この子の母のところへ遊びに行ったものだ。

母は、私と同じとしであった。そうして、そのひとは、私の思い出の女のひとの中で、いまだしぬけに逢っても、私が恐怖困惑せずにすむ極めて稀な、いやいや、唯一、といってもいいくらいのひとであった。それは、なぜであろうか。いま仮りに四つの答案を提出してみる。そのひとは所謂《いわゆる》貴族の生れで、美貌《びぼう》で病身で、といってみたところで、そんな条件は、ただキザでうるさいばかりで、れいの「唯一のひと」の資格にはなり得ない。大金持ちの夫と別れて、おちぶれて、わずかの財産で娘と二人でアパート住いして、と説明してみても、私は女の身の上話には少しも興味を持てないほうで、げんにその大金持ちの夫と別れたのはどんな理由からであるか、わずかの財産とはどんなものだか、まるで何もわかってやしないのだ。聞いても忘れてしまうのだろう。あんまり女に、からかわれつづけて来たせいか、女からどんな哀れな身の上話を聞かされても、みんないい加減の嘘のような気がして、一滴の涙も流せなくなっているのだ。つまり私はそのひとが、生れがいいとか、美人だとか、しだいに落ちぶれて可哀《かわい》そうだとか、そんな謂《い》わばロオマンチックな条件に依って、れいの「唯一のひと」として択《えら》び挙げていたわけでは無かった。答案は次の四つに尽きる。第一には、綺麗好きな事である。外出から帰ると必ず玄関で手と足とを洗う。落ちぶれたといっても、さすがに、きちんとした二部屋のアパートにいたが、いつも隅々まで拭き掃除が行きとどき、殊にも台所の器具は清潔であった。第二には、そのひとは少しも私に惚れていない事であった。そうして私もまた、少しもそのひとに惚れていないのである。性欲に就《つ》いての、あのどぎまぎした、いやらしくめんどうな、思いやりだか、自惚《うぬぼ》れだか、気を引いてみるとか、ひとり角力《ずもう》とか、何が何やら十年一日どころか千年一日の如き陳腐な男女闘争をせずともよかった。私の見たところでは、そのひとは、やはり別れた夫を愛していた。そうして、その夫の妻としての誇を、胸の奥深くにしっかり持っていた。第三には、そのひとが私の身の上に敏感な事であった。私がこの世の事がすべてつまらなくて、たまらなくなっている時に、この頃おさかんのようですね、などといわれるのは味気ないものである。そのひとは、私が遊びに行くと、いつでもその時の私の身の上にぴったり合った話をした。いつの時代でも本当の事をいったら殺されますわね、ヨハネでも、キリストでも、そうしてヨハネなんかには復活さえ無いんですからね、といった事もあった。日本の生きている作家に就いては一言もいった事が無かった。第四には、これが最も重大なところかも知れないが、そのひとのアパートには、いつも酒が豊富にあった事である。私は別に自分を吝嗇《りんしょく》だとも思っていないが、しかし、どこの酒場にも借金が溜って憂鬱な時には、いきおいただで飲ませるところへ足が向くのである。戦争が永くつづいて、日本にだんだん酒が乏しくなっても、そのひとのアパートを訪れると、必ず何か飲み物があった。私はそのひとのお嬢さんにつまらぬ物をお土産として持って行って、そうして、泥酔するまで飲んで来るのである。以上の四つが、なぜそのひとが私にとって、れいの「唯一のひと」であるかという設問の答案なのであるが、それがすなわちお前たち二人の恋愛の形式だったのではないか、と問いつめられると、私は、間抜け顔して、そうかも知れぬ、と答えるより他は無い。男女間の親和は全部恋愛であるとするなら、私たちの場合も、そりゃそうかも知れないけれど、しかし私は、そのひとに就いて煩悶《はんもん》した事は一度も無いし、またそのひとも、芝居がかったややこしい事はきらっていた。

「お母さんは変りないかね。」

「ええ。」

「病気しないかね。」

「ええ。」

「やっぱり、シズエ子ちゃんと二人でいるの？」

「ええ。」

「お家は、ちかいの？」

「でも、とっても、きたないところよ。」

「かまわない。さっそくこれから訪問しよう。そうしてお母さんを引っぱり出して、どこかその辺の料理屋で大いに飲もう。」

「ええ。」

女は、次第に元気が無くなるように見えた。そうして歩一歩、おとなびて行くように見えた。この子は、母の十八の時の子だというから、母は私と同じとしの三十八、とすると、……。

私は自惚れた。母に嫉妬するという事も、あるに違いない。私は話頭を転じた。

「アリエル？」

「それが不思議なのよ。」案にたがわず、いきいきして来る。「もうせんにね、あたしが女学校へあがったばかりの頃、笠井さんがアパートに遊びにいらして、夏だったわ、お母さんとのお話の中にしきりにアリエル、アリエルという言葉が出て来て、あたし何の事かわからなかったけど、妙に忘れられなくて、」急におしゃべりがつまらなくなったみたいに、ふうっと語尾を薄くして、それっきり黙ってしまって、しばらく歩いてから、切って捨てるように、「あれは本の名だったのね。」

私はいよいよ自惚れた。たしかだと思った。母は私に惚れてはいなかったし、私もまた母に色情を感じた事は無かったが、しかし、この娘とでは、或《あ》いは、と思った。

母はおちぶれても、おいしいものを食べなければ生きて行かれないというたちのひとだったので、対米英戦のはじまる前に、早くも広島辺のおいしいもののたくさんある土地へ娘と一緒に疎開し、疎開した直後に私は母から絵葉書の短いたよりをもらったが、当時の私の生活は苦しく、疎開してのんびりしている人に返事など書く気もせずそのままにしているうちに、私の環境もどんどん変り、とうとう五年間、その母子との消息が絶えていたのだ。

そうして今夜、五年振りに、しかも全く思いがけなく私と逢って、母のよろこびと子のよろこびと、どちらのほうが大きいのだろう。私にはなぜだか、この子の喜びのほうが母の喜びよりも純粋で深いもののように思われた。果してそうならば、私もいまから自分の所属を分明にして置く必要がある。母と子とに等分に属するなどは不可能な事である。今夜から私は、母を裏切って、この子の仲間になろう。たとい母から、いやな顔をされたってかまわない。こいを、しちゃったんだから。

「いつ、こっちへ来たの？」と私はきく。

「十月、去年の。」

「なあんだ、戦争が終ってすぐじゃないか。もっとも、シズエ子ちゃんのお母さんみたいな、あんなわがまま者には、とても永く田舎で辛抱できねえだろうが。」

私は、やくざな口調になって、母の悪口をいった。娘の歓心をかわんがためである。女は、いや、人間は、親子でも互いに張り合っているものだ。

しかし、娘は笑わなかった。けなしても、ほめても、母の事をいい出すのは禁物のごとくに見えた。ひどい嫉妬だ、と私はひとり合点した。

「よく逢えたね。」私は、すかさず話題を転ずる。「時間をきめてあの本屋で待ち合わせていたようなものだ。」

「本当にねえ。」と、こんどは私の甘い感慨に難なく誘われた。

私は調子に乗り、

「映画を見て時間をつぶして、約束の時間のちょうど五分前にあの本屋へ行って、……」

「映画を？」

「そう、たまには見るんだ。サアカスの綱渡りの映画だったが、芸人が芸人に扮すると、うまいね。どんな下手な役者でも、芸人に扮すると、うめえ味を出しやがる。根が芸人なのだからね。芸人の悲しさが、無意識のうちに、にじみ出るのだね。」

恋人同士の話題は、やはり映画に限るようだ。いやにぴったりするものだ。

「あれは、あたしも、見たわ。」

「逢ったとたんに、二人のあいだに波が、ざあっと来て、またわかれわかれになるね。あそこも、うめえな。あんな事で、また永遠にわかれわかれになるということも、人生には、あるのだからね。」

これくらい甘い事も平気でいえるようでなくっちゃ、若い女のひとの恋人にはなれない。

「僕があのもう一分まえに本屋から出て、それから、あなたがあの本屋へはいって来たら、僕たちは永遠に、いや少くとも十年間は、逢えなかったのだ。」

私は今宵《こよい》の邂逅《かいこう》を出来るだけロオマンチックに煽るように努めた。

路は狭く暗く、おまけにぬかるみなどもあって、私たちは二人ならんで歩く事が出来なくなった。女が先になって、私は二重まわしのポケットに両手をつっ込んでその後に続き、

「もう半丁？　一丁？」とたずねる。

「あの、あたし、一丁ってどれくらいだか、わからないの。」

私も実は同様、距離の測量においては不能者なのである。しかし、恋愛に阿呆感は禁物である。私は、科学者のごとく澄まして、

「百メートルはあるか。」といった。

「さあ。」

「メートルならば、実感があるだろう。百メートルは、半丁だ。」と教えて、何だか不安で、ひそかに暗算してみたら、百メートルは約一丁であった。しかし、私は訂正しなかった。恋愛に滑稽感は禁物である。

「でも、もうすぐ、そこですわ。」

バラックの、ひどいアパートであった。薄暗い廊下をとおり、五つか六つ目の左側の部屋のドアに、陣場という貴族の苗字が記されてある。

「陣場さん！」と私は大声で、部屋の中に呼びかけた。

はあい、とたしかに答えが聞えた。つづいて、ドアのすりガラスに、何か影が動いた。

「やあ、いる、いる。」と私はいった。

娘は棒立ちになり、顔に血の気を失い、下唇を醜くゆがめたと思うと、いきなり泣き出した。

母は広島の空襲で死んだというのである。死ぬる間際のうわごとの中に、笠井さんの名も出たという。

娘はひとり東京へ帰り、母方の親戚の進歩党代議士、そのひとの法律事務所に勤めているのだという。

母が死んだという事を、いいそびれて、どうしたらいいか、わからなくて、とにかくここまで案内して来たのだという。

私が母の事をいい出せば、シズエ子ちゃんが急に沈むのも、それゆえであった。嫉妬でも、恋でも無かった。

私たちは部屋にはいらず、そのまま引返して、駅の近くの盛り場に来た。

母は、うなぎが好きであった。

私たちは、うなぎ屋の屋台の、のれんをくぐった。

「いらっしゃいまし。」

客は、立ちんぼの客は私たち二人だけで、屋台の奥に腰かけて飲んでいる紳士がひとり。

「大串がよござんすか、小串が？」

「小串を。三人前。」

「へえ、承知しました。」

その若い主人は、江戸っ子らしく見えた。ばたばたと威勢よく七輪をあおぐ。

「お皿を、三人、べつべつにしてくれ。」

「へえ。もうひとかたは？　あとで？」

「三人いるじゃないか。」私は笑わずにいった。

「へ？」

「このひとと、僕とのあいだに、もうひとり、心配そうな顔をしたべっぴんさんが、いるじゃねえか。」

こんどは私も少し笑っていった。

若い主人は、私の言葉を何と解したのか、

「や、かなわねえ。」

といって笑い、鉢巻の結び目のところあたりへ片手をやった。

「これ、あるか。」私は左手で飲む真似をして見せた。

「極上がございます。いや、そうでもねえか。」

「コップで三つ。」と私は言った。

小串の皿が三枚、私たちの前に並べられた。私たちは、まんなかの皿はそのままにして、両端の皿にそれぞれ箸をつけた。やがてなみなみと酒が充たされたコップも三つ、並べられた。

私は端のコップをとって、ぐいと飲み、

「すけてやろうね。」

と、シズエ子ちゃんにだけ聞えるくらいの小さい声で言って、つぎのコップをとって、ぐいと飲み、ふところから先刻買った南京豆の袋を三つ取り出し、

「今夜は、僕はこれから少し飲むからね、豆でもかじりながら附き合ってくれ。」と、やはり小声でいった。

シズエ子ちゃんは首肯《うなず》き、それっきり私たちは一言も、何も、言わなかった。

私は黙々として四はい五はいと飲みつづけているうちに、屋台の奥の紳士が、うなぎ屋の主人を相手に、やたらと騒ぎはじめた。実につまらない、不思議なくらいに下手くそな、まるっきりセンスの無い冗談をいい、そうしてご本人が最も面白そうに笑い、主人もお附き合いに笑い、「トカナントカイッチャッテネ、ソレデスカラネエ、ポオットシチャッテネエ、リンゴ可愛イヤ、気持ガワカルトヤッチャッテネエ、ワハハハハ、アイツ頭ガイイカラネエ、東京駅ハオレノ家ダト言ッチャッテネエ、マイッチャッテネエ、オレノ妾宅《しょうたく》ハ丸ビルダト言ッタラ、コンドハ向ウガマイッチャッテネエ、……」という工合《ぐあい》の何一つ面白くも、可笑《おか》しくもない冗談がいつまでも、ペラペラと続き、私は日本の酔客のユウモア感覚の欠如にいまさらながらうんざりして、どんなにその紳士と主人が笑い合っても、こちらは、にこりともせず酒を飲み、屋台の傍をとおる師走ちかい人の流れを、ぼんやり見ているばかりなのである。

紳士は、ふいと私の視線をたどって、そうして、私と同様にしばらく屋台の外の人の流れを眺め、だしぬけに大声で、

「ハロー、メリイ、クリスマアス。」

と叫んだ。アメリカの兵士が歩いているのだ。

何というわけもなく、私は紳士のその諧《かい》ぎゃくにだけは噴き出した。

呼びかけられた兵士は、とんでもないというような顔をして首を振り、大股で歩み去る。

「この、うなぎも食べちゃおうか。」

私はまんなかに取り残されてあるうなぎの皿に箸をつける。

「ええ。」

「半分ずつ。」

東京は相変らず。以前と少しも変らない。

解説

孤独者の真っ直ぐなアイロニー

長山 靖生

〈撰ばれてあることの　恍惚と不安と　二つわれにあり〉

太宰治はこのヴェルレーヌの一節を、第一短編集『晩年』の巻頭に配した「葉」のエピグラフに掲げたが、たしかに多様なニュアンスにおいて、太宰の作品にも生涯にも、これほどよく似合う言葉はない。恍惚と不安もそうだが、太宰治のなかでは矛盾背反する概念や心情がしばしば同居している。またその位置や価値は交換可能で時に揺らいだ。

太宰作品では正義と不実、真面目と怠惰の価値がしばしば反転する。不実の真実、怠惰なる者の苦悩や努力を太宰はしばしば訴える。その底には旧弊な「家」や欺瞞に満ちた社会に対する嫌悪と、それでも彼らからの評価に拘り、縋らずにはいられない自分自身へのアイロニカルなまなざしがある。本書はそんな太宰治の時に悲愴で滑稽な、アイロニーが煌めく作品をセレクトした。

本書に収録した作品の初出あるいは初収本は次の通り。

「燈籠」（「若草」昭和一二年一〇月号）
「玩具」（「作品」昭和一〇年七月号）
「魚服記」（「海豹」昭和八年三月号）
「猿ヶ島」（「文學界」昭和一〇年九月号）
「カチカチ山」（『お伽草紙』筑摩書房、昭和二〇年一〇月）

「駈込み訴え」(「中央公論」昭和一五年二月号)
「黄金風景」(「國民新聞」昭和一四年三月二日、三日)
「八十八夜」(「新潮」昭和一四年八月号)
「I can speak」(「若草」昭和一四年二月号)
「懶惰の歌留多」(「文藝」昭和一四年四月号)
「容貌」(「博浪沙」昭和一六年六月号)
「一つの約束」(青森県某誌、昭和一九年頃)
「デカダン抗議」(「文藝世紀」昭和一四年一一月号)
「新郎」(「新潮」昭和一七年一月号)
「待つ」(『女性』博文館、昭和一七年六月刊、初収)
「散華」(「新若人」昭和一九年三月号)
「東京だより」(「文學報國」昭和一九年八月号)
「海」(「文學通信」昭和二一年七月号)
「トカトントン」(「群像」昭和二二年一月号)
「苦悩の年鑑」(「新文藝」昭和二一年六月号)
「女神」(「日本小説」昭和二二年五月号)
「美男子と煙草」(「日本小説」昭和二三年三月号)
「メリイクリスマス」(「中央公論」昭和二二年一月号)

作家はみな作り話の名人だが、なかでも太宰は特別だった。大げさで面白くて出来すぎで、いかにも作り話めいている。だから人は太宰の話を楽しみながらも、素直には信じない。信用ならぬ作り話だと警戒する。しかし信じないことと心動かされないこととは違う。太宰の小説はいかにも虚構であり、詭弁に溢れているが、同時にそこにある悲しい真実、痛切な純真があると感じて心が揺れる。「燈籠」はそんな作品のひとつだ。この笑いと悲しみはどこから来るのか。

青森県屈指の大地主の家に生まれた太宰治（本名・津島修治）は、しかし六男だったので、家を継ぐべき長兄とは異なり、家庭内では幼い頃から目下《めした》のものとして扱われていた。外部から向けられる「津島家の坊ちゃん」への丁重追従と嫉妬怨嗟の入り混じった視線と、家庭内における取るに足らない存在という立場への戸惑いは、太宰のなかで気負いと自己憐憫の双方を育んだ。その延長には精神的孤独者としてのナルシシズムがあるだろう。恋愛遍歴や思想的な揺らぎは、当時の知的文学青年なら誰でも多少はあることだったが、繰り返された自殺未遂は、強すぎる自負と不安が当人にも止めようもなくなった結果ではないかと思う。

太宰は弘前中学時代に文学に目覚め、弘前高等学校文科甲類へと進んだが、プロレタリア文学や思想活動に惹かれ、その一方で芸者見習いの小山初代と相知り、結婚を望むようにもなった。そうした生活は実家との軋轢を生み、また思想問題での警察の取り調べに対する恐怖もあり、昭和四年一二月にカルモチン自殺をはかる事件を起こした。太宰は後に当時の思想信条を〈金の無い一賤民だけが正しい。私は武装蜂起に賛成した。（中略）しかし、私は賤民でなかった。ギロチンにかかる役のほうであった〉（「苦悩の年鑑」〉と表現したが、運動については大学に進んでからも資金援助役だった。その金はもちろん彼が家から得る仕送りから流用されていた。

昭和五年、東京帝國大学文学部仏文科に進んだものの、フランス語が出来ずに講義についていけず、美学科への転科を希望する一方、井伏鱒二に入門して作家を目指した。さらに置屋から足抜けした初代の上京、結婚問題を巡り実家との関係悪化、そんななかで銀座裏の「カフェーホリウッド」の女給・田部シメ子（本名・あつみ）との突発的な心中未遂（相手は死亡）と太宰の生活は混迷を極めた。太宰は自殺幇助で取り調べも受けた。

自身で解決できない問題は、けっきょくその度、実家を頼らざるを得ない彼だった。〈取調べの末、起訴猶予になった。昭和五年の歳末の事である。兄たちは、死にぞこないの弟に優しくしてくれた〉（「東京八景」）とある。昭和六年の彼は、実家が金の問題を清算してくれたおかげで堂々と上京してきた初代と同棲し、大学にはほとんど登校せずに左翼活動にかかわり続け、〈たまに訪ねて来る友人達の、御機嫌ばかりとって暮らしていた。自分の醜態の前科を、恥じるどころか、幽かに誇ってさえいた。実に、破廉恥な、低悩の時期であった〉（「東京八景」）というありさまだった。

翌年には警察に出頭して思想問題から足を洗う（ただしこの出頭も、東京の警察の出頭命令から逃げ回った末、実家の力が及ぶ青森警察署に自首する形を取った）。ただし大学のほうは講義はおろか試験すらほとんど受けておらず、卒業出来ずに実家に泣訴して仕送りを延長してもらう生活だった。そんな乱脈で恥辱に塗れた青春期の後、太宰の文学生活は本格的にはじまったのだった。

はじめて評判を得たのは同人誌『海豹』に発表した「魚服記」だった。師匠である井伏鱒二は、太宰が調子に乗らないかと心配して、「そんな、評判になる筈は無いんだがね。いい気になっちゃいけないよ、何かの間違いかもわからない」と不安そうだったという。この年、檀一雄と出会い、中原中也らと共に同人誌『青い花』を創刊したものの一号だけで廃刊となった。絡み癖のある中也が、太宰に好きな花は何かと尋ね、「桃の花」と答えると執拗に罵倒したため、壇が怒って中也と喧嘩になった逸話は、よく知られている。

太宰治はコラージュの名手でもあった。既存の作品を巧みに換骨奪胎し、自身の新鮮な作品に作り替えるのである。「魚服記」も上田秋成の「夢応の鯉魚」と柳田國男の「山に埋もれたる人生あること」(『山の人生』)を下敷きにしていた。もちろん、「カチカチ山」や「駈込み訴え」の典拠はいうに及ぶまい。だが誰もが知っている物語を、太宰ほど鮮やかに作り替えて、わが物語とする作家は稀有である。学生時代に太宰が強く憧れた作家・芥川龍之介や、同時代の中島敦もしばしばこのような手法で格調高く思索的な作品を創出したが、芥川や中島はもっと出典に近い形で書いており、自由度の高さは太宰の作が抜きん出ている。

「駈込み訴え」のユダには、左翼運動の資金提供者として便利使いされながら、同志の多くから真の仲間と見做されず、資本家の子弟として軽蔑されていた太宰の苦悩が仮託、弁明されている一方、実家や郷里の側から見ると、金銭問題など自身の生活負担を周囲に押し付けておいて、勝手な愛や理想への苦悩で悲愴ぶっている太宰の状況が、調子のいい理想主義者のイエスに重なって見えるのも面白い。前者の視点からはマルクス主義や信仰の独善性という純粋の不純が、後者の視点からは実人生における理想と現実の乖離が、アイロニカルな懺悔として描かれているといえよう。

その後も太宰は、創作に努める一方で乱脈な生活を続けた。初代の不倫が発覚したために彼女と別れ、作品の不評もあってまたも自殺未遂をし、治療薬として用いたパビナールの中毒にもなった。「猿ヶ島」はそんな混迷期の作品で、ここにはその孤独感が形を変えて投影されているようにも思う。

それでも昭和一〇年に発表した「逆行」が第一回芥川賞候補になったときは、佐藤春夫に推薦を懇願、そのためではないだろうが選考会で佐藤は太宰を推したが、受賞は成らなかった。選考委員のひとりだった川端康成が選評に〈作者目下の生活に厭な雲あり〉と書いたことに憤慨してあしざまに罵倒する文章を発表し、また佐藤の悪口まで触れ回ったために、佐藤春夫から叱責される一幕もあった。なお川端は、生活態度を理由に落としたのではなく、〈才能の素直に発せざる憾みがあった〉として、作品に集中するよう激励しているようにも読める。その後、芥川賞受賞に拘った太宰は、第二回、第三回でもやきもきし、再び佐藤に愁訴したばかりか、公然と罵倒した川端にも手紙で懇願した。その文面は卑屈極まりないものだった。ただし手紙の実物を見てみると、上質の巻紙に大きな文字で散らし書きのように書かれており、文面のいじましさとは異なり、紙面からはユーモアと余裕すら感じられる。あるいはこのようなところにも、太宰独特の照れや意地、あるいは反語性があったのかもしれない。けっきょく第三回では、過去の候補者は選考対象から除外するとの規定が設けられたため、太宰は候補にすらならずに終わった。

ようやくこの頃、太宰は生活の立て直しに真剣に取り組むようになる。そして井伏鱒二の紹介で、地質学者石原初太郎の四女・石原美知子と見合いをし、結婚を申し込んだ。この際、井伏に媒酌人を頼んだものの、これまで何度も太宰に振り回されてきた井伏は、これを渋った。すると太宰は井伏に「結婚誓約書」なるものを提出、そのなかで〈再び破婚を繰り返した時には私を完全の狂人として棄てて下さい〉と書いた。

こうして昭和一四年一月に美知子と結婚した太宰は、九月に三鷹の下連雀に転居し、精神的安定を得て次々と優れた短編を発表しはじめた。下降的デカダンが濃厚だった前期に比べ、この時期の作品は自嘲的ながら堅実さへの意欲、少なくともその肯定があり、彼のなかでは最も明るい作風といわれている。「女生徒」や「富嶽百景」「走れメロス」「黄金風景」「八十八夜」、「I can speak」などがこの時期にあたる。たしかに「黄金風景」や「走れメロス」など。本書では「黄金風景」「走れメロス」の健全性、道徳性は気恥ずかしいほどだ。「走れメロス」はシラーの作品を換骨奪胎したものだったが、「黄金風景」は私小説でもあり、これまでの自己への後悔と将来への健全化努力の向日性が、まさに黄金的に眩しく感じられる。

この頃、川端康成が太宰の「女生徒」を文芸時評で取り上げて〈「女生徒」は可憐で、はなはだ魅力がある。（中略）作者は「女生徒」にいわゆる「意識の流れ」の手法を、程よい程度に用いている。それは心理的というよりは叙情的に音楽じみた効果を収めている〉と称賛した。その後、太宰はこの手法にますます磨きをかけ、一人称の語りや書簡体を通して、作中時間を前後するなどもしながら、時に記憶の特性として変容や虚偽や錯誤や矛盾を交えつつ、縷々と思いが自在に迸る体の作品を書き続けていく。それは『正義と微笑』や戦後の『斜陽』のように、他人の日記を下敷きにしながらの創作という手法にもつながる。

「懶惰の歌留多」も時期的にはこの頃の作だが、こちらはやや戯文風であり、そろそろ「真面目に、健実に」という姿勢に飽きてきたか、とも感じられる。あるいは「いろは」の各項目のなかには、以前からある程度書き溜めていた創作ノートやアフォリズムの断片を用いたものが少なくなかったのかもしれない。それにしても「に」の出だしは何度読んでも噴出してしまう。家庭の安定を得た太宰は、自嘲と諧謔を通して自己のナルシシズムを統御する術を身に付け、デカダンを扱っても下降的になりすぎぬ余裕すら得ていた。

「容貌」は自身の顔をめぐる短文だが、そういえば太宰は自身の容姿に頻繁に言及する作家だった。その多さは室生犀星と双璧かと思われる。ただし犀星は自身を「醜い」「醜男」と断じて歎き、他人の容姿をうらやむのが常だった。これに対して太宰は、自分の顔を完璧だとは言わないけれども、なかなかにいい男であり「こうすればもっと良くなるのではないか」的な話を好んだ。たいていはその失敗談へと結びつくのだが、オチを付けるにしてもナルシストだったのは事実だろう。「一つの約束」や「デカダン抗議」は、いわば至善を指向する美意識、精神的ナルシシズムの産物である。

しかしまもなく、すべてを飲み込む戦争の季節がやってくる。個人的な頽廃趣味などとはレベルの違う破滅だ。実際にはとうの昔から大陸での戦火が続いていたものの、「事変」という名で呼ばれ続けていた。それが昭和一六年一二月八日、決定的な開戦へと至ったのである。

「新郎」は、当時の呼び名に従うなら大東亜戦争が勃発した当時の心境を描いた作品だ。気分が高揚して調子はずれの行動を繰り返し、それでいて奇妙に訓戒めかしたことを語る話者。しかし話者は、この戦争の行く末がどうなるか、すでに冷静に見通してもいる。冒頭の〈一日一日を、たっぷりと生きて行くより他は無い。明日のことは思い煩うな〉は、一見、開戦という事態に順応しているようでいて、既に滅びを予感している。〈明日のことは思い煩うな〉には、明日という日はない、との予感がある。だからこそ未来そのものである子どもの顔を覗き込むのだ。

この予感は覚悟や諦念というより、狼狽を帯びている。それが話者のちぐはぐな行動となって表れる。なぜなら既に打つ手がないからだ。話者には何もできない。現実に服従するしかない。話者が着る紋服は、新郎のそれというより、喪服を思わせる。狼狽した話者は、まるで葬式の日にしっかりしなくてはという気負いから「大丈夫。私は幸せです」と口走ってしまう喪主のようだ。馬車が銀座には行かないように、この新郎の向かう先は結婚式場ではないだろう。

文学者を含む多くの日本人は、大東亜戦争勃発の一報に、晴れやかな気分を感じたと記している。時局の圧力に従った面もあるだろうが、案外、実際の感想だったのではないかと私は思っている。だらだら続く大陸での戦火は膠着状態で、米英仏との関係悪化もあって物資欠乏のジリ貧状態が続いていた。こんな息苦しい状態がいつまで続くのかという倦怠から、多くの日本人は一か八かの賭けに――あるいは自覚できない破滅への願望に――一種の爽快感を覚えたのではなかったか。

戦時下の太宰は反戦的ではなかったが、翼賛的でもなかった。困惑し浮足立っていたというのが、その作品から受ける直截な印象である。そのことを太宰自身もよく分かっていた。逆説的だけども、自分たちは浮足立っているのだと開戦当初から自覚していたからこそ、太宰は戦時下にあって最も美しい小説が書けたのだと思う。例えば「待つ」や「散華」のような作品を。

「待つ」はもともと「京都帝國大学新聞」の依頼に応じて書かれた作品だったが、内容が時局にそぐわないということで掲載されずに返され、『女性』（博文館、昭和一七年六月刊）に書き下ろしの形で初収された。たしかに時局には合わないが、背徳が神聖なものに転ずる強い希求のような、痛切な何かが感じられる。もし戦時下でなかったら、こうしたテーマはもっとおどけたユーモラスな形で扱われていたのではないかと思う。戦時下の深刻な状況と、それでも聖戦完遂を声高に叫ぶ者たちが跋扈する世の中では、自分の気持ちに正直であること自体が、アイロニカルな正義となっていた。

ところで「待つ」という言葉を聞いて私が思い出すのは、太宰が昭和一四年に発表した「鷗」の、次の一節だ。

〈やはり辻音楽師だ。ぶざまでも、私は私のヴァイオリンを続けて奏するより他はないのかも知れぬ。汽車の行方は、志士に任せよ。「待つ」という言葉が、いきなり特筆大書で、額に光った。何を待つやら。私は知らぬ。けれども、これは尊い言葉だ。啞の鷗は沖をさまよい、そう思いつつ、けれども無言で、さまよいつづける〉

この前年の昭和一三年、第一次近衛内閣の下で国家総動員法が成立している。汽車の行方は議論ではなく声高な宣伝宣撫で決められた時代である。「バスに乗り遅れるな」という新体制運動のスローガンが昭和一五年に唱えられていた。「待つ」という言葉は、消極的ではあるけれども誰かを待って佇み、バスに駈け込まない立ち位置を示している。

昭和一〇年代の太宰治は、檀一雄と共に「日本浪漫派」に参加したことからも分かるように、必ずしも反体制の人ではなかった。とはいえ「日本浪漫派」は、主宰の保田與重郎の言動やその影響力も含めて、あまりに誇大に戦争と結びつけられているきらいがある。この雑誌に集まった神保光太郎や伊東静雄、中河与一らは、「日本への回帰」と唱えたもののそれは主にロマン主義的な産土の肯定であり、本来は政治的なものではなかった。

太宰は愚かな直截さを愛した。尊敬したといってもいいかもしれない。もし太宰が戦争に肯定的だったとしたら、それは愚行を信じる人々の純真さへの愛情からだ。「散華」には下手な詩を書き、評価されなくてもくさらず、せっせとまた持って来る若者が登場する。そんな平凡で気のいい文学青年が兵士として戦場に送られていく。平和な時代なら天下国家のことなどに関わろうとせず、身辺風物や心情を、さも大切そうに書き綴っては喜んだり悲観したりし続けたであろう若者たちが、散華でも玉砕でも、何と言おうと構わないけれども事実としては無惨に死んだ。太宰は玉砕という言葉について〈あまりに美しい言葉で、私の下手な書き物の題などには、もったいない気がして〉と述べているが、私は散華という字面と響きのほうがより美しいと感じる。玉が砕ける苛烈さよりも、はらはらと音もなく散る花のほうが美しいと思う。それが古来、日本人の当たり前の美意識ではなかったか。武器も食料も欠乏する前線で、無謀な作戦を強いられて死んでいく文弱の若者に贈るには、せめて玉砕より散華の方がふさわしい。太宰はもちろん、それを分かっている。

「東京だより」もまた健気な若者の、真摯で痛ましい真っ直ぐさを描いて、美しい。美しすぎて痛ましい。ここには『右大臣実朝』の〈アカルサハ、ホロビノ姿デアロウカ〉に通じる悲しみの美学がある。

純真であること、直向きであること。それがそのままアイロニーになってしまう時代。戦争をめぐるイデオロギーとはまた別の次元で、その痛ましさと敬虔さに、太宰は寄り添うともなく寄り添い、敬意を表した。

「海」は戦後に発表された小品だが、戦時下のちょっとした家族の愛情風景を描いている。これも戦時下だからこそ、平凡が愛おしいく認識された好例だろう。多くの父は、平時であればこんなに家族との瞬間を貴重とは感じないのではないか。いつでも出来る。毎日でも出来る。そう思いながら日々の仕事や交友にかまけて、気がついたら「あれが家族とのかけがえのない思い出だったな」と後から思い、「もっと一緒にいればよかった」と後悔するものだ。戦時下だからこそ、リアルタイムで家族との時間が大切だと感じられる……。

ところで大きな海を見せてやりたいという父親の姿からどうしても連想してしまうのは、中原中也の詩「夏の夜の博覧会はかなしからずや」だ。

〈不忍ノ池の前に立ちぬ、坊や眺めてありぬ／そは坊やの見し、水の中にて最も大なるものなりきかなしからずや、〉

中原中也は愛児・文也を三歳で失い、一時は精神に変調をきたすほど悲嘆にくれた。太宰の場合、これに相当するのは「桜桃」だろう。わざわざ書かなくても愛読者はよく知っていると思うが、そこには主人公が家にいたたまれない理由が、はっきり書かれている。〈四歳の長男は、痩せこけていて、まだ立てない。言葉は、アダとかダアとか言うきりで一語も話せず、また人の言葉を聞き分ける事も出来ない〉と。

檀一雄もそうだが、無頼派とされた作家は案外（というか案の定というべきか）子煩悩で気が弱い。

だから愛する者の不幸に堪えられずに逃げ出してしまうのだ。そして酒や薬におぼれる。父親が子どもを妻任せにして逃避し、酒場で桜桃を口にしていていい筈はないのだが、その気持ちは痛いほど分かる。あるいは国が滅びゆく戦いをしている最中の太宰の心境にも、これと似た逃避と痛恨と厳粛があったのではないか。

太宰治は社会から逸脱しているように見えて、いつの時代もその時々の情勢と深いところで結びついていた。プロレタリア運動への傾倒、日本への回帰、戦争に対する無抵抗……。それは時流に乗ろうとする野心というより、周囲の情熱や情緒に感応してしまう気弱さや繊細さの結果のようにも思う。もし太宰が時流に多少とも抵抗しようとしたことがあるとしたら、それは「戦後」に対してだったかもしれない。

昭和二〇年八月一五日を境に、日本は大きく転換した。戦時中は一億玉砕を声高に唱えていた人が、臆面もなく「私は元々民主主義者で……」となどと言い出す醜態が、そこここで見られた。学校では教科書に墨が塗られ、文壇や画壇でも「戦争協力者」の追及が起こった。あの戦争は間違いだったと蓋をして、過去の自分の言動を隠蔽し、あるいはそこにあったかもしれない多少の真実ごと、検証することなく葬り去る態度は、体制から体制への渡り鳥でしかなかった。

そのような敗戦日本で、太宰治は戦前における社会脱落者のイメージがかえって幸いし、大衆的な人気を獲得していった。早々に挫折したとはいえもとはプロレタリア運動のシンパであり、戦時下にもさして勇ましい小説を書かず、従軍作家として健筆を振るうこともなかった。だから戦後社会は太宰を求め、昭和二二年の『斜陽』のヒットがその人気に拍車をかけた。

一方、そんな時代だからこそ、太宰は「苦悩の年鑑」のような作品を書いたのかもしれない。この作品で太宰は自らの生い立ちを語り、博愛主義、マルクス主義、キリスト的なストイシズムなどの思想遍歴（それはまた日本青年たちの流行思想変遷史でもあった）を語っている。その掲句に戦後という「今」、自分が〈これまでどんなに深く天皇を愛して来たのかを知った〉と書き記した。これもまたアイロニーだが、ある程度は本気だったのではないかという気もする。もちろん太宰が保守的な愛国者になったわけではない。安直な、阿呆らしい、戦後の掌返しが嫌なのである。

日本は負けたのではなく滅んだのだ、と太宰は言う。見ようによっては、敵に破れたのではなく自分たちの精神性が不充分だったのだと苦悩した折口信夫の思想にも通じるものがあるが、太宰はただ「負けると分かっていたじゃないか」「それでも、やっちゃったんじゃないか」「みんな、言わされてたんじゃなくて、けっこう率先して騒いでただろ」「なんで日本の歴史風土まで全否定するような物言いをするんだよ」と言いたかっただけだろう。「だけ」にしては多弁だけれども、そういう軽剽さでもって、太宰は戦中も戦後も変わらずに日本人が愚かで靡きやすい脆弱な精神しか持っていないことを、自嘲交じりに告発しているのだ。しかも戦後の愚かさには、もはや戦時下の純真直截はなかった。

「トカトントン」の薄らとぼけた味わいは、いかにも戦後的だ。戦中戦後の時期、日本でもトーマス・マンが広く読まれていたが、そのいうところの「滑稽と悲惨」の味わいである。この小説は敗戦の意味を受け取りかねている青年の書簡形式で書かれているが、モデルは当時水戸市にいた保知勇二郎という復員青年で、太宰治にしばしばファンレターを送っていた。のちに保知は「トカトントン」というトンカチの音について、当時の何通目かの手紙に書いたものの、自分は幻聴には悩んではおらず、そこは太宰の創作だとしている。ここにも事実を改変して真実を作り上げる太宰の腕が光っている。

戦時中に正気を失っていた人々のなかには、戦後になってより深い混沌に精神を沈めていた人もいた。絶対的な中心を喪失し、その空白を埋める何かに縋りたくて、新興宗教に走った人も少なくなかった。「女神」はそんな心情をデフォルメして描いているが、妻を母とも女神とも仰ぐ男は、戯画化されてはいても、実は戦後の日本男児のありふれた姿だったのではないだろうか。戦後の焼け野原で思考停止して、それでも何とかしなければと思った夫婦は、男女同権で手を携えるけれども、もう男には示すべき社会規範がない。戦後の男女関係を、子どもと後家のようだと評したのは、たしか橋本治だった。男は一二歳の子どもで、手を握る妻は夫を亡くした零細企業の未亡人だ。女は「私が何とかしなきゃ」と思い、男はせいぜい（お母さんを大切にしよう）と妻の手を握り返す……。そんな痛ましい寓話を、話者の妻のおおらかさがほっこりと包んでいる。思えば太宰もまた、いつまでも大人になり切れない男のなかの男だった。

「美男子と煙草」はやや取り留めのない作品だが、それだけに太宰らしい要素が幾つも盛り込まれている。「如是我聞」にも通じる文壇批判やマスコミ批判、下降生活と無垢性、恥辱ともっともらしい訓戒、容貌の話とナルシシズム、そして滑稽と悲惨……。終戦直後の日本には戦災孤児が溢れており、浮浪者（浮浪児）となって街をうろつく者も少なくなかった。照れ笑い交じりでしか、顔を向けることの出来ない痛々しいあれこれが、当時の日本のそここにあった。

「メリイクリスマス」は戦後社会を描きながらも戦前的な純真さの残る市井の一隅を捉えて清らかだ。男の下心と純真さが混じった佇まいも太宰らしい。なお作中のシズエ子のモデルは林聖子である。新潮社、筑摩書房に勤務した後、舞台芸術学院を経て劇団青俳に所属したこともあったが、昭和三六年に新宿にバー「風紋」を開き、平成三〇年まで続けていた。文壇バーとして知られた。

のちに聖子は、この小説に書かれた当時のことを〈二十一年十一月初めの日曜日、私は駅前の三鷹書店を覗いた。（中略）レジを離れようとしている男の人と向き合う形となった。私は魔法をかけられたようになった。「太宰さんの小父さん」といいかけて、あわてて「小父さん」の言葉を呑み込んだ。（中略）それから半年ほどして、着物姿の太宰さんがわが家に来られた。そして、懐から「中央公論」新年号を取り出し、ひどく真面目な顔をして、「これは、ぼくのクリスマスプレゼント」といった〉（『風紋二十五年』）と回想している。

ちなみに聖子の母富子は「水仙」や「グッド・バイ」のモデルとなった女性で、「グッド・バイ」に登場するかつぎ屋で凄い美人の永井キヌ子にも、富子が投影されていた。なお「メリイクリスマス」では、母は既に死んだことになっているが、現実の富子は病中ではあったものの生きており、亡くなるのは翌昭和二三年の一二月二三日だった。思えばそれはクリスマスの前々日であった。

それに先立つ昭和二三年六月一三日、太宰は愛人の山崎富栄と共に玉川上水で入水自殺した。太宰に近い者のなかには、本気ではなかったと考える人もいたが、遺作となった「グッド・バイ」の響きも相俟って、覚悟の自殺と思う者も多かった。たしかに太宰は、若いときから自殺未遂を繰り返していた人だ。

しかし私には優しく生を励ます「メリイクリスマス」の太宰の方が本物らしく思われてならない。ボードレールは自然を嫌い人工を偏愛したが、太宰は人間存在の反自然性を、自然として愛した。太宰が孕んでいた最大のアイロニーは、こうした人間に対する愛そのものにあるのではないだろうか。

収録作品について

各作品は、『太宰治全集』（筑摩書房、平成元年～平成四年）などを底本に、適宜初出誌等を参照しました。初出は長山靖生氏の「解説」の通りです。なお、本書収録にあたり、可読性を鑑み、旧仮名を新仮名に、旧字を新字に改め、ルビも適宜振ってあります。

本文中には今日的観点に立つと不適切と思われる表現があるかと思いますが、執筆あるいは発表された当時の時代背景、作品のもつ歴史的な意味や文学的価値を考慮してあります。

なお、長山靖生氏の解説は書き下ろしです。

【編集部】

【著者】

太宰 治

（だざい・おさむ）

1909（明治 42）年～ 1948（昭和 23）年、小説家。
1930（昭和 5）年、東京帝國大学仏文科に進んだ一方で、井伏鱒二に入門。
1933（昭和 8）年に太宰治の筆名で『列車』を発表。
1935（昭和 10）年に『文藝』に発表した『逆光』が第 1 回芥川賞候補となる。
『道化の華』を佐藤春夫に認められ、以降師事。
1948（昭和 23）年に『人間失格』を脱稿、その 1 ヵ月後に入水自殺した。
「無頼派」「新戯作派」として知られるが、
女性一人称で書かれた『女生徒』『ヴィヨンの妻』『斜陽』から、
古代ギリシャの伝承とフリードリヒ・フォン・シラーの作品に基づいた『走れメロス』、
キリスト教を題材にした『駈込み訴え』『正義と微笑』など、
幅広い作品を残している。

【編者】

長山 靖生

（ながやま・やすお）

評論家。1962 年茨城県生まれ。
鶴見大学歯学部卒業。歯学博士。
文芸評論から思想史、若者論、家族論など幅広く執筆。
1996 年『偽史冒険世界』（筑摩書房）で大衆文学研究賞、
2010 年『日本ＳＦ精神史　幕末・明治から戦後まで』（河出書房新社）で
日本ＳＦ大賞、星雲賞を受賞。
2019 年『日本 SF 精神史【完全版】』で日本推理作家協会賞受賞。
ほかの著書に『鷗外のオカルト、漱石の科学』（新潮社）、
『「吾輩は猫である」の謎』（文春新書）、『日露戦争』（新潮新書）、
『千里眼事件』（平凡社新書）、『奇異譚とユートピア』（中央公論新社）など多数。

太宰治《だざいおさむ》　アイロニー傑作集《けっさくしゅう》

女神《めがみ》

2019年12月25日　第1刷発行

【著者】
太宰 治
【編者】
長山 靖生

発行者：高梨 治

発行所：株式会社**小鳥遊《たかなし》書房**
〒102-0071　東京都千代田区富士見1-7-6-5F
電話 03 (6265) 4910（代表）／FAX　03 (6265) 4902
http://www.tkns-shobou.co.jp

装画・装幀　YOUCHAN（トゴルアートワークス）
印刷　モリモト印刷株式会社
製本　株式会社難波製本

ISBN978-4-909812-25-4　C0093